Vanessa Siemens • Dorothea Balzer

FEUERPROBE

Francke

Über die Autorinnen:

Vanessa Siemens lebt in Detmold und schreibt seit ihrer Teenagerzeit Geschichten, in die sie gern viel Action einarbeitet. Sie liebt es, Zeit mit ihren Freunden und ihrer Familie zu verbringen und zu reisen.

Dorothea Balzer lebt am Fuße des Teutoburger Waldes und schreibt schon, seit sie ein Teenager war. Sie liebt Jesus, Abenteuer und Reisen, hat Germanistik und Literaturwissenschaft studiert und arbeitet als Lektorin in einem christlichen Verlag.

FSC
www.fsc.org
MIX
Papier aus verantwortungsvollen Quellen
FSC® C014138

Bibliografische Information der Deutschen Nationalbibliothek
Die Deutsche Nationalbibliothek verzeichnet diese Publikation in der Deutschen Nationalbibliografie; detaillierte bibliografische Daten sind im Internet über http://dnb.dnb.de abrufbar.

ISBN 978-3-96362-268-7

35037 Marburg an der Lahn
Covermodel Elena: Dania Töws / Fotografin: Evelyn Funk
Umschlagbilder: © iStockphoto.com / koyu; Juanmonino
Pixabay.com / cocoparisienne; Arcturian
pexels.com / @ron-lach
Umschlaggestaltung: Francke-Buch GmbH
Satz: Francke-Buch GmbH
Printed in Czech Republic

www.francke-buch.de

Vanessa Siemens • Dorothea Balzer

FEUERPROBE

Ein guter Freund steht immer zu dir und ein Bruder ist in Zeiten der Not für dich da.

Sprüche 17,17

Liebe nimmt alles auf sich, sie verliert nie den Glauben oder die Hoffnung und hält durch bis zum Ende.

1. Korinther 13,7

Prolog

Er parkte das Auto am Straßenrand und schaltete den Motor aus. Morgendlicher Nebel hing über den Straßen und hüllte Häuser und Bäume in einen milchigen Dunst. Die Einwohner des kleinen Vororts schienen noch zu schlafen; nichts regte sich und kein Licht schien aus den Fenstern. Ganz anders, als er es von den Nächten in den belebten Großstädten gewohnt war.

Alec Hyde kurbelte die Scheibe herunter und zündete sich eine Zigarette an. Dieser Ort war perfekt. Eine verschlafenere Kleinstadt schien es in Wisconsin nicht zu geben. Weit und breit gab es ringsherum nur Bäume und Felder. Ein Waldstück trennte die Wohnsiedlung vom Rest des Dorfes. Idyllische Lichtungen erhellten die dichte Natur und ein breiter Fluss bewässerte das Land.

Wenn jemand sich irgendwo verstecken wollte, dann hier.

Zufrieden nahm er einen Zug von seiner Zigarette und blies den Rauch langsam aus dem Fenster. Sein Auftrag war so gut wie erledigt. Ein Stapel Papierkram und ein Plan für die Flucht, wenn es dazu kommen musste. Hier würden sie ihn jedoch nicht so leicht finden. Sie waren Profis. Aber das war er auch.

Er schnippte die Asche von der Zigarette und nahm noch einen Zug. Langsam gingen nacheinander die Lichter in den Häusern an. Es war Zeit, sich auf den Weg zu machen.

1

Es klopfte laut an der Tür.

Rick zuckte zusammen und fuhr dabei mit dem Bleistift quer über das Blatt. Großartig.

»Rick? Bist du da? Darf ich reinkommen?« Schon öffnete sich die Tür und seine Zwillingsschwester Elena trat ein. »Ich wollte dich fragen, ob du –«

»Schau mal, was du angerichtet hast! Ich war schon richtig weit mit der Zeichnung!« Er hielt das Bild hoch, an dem er gerade arbeitete. »Siehst du?«

Ungeduldig tippte Elena mit dem Finger an die Türklinke. »Tut mir leid, okay? Kommst du mit zum Skatepark? Ich will bei diesem schönen Wetter unbedingt raus.«

Rick schaute aus dem Fenster. Der Himmel war bewölkt und er sah, wie die Zweige an den Bäumen vom Wind bewegt wurden. Er drehte sich zu Elena um. »Bist du sicher? Wir können doch auch drinnen bleiben und Karten spielen oder so …«

»Ich hab aber keine Lust, Karten zu spielen. Willst du nun mit oder nicht? Sonst geh ich eben allein.«

Er runzelte die Stirn und verschränkte die Arme. »Die Ferien sind fast um und du fragst mich das erste Mal, ob wir was zusammen machen wollen. Wo ist der Haken?«

Elena zögerte, als überlege sie, was sie ihm vorsetzen sollte, doch schließlich entschied sie sich offensichtlich für die Wahrheit: »Mom hat gesagt, ich darf mich nicht mit den anderen treffen«, maulte sie. »Nur, wenn du mitkommst.«

Wieso überraschte ihn das nicht? Elena und er waren immer unzertrennlich gewesen, aber in den letzten Monaten hatte sie immer mehr abgeblockt. Er wusste, warum. Er verstand es nur nicht.

»Komm schon, bitte!« Elena schloss die Tür hinter sich. »Ich weiß, du hast keinen Bock, was mit mir zu machen, aber ich will so gern zu den anderen!«

»Du weißt, was ich von denen halte.« Er stand auf und räumte seinen Block weg. »Und du weißt, dass es nicht wahr ist, dass ich mit dir nichts machen will.« Er war ja froh, dass Elena überhaupt etwas mit ihm unternehmen wollte. Die ganzen Ferien über hatte er versucht, sie beim schönsten Sonnenschein ins Freie zu locken, aber sie war immer abweisender geworden. »Und wieso ist es überhaupt so wichtig, dass du die heute noch triffst? Morgen ist doch wieder Schule und da siehst du sie ja sowieso alle.«

»Hast du 'ne Ahnung, was man alles an einem einzigen Abend verpassen kann?«

»Einen ordentlichen Kater?« Er griff nach seinem Pullover und ignorierte ihr verärgertes Schnauben. »In Ordnung, ich komme mit. Aber erwarte nicht, dass ich zur Party gehe.«

Elena versuchte, unschuldig dreinzublicken. »Von einer Party hab ich nie was gesagt.«

»Musstest du auch nicht.« Ihm konnte sie nichts vormachen. Inzwischen kannte er die Outfits, in denen sie feiern ging. »Ich werde nicht mit dir hingehen. Willst du trotzdem mit mir raus?«

Sie zog die Nase kraus. »Ja, klar.«

»Na, dann komm.«

An der Haustür griff er nach seinen Inlinern und bemerkte dabei, wie Elena ihr Gesicht verzog. Er beachtete sie nicht weiter und schloss die Tür hinter ihnen.

Auf dem ganzen Weg zum Skatepark war Elena mit ihrem Handy beschäftigt und Rick fragte sich schon, ob es eine gute Idee gewesen war mitzukommen. Andererseits war morgen schon ihr erster Tag auf der Highschool. Es würde bestimmt guttun, sich vor der Schule noch einmal auszupowern. Und Zeit mit Elena zu verbringen, auch wenn sie nicht wirklich freiwillig mit ihm unterwegs war.

»Kannst du mal ein bisschen langsamer fahren, Rick? Ich komme ja gar nicht hinterher!«

»Was ziehst du dir auch diese albernen Schuhe an, wenn wir in den Skatepark wollen?« Ihr Bruder verdrehte genervt die Augen.

Missmutig zog Elena die Augenbrauen zusammen, weil ihr keine vernünftige Antwort einfiel. Sie wollte doch nicht in den Skatepark, um zu skaten! Jaci wollte dort hinkommen und ein paar andere Mädchen aus ihrer Stufe. Und außerdem Brian. Zugegeben, diese hohen Schuhe waren nicht gerade die beste Wahl für einen Spaziergang in den Park, aber sie hatte sie vor Kurzem neu gekauft und war gespannt, was Jaci von ihnen halten würde.

Sie freute sich auf die bewundernden Blicke der anderen und wollte sich ihre gute Laune auch nicht von ihrem spießigen Bruder verderben lassen. Als sie wieder nach vorn schaute, sah sie, dass Rick wieder ein gutes Stück vorausgefahren war. Machte er das mit Absicht, um sie zu ärgern? Schön, sie brauchte ihn nicht. Hätte ihre Mutter nicht verlangt, dass er sie begleitete, hätte sie ihn gar nicht erst darum gebeten. Meine Güte, sie war doch mit ihren fast fünfzehn Jahren kein kleines Kind mehr! Immer wurde sie bevormundet und bekam zu hören, was sie zu tun und zu lassen hatte!

Gut, dass ihre neuen Freundinnen sie da verstanden. Die hatten zu Hause den gleichen Stress wie sie, wenn es darum ging, endlich eigene Entscheidungen treffen zu dürfen.

Sie bog um die Ecke und hörte schon das Lachen der Mädels. Rick kam das kurze Stück zu ihr zurückgefahren.

»Ich wusste gar nicht, dass Brian und seine Kumpels auch hier sind.«

»Hast du was gegen ihn?«

Rick sah sie mit großen Augen an und öffnete den Mund, schloss ihn dann aber wieder. »Na ja, er ist …«, begann er zögernd, »nicht der freundlichste Mensch …«

»Ach, du kennst ihn doch gar nicht«, sagte sie wegwerfend. »Er ist nur manchmal so machohaft. Hinter der Fassade steckt ein wirklich cooler Typ.«

Elena dachte daran, wie sie Brian letzte Woche vor dem Kino getroffen hatte. Sie hatte sich mit Jaci und ihren Freunden einen Film angesehen, und als er ihnen draußen über den Weg gelaufen war, hatte er Elena mit seinem umwerfenden Lächeln bedacht und ihr sogar zugezwinkert. Dann hatte er sie gefragt, ob sie nicht auch heute in den Skatepark kommen wolle. Sie war mehr als überrascht gewesen und hatte mit klopfendem Herzen zugesagt. Vor den Sommerferien hatte er sie selten nur eines Blickes gewürdigt und sie hatte immer geglaubt, dass er zu arrogant wäre, um sich mit jemandem wie ihr abzugeben. Nun aber hatte sie die charmante Seite des gut aussehenden Brian Cooper kennengelernt und war neugierig, was sich hinter der Fassade verbarg.

»Du musst nicht hierbleiben, Rick. Meinetwegen kannst du auch schon nach Hause fahren.« Sie ging ein paar Schritte und wartete ab, ob Rick dableiben würde.

»Ich komm lieber mit …«, murmelte er halblaut und folgte ihr.

Elena fuhr sich schnell noch einmal durch ihre blau gesträhnten blonden Haare und schüttelte sie. Dann trat sie auf Jaci zu, die gerade über etwas lachte, das Brian gesagt hatte, und dabei ihre Hand auf seinen Arm legte.

»Hi, Leute, wie geht's euch?«

Jaci schaute sie an, als sähe sie Elena erst jetzt. Sie musterte sie von oben bis unten, bis ihr abschätzender Blick an ihren Schuhen hängen blieb. Dann aber lächelte sie strahlend und begrüßte Elena. »Hey! Cool, dass du auch da bist! Das sind aber süße Schuhe!«

Elena lächelte glücklich. »Danke, die sind aus der neuen Herbstkollektion.« Dass sie dafür ihr Taschengeld von vier ganzen Monaten hatte zusammenkratzen müssen, musste ja niemand wissen.

»Echt? Ich meine mich zu erinnern, sie letztes Jahr schon im Laden gesehen zu haben … Wie auch immer. Brian meinte eben, dass wir eigentlich schon direkt zu ihm gehen können. Bist du dabei?«

Elena starrte sie verblüfft an. Sie schluckte und ignorierte den kleinen Stich in ihrem Herzen. Jaci war manchmal schwierig, aber die meiste Zeit war Elena gern mit ihr befreundet. »Ja, natürlich. Ich bin dabei.«

»Super!« Jaci hakte sich bei Brian ein und zog ihn mit sich. Die anderen folgten ihnen und Elena wollte sich ihnen anschließen, doch Rick hielt sie zurück.

»Du willst wirklich mitgehen, Elena? Seit wann verstehst du dich überhaupt mit Jaci und den anderen so gut?«

Unruhig sah Elena den anderen nach und hoffte, dass sich jetzt niemand umdrehen würde. Nicht, dass sie Rick nicht gernhatte, aber er passte einfach nicht in diese Welt. »Freu dich doch einfach für mich, dass ich neue Freunde gefunden habe! Oder bist du etwa eifersüchtig?« Sie schüttelte seine Hand ab. »Ist doch nett von Brian, dass er uns eingeladen hat.«

»Nett? Brian?!« Er lachte trocken. »Ich kann mir vorstellen, wie *nett* das bei ihm ablaufen wird.« Er schüttelte den Kopf. »Brian und seine Jungs rauchen Gras, wusstest du das? Außerdem redet er dauernd perverses Zeug und flirtet mit *jedem* Mädchen, das ihm über den Weg läuft.«

Elena blitzte ihn wütend an. »Das stimmt doch überhaupt nicht!«

Er schaute sie eindringlich an. »Ich geh nicht mit, Elena, und das solltest du auch nicht.«

»Ach, lass mich doch in Ruhe, Rick! Ich kann selbst entscheiden, wo ich hingehe und wohin nicht, okay?« Mit diesen Worten drehte sie sich um und schloss, so schnell sie konnte, zu den anderen auf.

Rick starrte seiner Schwester entgeistert nach. Was war nur los mit ihr? Seit ihre große Schwester Marina sich vor einem Jahr im Streit von der Familie getrennt hatte, war es immer schlimmer geworden. Elena war ständig gereizt und nicht mehr so unbeschwert wie früher. Als dann noch ihr großer Bruder Danny fürs Studium weggezogen war, der zu den Schwestern immer einen besonders guten Draht gehabt hatte, hatte Elena sich noch mehr abgekapselt.

Sie hing jetzt nur noch mit Leuten rum, mit denen sie vorher nie etwas zu tun gehabt hatte. Nicht, dass das unbedingt schlecht war, aber für seinen Geschmack passte sie sich deutlich zu sehr an die anderen an. Natürlich war es hart gewesen, als Mari gegangen war, für ihn ja auch. Aber warum verhielt Elena sich jetzt immer mehr wie sie? Dieses ganze Gerede vom Selbständigwerden, die ständigen Streitereien, die blauen Strähnchen und die immer dunkler werdende Schminke um die Augen.

Kopfschüttelnd machte er sich wieder auf den Heimweg. Zum Skaten hatte er echt keine Lust mehr.

2

»Hier, nimm das, dann wirst du ein bisschen lockerer.« Jaci drückte Elena ein türkisfarbenes Getränk in die Hand und drängte sich durch die Menge zu Brian durch.

Elena hatte nicht gedacht, dass *so* viele Leute bei Brian sein würden. Ein paar waren aus ihrer alten Stufe, aber die meisten kannte sie nur vom Sehen. Das eigentlich recht große Wohnzimmer wirkte durch die vielen Jugendlichen, die sich zu der lauten Musik bewegten, sehr eng.

»Leute, hört mal alle her!« Jaci stellte sich auf einen Stuhl und schlug mit einem Löffel gegen ihr Glas. »Seid doch mal still, Brian möchte etwas sagen!«

Jemand drehte die Lautstärke der Musik herunter; die Menge wurde langsam leiser und alle schauten zu Brian.

Er lächelte und hob sein Glas. »Erst einmal herzlich willkommen in meiner Hütte!«

Sie applaudierten; einige pfiffen und johlten. Es dauerte, bis sie sich wieder beruhigt hatten.

»Ich dachte mir, wir feiern ein bisschen, bevor wir wieder in den öden Laden müssen, der sich Schule nennt.«

Alle lachten und klatschten begeistert.

»Aber nächste Woche Freitag steigt die große Party, bei der wir der Schule ordentlich ins Gesicht spucken!«

Erneut erntete er großen Applaus, die Leute prosteten sich gegenseitig zu und die Musik wurde wieder aufgedreht.

Elena lächelte. Diese Einstellung gefiel ihr: im Herzen immer feiern und sich um die ernsten Dinge keine Sorgen machen!

Brian ließ sich sein Glas auffüllen und sagte irgendetwas, woraufhin seine Kumpels neben ihm laut lachten. Sie stießen ihn in die Seite und grinsten.

Elena ging vorsichtig durch die Menge und suchte einen Platz, an dem sie ihren Drink genießen konnte, ohne dass sie jemand anrempelte. Im Vorbeigehen grüßte sie einige der Mädchen, mit denen sie in der letzten Zeit schrieb. Kelly und Jaci tanzten mit Grant und Derek – den beliebtesten Typen aus der Stufe über ihnen. Etwas verloren stellte sie sich schließlich in eine Ecke und nippte zaghaft an dem süßen Getränk in ihrer Hand. Es brannte ein wenig in ihrer Kehle, aber ansonsten schmeckte es echt gut.

»Na, wie gefällt dir mein Mix, Süße?« Plötzlich stand Brian vor ihr und lächelte sie geheimnisvoll an. Sie schaute sich um, ob Jaci in der Nähe war, doch sie war immer noch mit Grant auf der Tanzfläche.

»Der ist echt lecker!« Sie lächelte zurück, war sich aber gleichzeitig unsicher, ob es okay war, dass sie allein mit Brian redete. Sie vermutete, dass Jaci auch Interesse an ihm hatte, und Elena wollte auf keinen Fall, dass ihre Freundin dachte, sie wolle ihr Brian wegschnappen.

»Das freut mich. Weißt du, ich habe früher nie bemerkt, wie heiß du bist, Elena.« Er trat einen Schritt näher und Elena wurde rot. Brian fand sie heiß? So etwas hatte noch nie jemand zu ihr gesagt!

Plötzlich lachte er leise neben ihr. »Und so unschuldig … Vielleicht sollten wir ein wenig rausgehen, damit wir ungezwungen miteinander … reden können.« Sanft nahm er ihr das Glas aus der Hand und stellte es auf einen Tisch neben ihr. Dann legte er ihr seine Hand auf den Rücken und führte sie zur Terrassentür hinaus. Elena protestierte nicht, sie musste ohnehin dringend mal an die frische Luft. Ihr war schon leicht schwindelig, aber das lag bestimmt daran, dass es drinnen wirklich stickig gewesen war. Sie atmete tief ein und spürte plötzlich, wie Brians Hand an ihrem Rücken hinunterglitt, bevor er sie wegnahm. Sie sah ihn an.

Er lächelte nur und nahm ihre Hand in seine. »Du bist ein ganz besonderes Mädchen, Elena. Auf jemanden wie dich habe ich schon lange gewartet.« Er hob ihre Hand an seinen Mund und drückte einen Kuss darauf.

Elena blieb die Luft weg. In ihrem Bauch begannen Schmetterlinge wie verrückt umherzuflattern. Und bevor sie noch irgendetwas anderes tun oder denken konnte, hatte Brian sie auch schon zu sich herangezogen und presste seine Lippen auf ihren Mund.

Überrascht drückte sie ihn von sich weg. »Brian, was –«

»Tut mir leid, das war … wohl zu früh, oder?« Er sah sie mit einem schuldbewussten Lächeln an.

Sie konnte nicht anders, als zurückzulächeln. »Ich bin nur etwas überrascht und …«

»… vielleicht auch ein bisschen überfordert?« Er lächelte wissend. »Keine Sorge, Süße. Das kriegen wir hin.«

In Elenas Innerem regte sich ein leichtes Schuldgefühl, als er sie erneut küsste – dieses Mal vorsichtiger. Sie ignorierte die Warnung und dachte an Mari. Ihre Schwester war nur selbständig geworden, weil sie sich durchgesetzt und ihren Weg zum Glück selbst gewählt hatte. Und hatte sie, Elena, jetzt nicht auch die Chance, glücklich zu werden? Es gab viele Mädchen, die Brian anhimmelten, aber er hatte sie ausgewählt! Und es gefiel ihr, wie er sie küsste.

Die Terrassentür wurde mit einem lauten Quietschen geöffnet und die Musik drang von innen heraus. Erschrocken löste Elena sich von Brian. Grant stand in der Tür und grinste breit.

»Oh, störe ich?«, fragte er unschuldig. »Ich kann auch wieder gehen und euch –«

»Lass mal, Kumpel«, unterbrach Brian ihn. »Wir kommen gleich wieder rein.« Er legte einen Arm um Elena und schob sie ins Haus.

Elena wäre vor Scham am liebsten im Boden versunken, aber da Brian keine große Sache daraus machte, befahl sie sich, kein prüdes kleines Mädchen zu sein.

Er redete kurz mit Grant und zog sie dann wieder an seine Seite. Als er sie anlächelte, kam es Elena vor, als hätte sie sich noch nie in ihrem Leben so glücklich und frei gefühlt.

Jim lehnte seinen Kopf gegen die vibrierende Fensterscheibe und sah der vorüberfliegenden Landschaft nach, die immer ländlicher wurde. Dies war der letzte Zug, nachdem er dreimal hatte umsteigen müssen.

Sein Adoptivvater Will hatte ihn zum Bahnhof gebracht, schweigend. Shakira hatte sich nicht einmal von ihm verabschiedet. Wieder einmal hatte er das Gefühl, nirgendwo dazuzugehören.

Sein Onkel Walter wollte ihn am Bahnhof abholen. Er hatte ihn und seine Tante Grace erst zweimal in seinem Leben getroffen, an Thanksgiving. Soweit er sich erinnern konnte, waren sie nett gewesen. Aber jemanden einmal zu treffen oder bei ihm einzuziehen, waren zwei gänzlich unterschiedliche Dinge. Jim wusste, dass er auf dem Weg zu seiner letzten Chance war. Wenn er es dieses Mal vergeigte, würden sie ihn auf die Militärschule schicken – zu vielen anderen schwer erziehbaren Jungs. Er fragte sich, ob andere Eltern auch solche Maßnahmen ergreifen würden. Er hatte Mist gebaut; das leugnete er ja gar nicht. Und doch hätte er nicht gedacht, dass seine Eltern ihn weggeben würden – die einzigen Eltern, die er je gekannt hatte.

Er vermisste Alysha. Seine Schwester hatte immer zu ihm gestanden, egal was er angestellt hatte. Bis sie viel zu früh gestorben war. Der Verlust schmerzte ihn nach sechs Jahren noch fast genauso stark wie zu Beginn.

Jim wusste, dass er seine Chance schon längst gehabt hatte. Und er hatte sie nicht wahrgenommen. Aber er wusste auch, dass er so etwas nicht verdiente. Familie. Liebe. Halt. Er musste allein klarkommen.

Die Stimme der elektronischen Ansage schreckte ihn aus seinen Gedanken; seine Bahnhofstation wurde aufgerufen. Mit einem schweren Seufzen erhob er sich von seinem Platz und schnappte sich seinen Rucksack.

Kühler Wind schlug ihm entgegen, als die Waggontüren sich öffneten. Der Bahnsteig war wie leer gefegt. Das hier konnte man eigentlich kaum Bahnhof nennen. Es gab ein kleines Unterstellhäuschen und eine elektronische Anzeige, das war alles. Ein paar Stufen führten zu einer schmalen Straße hinauf, dahinter waren nichts als Wiesen und Bäume zu sehen.

Jim holte sein Handy aus der Tasche. Ein entgangener Anruf – Walter hatte ihm auf die Mailbox gesprochen.

»Hallo, Jim. Es tut mir leid, aber ich schaffe es wahrscheinlich nicht, pünktlich am Bahnhof zu sein. Warte einfach ein paar Minuten, okay? Bis gleich!«

Jim presste die Lippen aufeinander. Das fing ja super an. Er überlegte, dem Weg in den Wald zu folgen, ließ es aber bleiben und setzte sich stattdessen auf die Stufen.

Nach ein paar Minuten – er zog gerade seine Lederjacke aus dem Rucksack – fuhr der schwarze Pick-up des Sheriffs vor. Jim stand auf, als das Fenster an der Beifahrerseite hinuntergelassen wurde.

»Suchst du eine Mitfahrgelegenheit?« Walter lächelte ihn an. Sein Blick war freundlich und ohne die übliche Verurteilung, die Jim gewohnt war. »Tut mir leid, dass ich zu spät bin. War eine dringende Angelegenheit, die noch geklärt werden musste. Komm schon, steig ein. Grace hat Sandwiches für uns zu Hause.«

Jim ließ den Rucksack von seinen Schultern gleiten, öffnete die Beifahrertür und ließ sich auf den Sitz fallen. Er musterte seinen Onkel vorsichtig von der Seite. Nur das grau melierte Haar und die wettergegerbte, kaffeebraune Haut verrieten sein fortgeschrittenes Alter.

Der Anblick der Uniform ließ Jim ein wenig mulmig zumute werden, war er doch oft genug vor Polizisten abgehauen. Aber bei Walters ruhiger Ausstrahlung und seinem gelassenen Tonfall, als er ihm die Gegend beschrieb, entspannte er sich.

Grace Dunlap, Walters Schwester, war eine kleine Frau mit grauem, schulterlangem Haar. Sie zog Jim zur Begrüßung in eine herzliche Umarmung und staunte darüber, wie groß er geworden war. Dann führte sie ihn durchs Haus und zeigte ihm die Zimmer.

»Der Computer steht im Wohnzimmer, wenn du einen brauchst. Bestimmt werdet ihr für die Hausaufgaben mal das Internet benötigen.«

Jim unterdrückte ein Grinsen.

Sie öffnete die Tür am Ende des Flurs. »Und hier ist dein Zimmer.« Grace ließ Jim den Vortritt in den kleinen, hellen Raum. »Früher hat dein Vater hier geschlafen. Der Boxsack hängt immer noch in der Ecke; er stört dich sicher nicht, oder? Wenn du ansonsten noch irgendetwas brauchst, sag einfach Bescheid, dann kümmern wir uns darum.«

Jim ließ seinen Rucksack auf das Bett fallen und trat ans Fenster. Es war knapp einen Meter über dem Boden und ging direkt in den Garten hinaus.

»Das wären dann alle Zimmer. Komm, wir gehen in die Küche; du hast sicher Hunger nach der langen Fahrt.«

Jim folgte Grace an den Tisch, an dem ihr Bruder schon wartete. Sie sprach ein kurzes Tischgebet.

»Wie war die Zugfahrt, Jim?«, fragte sie nach einer Weile.

»Ganz okay.« Er nahm einen Schluck von der hausgemachten Limonade und spürte, wie Grace ihn dabei beobachtete. »Die ist echt gut«, sagte er und hob sein Glas.

Ein strahlendes Lächeln erhellte ihr faltiges Gesicht. »Das freut mich, danke schön! Nimm dir ruhig mehr, wenn du möchtest.«

Er nickte und biss in sein Käsebrot. Dabei versuchte er, sein Gesicht nicht allzu sehr zu verziehen. Er hatte schon von dem berühmt-berüchtigten Wisconsiner Käse gehört. Die Leute hier mussten echt abgehärtet sein. Schnell nahm er noch einen Schluck Limonade. Einen großen.

»William meinte, dass du viel Sport machst. Dazu wirst du hier viele Gelegenheiten haben.«

Jim musste lächeln, als Grace Wills vollen Namen gebrauchte. Sein Vater hasste es, wenn jemand ihn so nannte.

»Es gibt hier wunderbare Radwege. Hast du ein Fahrrad?«

Er schüttelte den Kopf.

»Nun, dann werden wir mal sehen, dass wir dir bald eins beschaffen. Außerdem kann man klettern, wandern gehen … fällt dir noch etwas ein, Walter?«

Er hob den Kopf. »Hm?«

Grace seufzte, aber Jim sah, wie sie ein Lächeln zu verbergen suchte. »Iss du nur dein Brot. Jim, wie gefällt dir dein Zimmer? Brauchst du noch etwas?« Sie schaute auf sein angebissenes Sandwich. »Du hast ja kaum etwas gegessen!« Plötzlich lächelte sie wissend. »Es ist der Käse, nicht wahr? Ich hätte es mir denken können. Ich habe noch Marmelade, die ich dir anbieten könnte. Warte kurz, ich hol sie dir.« Sie erhob sich.

»Ms Dunlap«, hielt Jim sie auf. »Ich bin ehrlich gesagt gar nicht so hungrig. Ich würde am liebsten einfach duschen und dann schlafen gehen.«

»Natürlich.« Sie wandte sich zur Tür. »Ich bring dir ein paar Handtücher. Und bitte nenn mich einfach Grace.« Sie zwinkerte ihm zu. »Du sollst dich hier wie zu Hause fühlen.«

Jim glaubte nicht, dass das passieren würde.

Leise schob Jim das Fenster hinter sich zu und ging im Schatten der Hecke auf die Straße zu. Er hatte es aufgegeben, gegen die Schlaflosigkeit zu kämpfen, und würde stattdessen eben die Gegend ein wenig erkunden.

Die Kapuze seines Pullis über den Kopf ziehend schaute er sich um. Walter und Grace lebten in einer kleinen, klischeehaften Kleinstadtsiedlung. Jedes Haus war von einem Garten und einem weißen Zaun umgeben und besaß vorne eine Veranda. Blumenbeete schmückten die Vorgärten und Bäume säumten die Straße.

Nirgendwo führte ein Weg in eine dunkle Gasse und die Mülltonnen standen ordentlich neben den Garagen.

Jim schlug einen Weg ein, der ihn ins Zentrum des Dorfes führte. Um diese Uhrzeit ging in Chicago das Nachtleben erst los, aber hier war niemand unterwegs. Er wollte ja sowieso nichts mehr mit den Typen von der Straße zu tun haben.

Der Weg führte durch ein dunkles Waldstück und er war froh, dass der Mond ihm zumindest etwas Licht spendete.

Langsam atmete Jim tief ein.

Ein Neuanfang. War so etwas für ihn überhaupt möglich? Die Erwachsenen schienen das jedenfalls zu glauben. Aber er wusste es besser. Er hatte es versucht. Doch für einen wie ihn würde es keinen Frieden geben. Vielleicht niemals.

Er trat aus dem Waldstück heraus und folgte der Straße bis in die Stadt. Alec hatte wirklich ganze Arbeit geleistet. Niemand würde ihn in dieser abgeschiedenen Kleinstadt vermuten. Vielleicht war er ja wirklich sicher. Durfte er es sich erlauben, so etwas zu denken?

Jim hob den Kopf und stand plötzlich vor einem flachen Gebäude, bei dessen Anblick er eine Gänsehaut bekam. Der helle Mauerstein leuchtete im Mondlicht und ein metallenes Kreuz prangte glänzend an der Wand. Es lud ihn ein, näher zu treten.

Er atmete aus. Wann hatte er zuletzt das Innere einer Kirche gesehen? Das war Jahre her. Aber die Gefühle, die ihn überkamen, wenn er das Kreuz anschaute, waren geblieben.

Da war Furcht – nein, eher so etwas wie Vorsicht. Und eine schwache, blasse Erinnerung an … das, was Rico »Liebe« genannt hätte.

Jim zögerte. Was hatte es mit dem Kreuz auf sich? Es faszinierte ihn irgendwie und schreckte ihn gleichzeitig ab … Oft hing noch ein verkrümmter, schmerzgeplagter Körper aus Holz an den Kreuzen, aber dieses hier war leer. Er schloss die Augen und erinnerte sich an die Darstellung des Sterbenden. Das verzerrte Gesicht, die Dornen und Striemen. Und trotzdem Frieden in seinem Blick.

Wie bei Rico.

Jim drehte sich abrupt um und ging den Weg wieder zurück.

Frieden war eine Illusion, eine träumerische Hoffnung. Er sollte aufhören, sich mit diesen Gedanken kaputtzumachen.

3

Es klopfte an der Tür und der Schulleiter Mr Harmon trat ein, gefolgt von einem unbekannten Jungen. Das Erste, was Rick an ihm auffiel, waren die eiskalten blauen Augen, die in starkem Kontrast zu seinen schwarzen Haaren und der gebräunten Haut standen. Das Zweite war, wie intensiv er jeden Einzelnen betrachtete, als wolle er einschätzen, wie jeder so drauf war. Als sich ihre Blicke trafen, lächelte Rick ihm zu. Der Junge verengte leicht die Augen. Mr Harmon stellte ihn als Jim Dunlap vor und erklärte, dass er eine Zeit lang bei seinen Verwandten wohnen würde.

»Auch wenn ihr alle noch neu hier an der Schule seid, weiß ich, dass die meisten von euch sich schon untereinander kennen. Bitte heißt Jim angemessen willkommen und zeigt euch nicht gleich von eurer schlechtesten Seite.« Ein Lächeln umspielte die Mundwinkel des Direktors.

Der Kurslehrer Mr Benning wies Jim einen Platz schräg vor Rick zu und setzte seinen Unterricht fort.

Als am Ende der Stunde die Hausaufgaben angeschrieben wurden, stöhnte Rick unwillkürlich auf. Das Schuljahr konnte ja nicht schlimmer starten, als gleich am ersten Tag mit Mathe zu beginnen und dann auch noch Hausaufgaben zu bekommen.

Es war genau wie an der Middle School. Einige Dinge änderten sich wohl nie.

Als es klingelte, machten sich alle auf den Weg zur nächsten Stunde. Rick blickte sich um und versuchte, den Neuen irgendwo ausfindig zu machen, konnte ihn aber nirgends entdecken. Bestimmt würde er ihn später noch im Unterricht sehen.

Und tatsächlich, sie hatten ein paar gemeinsame Kurse. Dennoch kam er auch im weiteren Verlauf des Tages nicht dazu, mit Jim zu reden.

Nach der letzten Stunde hielt ihn seine Kunstlehrerin Mrs Pettigrew auf. Wie die meisten Lehrer unterrichtete sie sowohl an seiner alten Schule auf der gegenüberliegenden Straßenseite als auch hier an der Highschool.

»Rick, gut dass ich dich noch erwische! Ich habe gerade meinen Poststapel durchgesehen und ein Infoblatt zu einem Kunstwettbewerb für Schüler der Highschool entdeckt. Leider ist der Abgabetermin schon Ende dieses Monats, deswegen wollte ich dir das so schnell wie möglich geben. Hast du Interesse?«

Rick nahm den Flyer entgegen und überflog ihn kurz. »Ich weiß nicht, Mrs Pettigrew. Ich bin ja noch nicht so gut und da wird bestimmt ein Haufen besserer Künstler mitmachen …«

Sie lächelte ihn aufmunternd an. »Eine Chance, die du nicht ergreifst, ist eine verlorene Gelegenheit. Falls du noch Infos brauchst oder Fragen hast, komm einfach auf mich zu.«

Rick bedankte sich und verließ das Schulgebäude. Draußen blieb er noch einmal stehen und vertiefte sich in die Informationen in seinen Händen.

Als er aus dem Augenwinkel eine Bewegung wahrnahm, sah er auf und erblickte Jim, der ein Stück weiter auf dem Hof auf und ab ging, die Hände in den Taschen vergraben.

»Hey!«, rief er ihm zu. »Jim, richtig?«

Der Junge blieb stehen und schaute zu ihm herüber. »Mhm.« Er senkte den Kopf und nahm sein Hin- und Hergewandere wieder auf.

Rick steckte den Zettel in seine Hosentasche und trat etwas näher. »Ich bin Rick Anderson. Bist du mit Sheriff Dunlap verwandt?«

Jim blieb stehen und ein skeptischer Blick traf Rick. »Ja, wieso?«

Rick hob bei so viel Misstrauen abwehrend die Hände. »Nur so. Ich hab mich einfach gefragt, wie es ist, bei einem Polizisten zu leben.«

Jim zuckte mit den Schultern. »Ganz okay.« Er sah Rick prüfend an und lehnte sich mit verschränkten Armen an einen Laternenmast. »Und was machst du so?«

»Ach, ich gehe jetzt nach Hause. Wirst du abgeholt?«

Wie aufs Stichwort fuhr ein Auto vor und hielt am Straßenrand. Rick erkannte Sheriff Dunlap und winkte ihm zu.

Jim stieß sich von der Laterne ab. »Ich muss los.«

»Alles klar, wir sehen uns dann morgen!«

Jim nickte und ging zum Auto.

Rick konnte sich beim besten Willen nicht auf seine Mathehausaufgaben konzentrieren. Die lauten Stimmen aus dem Untergeschoss drangen durch die geschlossene Zimmertür zu ihm nach oben, er hörte sie sogar durch seine Kopfhörer. Er stellte die Musik lauter, musste aber nach wenigen Minuten frustriert abschalten. Laute Musik war beim Rechnen auch nicht besonders förderlich. Worum ging es überhaupt schon wieder? Er öffnete die Zimmertür und setzte sich auf den Treppenabsatz.

»Ihr versucht ja noch nicht einmal, mich zu verstehen!« Elenas Stimme klang brüchig, so als wäre sie kurz davor zu weinen. »Wieso lasst ihr mich nicht einfach das machen, was ich will?«

»Elena, Schätzchen …«

»Nenn mich nicht so!«

»Du denkst vielleicht, dass du weißt, was gut für dich ist«, fuhr ihre Mutter unbeirrt fort, »aber du siehst nun mal nicht alles, was wir sehen.«

»Ach, jetzt bin ich auch noch dumm, oder was?«

»Das habe ich nicht gesagt.«

»Aber gedacht!«

»Das ist nicht wahr.«

»Doch, das ist doch hier das Problem! Ihr denkt, ich bin immer noch ein kleines Kind!«

Seufzend erhob Rick sich und ging ins alte Zimmer seines großen Bruders Danny, wo jetzt der Computer stand. In Situationen wie dieser wünschte er manchmal, Danny wäre für sein Studium nicht so weit weggezogen. Er hatte immer eine besondere Verbindung zu Elena gehabt.

Es war doch wirklich immer dasselbe. Ein bisschen konnte er seine Schwester schon verstehen. Seit Mari mit ihrem Freund weggelaufen war, waren ihre Eltern übervorsichtig geworden und machten sich schnell Sorgen. Aber das war doch berechtigt, oder nicht? Gerade, weil Elena ihrer Schwester in letzter Zeit immer ähnlicher wurde.

Rick schob die deprimierenden Gedanken beiseite und zog den mittlerweile zerknitterten Flyer von Mrs Pettigrew aus seiner Hosentasche. Viele Informationen konnte man diesem nicht entnehmen, deswegen rief er die Internetseite auf, die darauf angegeben war.

Kunstwettbewerb für alle High-School-Schüler Wisconsins

Du bist kunstbegeistert und hast Freude, selbst Kunstwerke aufs Blatt zu zaubern, auf die Leinwand zu pinseln, aus Ton zu formen oder aus sonstigen Materialien zu modellieren?
Dann schick uns bis zum 30. September dein Lieblingswerk zum Thema »Herbst«!
Wichtig: Du musst das Kunstwerk allein und ohne fremde Hilfe erstellen! Außerdem darfst du damit nicht schon einmal an einem Wettbewerb teilgenommen haben. Auch das Kopieren von fremden Kunstwerken ist untersagt. Sollte herauskommen, dass du gegen diese Regeln verstößt, wirst du umgehend vom Wettbewerb ausgeschlossen.
Wir werden die Gewinner schriftlich benachrichtigen und ein Interview durchführen, das mit deiner Zustimmung zusammen mit deinem Foto in der Wisconsin News *veröffentlicht wird.*

Rick konnte sich ein Lächeln nicht verkneifen, als er die ausgeschriebenen Preise sah. So eine Polaroidkamera hatte er schon lange haben wollen. Auch die *GoPro* sah cool aus. Aber viel Zeit hatte er nicht mehr. Vielleicht fand er auch unter seinen alten Zeichnungen etwas Passendes.

Entschlossen sprang er auf und verließ Dannys Zimmer. Im Flur stieß er beinahe mit seiner Schwester zusammen. Seinem ersten Impuls folgend wollte er ihr von dem Wettbewerb erzählen, doch dann sah er ihre feuchten Wangen. Unschlüssig blieb er stehen.

»Was glotzt du so blöd?«, zischte sie ihn an und schob sich an ihm vorbei.

Wow.

Sie hätte ihm genauso gut in den Magen boxen können, das hätte dieselbe Wirkung gehabt. Sie knallte die Tür hinter sich zu, dass die Fensterscheiben zitterten. Im nächsten Moment dröhnten lautstark die Charts aus ihrem Zimmer. Rick wusste, was gleich folgen würde, und flüchtete in sein Zimmer.

Da hörte er auch schon die schweren Schritte seines Vaters auf der Treppe.

»Elena! Mach sofort die Musik leiser!«

»Geh raus aus meinem Zimmer!« Abrupt stoppte die Musik. »Was soll das?!«

»Solange du bei uns im Haus lebst –«

»Jaja, schon klar! Und ihr wundert euch, warum Marina wegwollte!«

Die Stille nach diesem Kommentar war sehr viel lauter als alles, was an diesem Abend durchs Haus gerufen worden war.

Rick spürte die Traurigkeit in sich aufsteigen. Sie schnürte ihm die Kehle zu. Er hörte seinen Vater langsam die Treppe hinuntergehen. Rick schloss seine Zimmertür, doch die Gefühle blieben bei ihm im Raum. Er zog seine Sammelmappe unter dem Bett hervor und fing an, in seinen Zeichnungen zu blättern. Doch alles, was er sah, waren seine Eltern, die weinend am Esstisch saßen, vor ihnen der Abschiedsbrief von Mari.

Aber jetzt war es Elena, die sich von ihnen allen abschottete.

Ricks Blick schweifte im Zimmer umher, bis er an der Bibel hängen blieb, die er heute Morgen auf seinem ungemachten Bett hatte liegen lassen. Einen Moment rang er mit sich. Doch er wusste, dass es am sinnvollsten war, sich in die Gegenwart Gottes anstatt in die Einsamkeit zu flüchten. Seufzend schnappte er sich das abgegriffene Buch.

4

Mit einem Blick auf die Küchenuhr spülte Rick den Keks mit einem letzten Schluck kalter Milch herunter und stand auf.

»Ich bin dann weg, Mom!« Er nahm seine Bibel und ging in den Flur. Die erste Schulwoche war schneller verflogen, als er befürchtet hatte, und jetzt freute er sich auf das Wochenende.

»Seht ihr euch heute nach der Teeny noch das Spiel an?« Seine Mutter trat aus dem Wohnzimmer und strich ihm über den Kopf, während er sich die Schnürsenkel band. Diese mütterliche Geste überraschte ihn etwas. Das hatte sie schon länger nicht getan.

Er sah auf. »Keine Ahnung. Vielleicht.«

Seine Mutter lächelte leicht und legte ihre Hand auf seine Bibel, die er auf die Kommode gelegt hatte. »Denkt auch an Elena, wenn ihr betet, okay?«, flüsterte sie.

Er stand auf und nahm seine Mutter kurz in den Arm. »Machen wir, Mom.«

Plötzlich kam Elena die Treppe hinunter. »Ich bin fertig, Rick. Gehen wir?«

Überrascht ließ er seine Mutter los. »Äh, ja klar! Wusste nicht, dass du mitkommst …«, murmelte er schnell. Sie hatte die Treffen ihrer Jugendgruppe von der Gemeinde schon seit Wochen geschwänzt.

Elena ging an ihm vorbei zur Tür hinaus und Rick drehte sich noch einmal zu seiner Mutter um.

Sie lächelte ihn aufmunternd an und Rick sah den Hoffnungsschimmer in ihren Augen.

Er hoffte, Nathan hatte für heute etwas Gutes vorbereitet. Etwas über den verlorenen Sohn oder so.

Den ganzen Weg über hatte ein unangenehmes Schweigen zwischen ihnen geherrscht und Rick atmete auf, als sie auf den Parkplatz der Kirche traten.

Elena steckte ihr Handy weg und wandte sich ihm zu. »Also, Rick … Ich ziehe mich gleich um und verschwinde dann. Heute steigt die große Party bei Brian und ich will nicht zu spät kommen. Sag Mom nichts davon, okay? Ich will nicht, dass sie so schlecht von mir denkt.«

Rick starrte sie an, dann lächelte er bitter. »Dachte ich es mir doch.«

Sie verzog das Gesicht. »Was meinst du?«

»Ganz ehrlich, Elena. Wenn du zu 'ner Party willst, dann geh. Aber zieh nächstes Mal nicht wieder so eine Show ab, klar? Was meinst du, wie fertig Mom sein wird, wenn sie erfährt, dass du gar nicht bei der Teeny, sondern auf der Party warst?«

»Mom weiß, dass das grad nicht mein Ding ist. Wenn sie sich was anderes erhofft, ist das nicht meine Schuld.«

Sie versuchte, gleichgültig zu klingen, aber Rick konnte an ihren Augen ablesen, dass sie wenigstens ein wenig unsicher war, weil sie Mom eigentlich nicht verletzen wollte. Sie wollte einfach nur ihren Spaß. Egal zu welchem Preis.

Das Blöde war, dass Rick das Hoffnungsflackern selbst kurz zugelassen hatte. Wie dumm von ihm.

»Dann geh doch!« Verzweifelte Wut packte ihn. »Geh zu Brian! Sieh zu, wie du glücklich wirst! Aber heul mir später nicht vor, ich hätte dich nicht gewarnt!« Er drehte sich auf dem Absatz um und rannte fast in die Kirche. Wie hatte er ernsthaft glauben können, dass sie endlich zur Vernunft gekommen war?

Rick fuhr sich mit der Hand über das Gesicht und richtete den Blick wieder auf Nathan, der vor der Gruppe stand und gerade einen Abschnitt aus der Bibel vorlas. Nathan leitete die Treffen der

Teeny und war so alt wie Danny. Er war ein echt guter Kumpel, der oft nach den Treffen mit ins *Barry's* kam oder ein Spiel der *Packers* mit ihnen anschaute.

Schnell griff Rick nach seiner eigenen Bibel und versuchte, das richtige Kapitel zu finden. Worum ging es?

»Denn dieser mein Sohn war tot und ist wieder lebendig geworden; und er war verloren und ist wiedergefunden worden.«

Ah, richtig. Der verlorene Sohn. Manchmal schien Gott einen eigenartigen Sinn für Humor zu haben.

Während Nathan weiterlas, versuchte Rick, sich auf die Geschichte zu konzentrieren, doch seine Gedanken wanderten immer wieder zu seiner Schwester. Sie sollte jetzt hier neben ihm sitzen, die Bibel auf den Knien und die Augen darauf gerichtet, während sie gedankenverloren eine Strähne ihres blonden Haares um ihren Finger wickelte. Stattdessen lungerte sie irgendwo draußen mit Brian und seiner Clique herum. Nicht ahnend, womit Brian heute Nachmittag in der Jungenumkleide geprahlt hatte. Er hatte stark an sich halten müssen, dem Typen nicht ordentlich die Meinung zu sagen, aber er wusste, dass Brian ihn hatte provozieren wollen.

War Elena wirklich so naiv oder tat sie nur so unschuldig, um ihn – ihren Zwillingsbruder! – noch mehr zu verletzen? Früher hatte sie ihm alles erzählt. Jetzt wusste er nicht einmal mehr, wann sie sich aus dem Haus schlich und wann sie wiederkam.

Sein Griff um die Bibel wurde so fest, dass das zarte Papier unter seinen Fingern knitterte. Er hätte es niemals so weit kommen lassen dürfen! Egal, wie oft er schon versucht hatte, mit ihr zu reden – er hätte es öfter tun sollen. Er musste doch für sie da sein, sie beschützen!

Langsam atmete er aus. Und doch war es ihre eigene Entscheidung gewesen. Die große Schwester hatte schließlich mehr Einfluss als der Bruder. Was konnte er noch tun?

»Lasst uns zum Beten aufstehen!«

Gerade noch rechtzeitig erhob Rick sich mit den anderen, bevor sie merkten, dass er wieder einmal nicht aufgepasst hatte.

Als die Teenystunde vorbei war, griff er nach seiner Jacke und ging zum Ausgang.

»Hey, Rick! Kommst du nicht mit zu *Barry's?* Nathan hat gesagt, er gibt uns Burger aus, wenn die *Packers* heute Abend gewinnen!«

Er drehte sich kurz um, eine Hand schon an der Türklinke. »Sorry, Jungs. Hausaufgaben!«

Eric schüttelte ungläubig den Kopf. »Du alter Streber. Dann bis Sonntag in der Kirche!«

»Bis dann.« Er trat in die kalte Nachtluft hinaus. Der Weg nach Hause war nicht lang. Wenn er sich beeilte, konnte er nach den Hausaufgaben noch an seiner neuen Zeichnung weiterarbeiten. Der Schattenwurf war ihm noch nicht wirklich gelungen.

»Rick! Rick, warte kurz!«

Er drehte sich um. Nathan kam auf ihn zugelaufen und zog seine Sportjacke enger um sich.

»Ist alles klar bei dir? Normalerweise lässt du dir doch keinen Gratisburger entgehen.« Er grinste. »Und so kurz nach den Ferien habt ihr bestimmt auch noch nicht *so* viele Hausaufgaben.«

Rick lächelte ertappt. »Ja, kann schon sein …«

»Ist es wegen Elena?«

Er sah zur Seite. »Jaaa …«

»Willst du darüber reden?«

»Keine Ahnung. Das bringt doch nichts.«

Nathan schlug ihm auf die Schulter. »Es kann einem aber helfen, eine andere Sicht auf die Dinge zu bekommen. Wenn du willst, können wir uns bei mir zu Hause auch eine Pizza aufbacken und uns ein bisschen unterhalten. Ich muss das Spiel heute nicht sehen.«

»Ach was, nein! Das muss wirklich nicht sein, Nathan. Ich komm schon klar. Ehrlich.«

»Na gut. Wie du meinst. Wir sehen uns dann am Sonntag!«

»Alles klar. Tschüss!« Er drehte sich um und ging die Straße hinunter. Nathan war wirklich in Ordnung, aber heute Abend wollte er nicht mit ihm über Elena reden. Das hatte er schon hundertmal gemacht; es würde nichts ändern. Er wollte nur noch nach Hause.

Dort angekommen, wünschte er seinen Eltern eine gute Nacht, dachte sich irgendeine wenigstens halbwegs wahre Erklärung aus, warum Elena noch nicht da war, und ging hinauf in sein Zimmer.

Dröhnend und schwer mit Bässen drang die Musik aus den Boxen. Zahlreiche junge Leute bewegten sich in dem großen Partykeller zu den schwingenden Beats und die Gerüche von Schweiß, Alkohol und zu viel Parfüm vermischten sich zu einer übel riechenden Wolke.

Jim schob sich durch die Menge an den Rand des Raumes, um nicht von den Leuten auf dem Tanzboden umgerannt zu werden.

Er sah auf sein Handy und fragte sich zum wiederholten Mal, warum er Brians Einladung zu dieser Party gefolgt war. Ihm war sterbenslangweilig und dieser schlechte DJ bereitete ihm nur Kopfschmerzen mit diesem Lärm.

Als er an der Theke vorbeikam, zögerte er und schaute auf die Drinks, die dort aufgereiht standen.

Eins von den Mädchen an der Bar bemerkte ihn und kam mit einem Lächeln auf ihn zu. »Was kann ich dir bringen? Soll ich dir einen bestimmten Cocktail mixen? Oder brauchst du ein bisschen gute Laune?« Sie griff in ihre Hosentasche und zog eine kleine Plastiktüte mit bunten Pillen heraus. »Probieren kostet nichts. Nur vielleicht einen Tanz.« Sie zwinkerte und Jim wurde übel.

Ohne sie weiter zu beachten, ging er weiter und stellte sich in großzügigem Abstand zur Theke an die Wand. Von hier aus hatte er die Menge gut im Blick. Er sah Brian bei ein paar anderen Jungen aus der Stufe. Jetzt schnappte Brian sich das blonde Mädchen mit den blauen Strähnen, das neben ihm stand, und zog es mit sich auf die Tanzfläche. Jim schaute genauer hin und erkannte sie als eines der Mädchen, die auch in seiner Stufe waren. Er kam gerade nicht auf ihren Namen. Sie war ziemlich hübsch und gehörte offensichtlich zu den Beliebten, aber er hatte schnell gemerkt, dass sie sich nicht ganz wohlfühlte, bei dem, was sie tat.

Gedankenverloren beobachtete er noch eine Weile das bunte Treiben und machte sich dann auf den Weg zum Ausgang. Es hatte keinen Sinn, seine Zeit hier noch länger zu verschwenden. Er kannte das alles nur allzu gut und wünschte, er täte es nicht.

An der Tür traf er Brian, der sich suchend umschaute.

»Ey, Dunlap, hast du Elena gesehen?«

»Wen?«

»Meine Freundin.«

»Das letzte Mal mit dir beim Tanzen.«

Brian fluchte.

»Sorry, Mann. Ich geh jetzt. Hab noch was vor.«

Brian beachtete ihn nicht weiter und verschwand wieder zwischen den Feiernden.

Jim atmete tief ein, als er das Haus verließ, und genoss die Stille, die ihn umgab, als er sich vom Haus der Coopers entfernte. In Chicago war es niemals still gewesen. Wenn der Rest der Welt abends schlafen ging, wachten die Straßen erst richtig auf. Eine Kleinstadt tat zur Abwechslung richtig gut.

Weiter vorn auf dem Waldweg hörte er plötzlich Rufe. Instinktiv schlug er sich seitwärts ins Gebüsch.

Besoffene.

Er verdrehte die Augen. War ja doch fast wie zu Hause hier.

Ein Schrei jagte ihm das Adrenalin durch die Adern. Jemand schrie um Hilfe. Ein Mädchen. Er rannte los, zurück auf den Weg.

Alysha.

Da! Er erblickte eine Gruppe von vier Jugendlichen, die sich auf ein Mädchen gestürzt hatten. Sie schlug um sich, wimmerte und flehte gleichzeitig.

Jim riss den vordersten Kerl von ihr weg und verpasste ihm einen Schlag ins Gesicht, sodass er zu Boden ging. Eine Klinge tauchte in seiner Hand auf. »Weg von ihr oder ich schwöre, dass ich jeden Einzelnen von euch aufschlitze!«

»Verzieh dich, Mann!«, antwortete der Größte von ihnen.

»Ja, Mann. Lauf lieber schnell zu deiner Mami, bevor du dir noch wehtust!«

Aus den Augenwinkeln sah er, wie das Mädchen zur Seite kroch. Einer packte sie an den Haaren und machte sich damit zu seinem Ziel. Jim stürzte vorwärts und ließ die Klinge dabei wieder zuschnappen. Ein gezielter Schlag in die Magengegend und der Kerl klappte stöhnend zusammen.

Der Erste versuchte gerade, sich wieder aufzurichten. Jim trat ihm ins Gesicht und der Kerl jaulte auf, als Blut aus seiner Nase spritzte. Er wirbelte herum und fixierte die anderen beiden. Der eine zögerte, doch der andere ging in Angriffsstellung. Mit dem Kriegsschrei eines Angetrunkenen taumelte er vorwärts, doch ein Tritt gegen die Kniescheibe ließ ihn schreiend zu Boden gehen.

Wieder ließ Jim seine Klinge aufschnappen und legte den Kopf schief. Der Vierte rannte los. Seine Kumpanen kamen stolpernd auf die Beine und flüchteten in Richtung Stadt.

Er starrte ihnen hinterher, bis die Dunkelheit sie verschluckte. Seine Finger zitterten, als er sich die Narbe über seinem Auge rieb.

Ein unterdrücktes Schluchzen zog seine Aufmerksamkeit wieder auf das am Boden kauernde Mädchen. Er drehte sich zu ihr um und in dem Moment erkannte er sie. »Elena?! Was tust du hier draußen? Ich dachte, du wärst bei Brian auf der Party!«

Zitternd schlang sie die Arme um die Knie und starrte ihn mit weit aufgerissenen ozeangrünen Augen an. Sie hatte nur noch einen ihrer hohen Schuhe an und die Strumpfhose war zerrissen.

»Er … er wollte … dass ich mit ihm auf sein Zimmer gehe, aber ich …« Sie schluchzte und versuchte, ihre Kleidung, so gut es ging, wieder in Ordnung zu bringen.

Jim zog seine Lederjacke aus und gab sie ihr. Schnell schlüpfte sie hinein.

»Danke«, flüsterte sie.

Er half ihr aufzustehen. Weitere Erklärungen waren nicht nötig, er konnte sich denken, was passiert war.

»Ich bring dich nach Hause.«

Die Zimmertür schloss sich leise hinter ihr und Elena ließ sich zitternd an der Wand zu Boden gleiten. Der Horror der vergangenen Stunde lähmte ihre Glieder und endlich brachen sich die Tränen Bahn und strömten über ihr Gesicht.

Wenn diese Tränen sie doch nur reinwaschen könnten.

Der Gedanke ließ Elena innehalten. *Reinwaschen?*

Was war eigentlich passiert? Beinahe wäre sie …

Die Wirklichkeit dieser Nacht traf sie wie ein Fausthieb in den Magen. Brian hatte sie bedrängt und die Besoffenen auf der Straße hätten ihr noch viel Schlimmeres zugefügt, wenn der neue Junge sie nicht gerettet hätte.

Vielleicht hatte sogar Gott ihn geschickt. Vielleicht war ihm doch nicht alles egal.

Elena schloss müde die Augen. Sie wollte heute Nacht nicht an Gott denken. Sie fühlte sich so klein und so schmutzig. Durfte sie es überhaupt wagen zu beten?

»Gott?«, flüsterte sie und erschrak darüber, wie laut dieses Wort in der Stille ihres Zimmers klang. »Bist du da?«

Eine Wolke schob sich vor die silbrige Mondsichel und tauchte den Raum in tiefe Schatten.

Alles blieb ruhig.

Elena atmete die angehaltene Luft wieder aus. Was hatte sie denn erwartet?

Gott hatte ihr schon lange nicht mehr geantwortet.

5

Jim hatte Elena nachgesehen, bis sie im Haus verschwunden war. Verständnislos schüttelte er den Kopf und machte sich auf den Heimweg.

Er hatte es doch gewusst, dass sie nicht so war wie die anderen um Brian herum. Sie wollte vielleicht cool und beliebt sein, aber wenn es ernst wurde, war sie doch ein Mädchen, das Anstand besaß. Er fragte sich nur, was sie an Brian fand. Der Typ hatte in der Umkleide damit geprahlt, endlich mal ein »Kirchenmädchen« rumgekriegt zu haben. Wenn Elena wirklich Christin war, dann verstand er ihr Verhalten nicht. Alle Christen, die er bis jetzt kennengelernt hatte, waren meistens brav, aber eigentlich gut drauf gewesen, auch wenn sie wegen ihrer komischen Ansichten oft belächelt wurden. Von Leuten wie Brian zum Beispiel. Der machte keinen Hehl daraus, dass er für diese »fanatischen Heiligen«, wie er sie nannte, nichts übrig hatte. Aber der war sowieso nicht der Hellste. Jim sollte auf Abstand zu ihm gehen, so gut er konnte. Als er heute Abend auf der Party gewesen war, hatte er wieder einmal gemerkt, wie sinnlos das alles war. Ständig einen draufzumachen. Da war doch niemand echt. Alle spielten einander etwas vor.

Aber da war er ja nicht besser. Er lebte eine größere Lüge als sie alle. Ihn ekelte diese Falschheit an. Die von Brian und seinen sogenannten Freunden, aber am allermeisten seine eigene.

Rick dagegen schien es nicht zu kümmern, was andere dachten. Er war einfach er selbst und stand dazu, auch wenn die anderen deswegen manchmal über ihn herzogen.

Rico war auch so gewesen.

Der Gedanke ließ Jim erstarren. Er schüttelte sich, als könnte er ihn so loswerden. An ihn konnte er nicht, wollte er nicht denken. Durfte er nicht. Jim versuchte krampfhaft, sich abzulenken und die aufblitzenden Bilder zu verdrängen.

Als der Bungalow der Dunlaps vor ihm auftauchte, sah er zu seinem Schrecken, dass sein Fenster, das er offen gelassen hatte, jetzt verschlossen war. Jim schloss frustriert die Augen. Das erste Wochenende und er verscherzte es sich mit Walter und Grace. Zu Hause hatte er immer einen Mordsärger bekommen, wenn er erwischt worden war. Und das war nicht selten gewesen.

Gut, dass er den Hausschlüssel eingesteckt hatte. Vielleicht hatte er ja Glück und sie schliefen schon.

Das Licht in der Küche, das ihn drinnen erwartete, zeigte ihm, dass das Gegenteil der Fall war.

Da ertönte auch schon Grace' Stimme: »Jim, komm doch bitte mal her.«

Er wappnete sich innerlich für eine Schimpftirade und betrat zögernd die Küche.

Grace hatte eine Schürze um und stand an der Arbeitsplatte. Jim konnte seinen Augen kaum trauen. Backte sie etwa? Tatsächlich. Er entdeckte ein Blech Kekse im Ofen; ein anderes stand zum Auskühlen auf dem Tisch. Ein weiterer Teig wurde gerade von ihren geschickten Händen bearbeitet. Das weiße Mehl an ihren Fingern bildete einen schönen Kontrast zu ihrer schwarzen Haut.

Jim lehnte sich gegen den Türrahmen.

Grace warf ihm einen Seitenblick zu. »Gut, dass du gerade da bist, dann muss ich nicht in den Keller laufen.« Sie lächelte. »Bringst du mir bitte eine Packung Mehl und eine Tüte Milch?«

Jim starrte sie ungläubig an. »Meinst du das ernst?«

»Ja, ich habe hier oben nichts mehr. Ach, ein paar Eier bitte auch.«

War sie überhaupt wach oder schlafwandelte sie?

Jim verengte die Augen. Diese Taktik kannte er noch nicht. Er verschwand im Keller und kam mit dem Gefragten wieder.

Grace bedankte sich und arbeitete weiter. Jim wartete eine

Weile an seinem Platz an der Tür, doch Grace sagte nichts mehr, sondern fing an, ein ihm unbekanntes Lied zu summen. Er musterte sie, wie sie seelenruhig Teig in Muffinförmchen füllte.

»Das war's?«, fragte er kritisch. »Ich kriege keinen Ärger? Keinen Hausarrest?«

Grace lächelte erneut. »Jim, du bist alt genug. Ich glaube nicht, dass ich dir sagen muss, wann du schlafen gehen solltest.« Sie nahm ein Handtuch, zog das Blech mit den fertigen Keksen aus dem Ofen und schob das mit den Muffins hinein. »Glaub aber nicht, dass du morgen bis nachmittags schlafen kannst. Frühstück gibt es Punkt halb neun und keine Minute später.«

Jim sah den Schalk in ihren Augen und musste lächeln. »Okay.« Sein Blick wanderte zur Wanduhr, die halb zwei zeigte. »Bist du wegen mir wach geblieben?«

Grace schüttelte den Kopf. »Nein, mein Junge, wegen des Rheumas in meinen Beinen. Wenn das Wetter umschlägt, spür ich jeden einzelnen Knochen.«

»Und dann backst du?«

»Ich backe, putze, nähe, lese, stricke. Was auch immer.« Grace holte zwei Gläser aus dem Schrank und bedeutete ihm, sich zu setzen. Ein paar der noch heißen Kekse legte sie auf einen Teller und stellte ihn auf den Tisch. »Walter stört das auch nicht, wenn ich nachts hier herumwerkle. Der schläft wie ein Stein.« Sie goss Milch in die Gläser und schob ihm eins davon hin. »Und, wo warst du?«

»Mit Schulfreunden unterwegs. Wir waren bei Brian zu Hause.«

Grace hob eine Augenbraue. »Brian Cooper?«

Jim verdrehte die Augen. »Ja, Brian Cooper. Ein hirnloser Idiot.«

»Das hätte ich dir auch vorher sagen können.«

Jim lehnte sich zurück. »Er ist der Typ Mensch, der denkt, er könne sich alles erlauben, nur weil er viel Geld hat. Der Typ Mensch, den ich am allermeisten verachte.«

Grace zerbrach einen der warmen Kekse. »Weißt du, Jim, ich halte dich für klug genug zu sehen, welche Freunde dir schaden und welche dich weiterbringen. Du bist reifer als die meisten anderen in deinem Alter. Und du hast eine gute Menschenkenntnis, was sicher auch daran liegt, was du schon alles erlebt hast. Wähle deine Freunde hier mit Bedacht, sie entscheiden über deine Zukunft.« Sie schob sich ein Stück des Kekses in den Mund und wechselte das Thema. »Will hat mir erzählt, dass du auch Schlafprobleme hast. Brauchst du etwas dagegen? Ich habe da einen sehr guten pflanzlichen Schlafsaft.«

Jim schüttelte den Kopf. »Nein danke. Hab ich schon ausprobiert. Man schläft zwar gut ein, kann dann aber nicht so schnell aufwachen.«

»Wie du meinst. Ich trinke gleich aber ein bisschen was davon. Und du solltest jetzt auch versuchen zu schlafen. Nimm dir ruhig ein paar Kekse mit aufs Zimmer, aber nicht krümeln!« Sie zwinkerte ihm zu und erhob sich, um nach den Muffins zu sehen.

Jim leerte sein Milchglas in einem Zug und ging in sein Zimmer.

Grace und Walter waren so anders als seine Eltern. Bei Will hatte auf jeden Regelbruch eine Strafe gefolgt. Shakira hatte stets dafür gesorgt, dass Will von jedem seiner Verstöße erfuhr, und sich gleichzeitig bemüht, nach außen hin das gute Bild zu wahren. Aber er hatte ihr Spiel nicht mitgespielt.

Und deswegen war er jetzt hier.

Im Moment war er sich noch nicht sicher, ob es Strafe war oder das Beste, was ihm hatte passieren können, denn Walter und Grace waren ganz anders, als er erwartet hatte. Sie gaben ihm viele Freiheiten, aber bei Will und Shakira war das am Anfang auch so gewesen. Wahrscheinlich hatte er keine andere Wahl, als abzuwarten, wie die Dinge sich entwickelten.

Völlig erschöpft wachte Elena am nächsten Morgen auf. Ihr Kopf fühlte sich an, als wollte er jeden Moment explodieren.

Stöhnend drehte sie sich um. Bevor sie die Decke zum Schutz gegen das grelle Tageslicht über die Augen zog, erhaschte sie einen Blick auf die zerrissene Strumpfhose, die zusammengeknüllt in der Ecke lag. Urplötzlich schossen ihr die Bilder und Geräusche der letzten Nacht in den Kopf. Sie kniff die Augen zusammen und atmete tief durch, bis das Pochen in ihren Schläfen etwas nachließ. Dann dachte sie an Jim, den Neuen, der sie gerettet hatte. Ein warmes Gefühl durchströmte sie bei der Erinnerung daran, wie er ihr seine Jacke gegeben hatte.

Seine Jacke!

Elena setzte sich auf und suchte mit ihrem Blick nach der Lederjacke. Sie hatte ganz vergessen, sie ihm zurückzugeben.

Hinter ihrer Tür lag etwas Schwarzes. Elena stieg aus dem Bett und hob die Jacke auf. Sorgfältig legte sie sie über ihre Stuhllehne und strich die Falten heraus, wobei ihr eine aufregende Geruchsmischung nach Leder, Rauch und etwas Süßem in die Nase stieg.

Dann dachte sie an Brian. Seine Blicke und Hände auf ihr, sein heißer Atem, als er sie im Arm gehalten und ihr ins Ohr geflüstert hatte, sie solle mit ihm nach oben kommen.

Okay, er hatte viel getrunken an dem Abend.

Und vielleicht hatte sie ein bisschen zu heftig reagiert.

Ihr Handy vibrierte irgendwo. Eine Nachricht. *Von Brian?*

Elena schob die herumliegenden Kleidungsstücke auf dem Boden auseinander, bis sie das Handy in ihrer Handtasche fand.

Tatsächlich! Brian hatte ihr geschrieben.

Süße, es tut mir so leid wegen gestern Abend. Können wir uns heute treffen?

Elena musste lächeln. Sie hatte doch gewusst, dass sie sich nicht in ihm getäuscht hatte.

Es ist alles in Ordnung, tippte sie und hielt plötzlich inne.

War es das?

Elena schüttelte den Kopf über ihre plötzliche Nachdenklichkeit. Was gestern passiert war, war eben passiert. Brian hatte keine Schuld daran.

Und sie auch nicht.

Ich habe etwas überreagiert, fügte sie hinzu. *Klar treffen wir uns heute :**

Sie drückte auf »Senden« und warf das Handy auf ihr Bett.

Das Geräusch der eingeschalteten Kaffeemaschine in der Küche drang durch die Zimmertür an ihr Ohr. Ihre Eltern waren wach und würden bald mit ihr und Rick frühstücken wollen.

Elena griff nach der kaputten Strumpfhose und stopfte sie in ihren Mülleimer. Dann fiel ihr Blick auf Jims Jacke. Sie würde einen Weg finden, sie ihm unauffällig wiederzugeben. Bis dahin war die Jacke in ihrer Sporttasche gut versteckt. Niemand durfte von dem Zwischenfall auf dem Rückweg erfahren. Jim würde bestimmt nichts erzählen. Er wirkte wie einer, der nicht viel redete.

Und auch sie selbst würde kein Wort über die Sache verlieren. Sie würde sich heute wieder mit Brian treffen, alle unschönen Erinnerungen an gestern Abend verdrängen und endlich das Leben führen, das sie verdiente.

Eine Tür wurde geschlossen; das Geräusch des Schlüssels im Schloss der Badezimmertür riss Jim endgültig aus einem unruhigen Schlaf. Er blinzelte gegen das helle Licht, das durch das Fenster fiel. Er hörte, wie jemand die Kaffeemaschine einschaltete und mit dem Geschirr klapperte.

Frühstück um halb neun, richtig. Er sollte aufstehen. Eigentlich interessierte es ihn recht wenig, was die Erwachsenen ihm für Regeln vorschrieben, aber Grace war so nett zu ihm gewesen, dass er sich nicht schon am Anfang bei ihr unbeliebt machen wollte. Als er ins Bad schlurfte, noch mit halb geschlossenen Augen, kam ihm Walter im Morgenmantel entgegen.

»Guten Morgen, Jim!«, donnerte seine Stimme durch den Flur. »Na, gut geschlafen?«

Jim brachte ein verschlafenes Lächeln zustande und nickte. Die Nacht war zwar zu kurz und unruhig gewesen, besonders, weil er lange nicht hatte einschlafen können, aber immerhin hatte er keine Albträume gehabt.

Nachdem er sich reichlich kaltes Wasser durchs Gesicht gezogen hatte, suchte er in seinem Zimmer vergeblich nach seiner Lederjacke. Verwirrt überlegte er, ob Grace sie vielleicht weggeräumt hatte, da fiel ihm der vergangene Abend wieder ein.

Elena. So aufgelöst, wie sie gewesen war, hatte er die Jacke nicht von ihr zurückfordern wollen. Er zog ein Sweatshirt aus dem Schrank und begab sich in die Küche. Grace sah verschlafen aus, wahrscheinlich war sie genauso müde wie er. Walter hingegen wirkte munter und so voller Energie, dass er wahrscheinlich schon vor dem Frühstück eine Ladung Holz hätte hacken können.

Jim musste ein wenig lächeln, als er dem relativ einseitigen Gespräch zwischen Walter und Grace folgte, wobei Walter unentwegt etwas aus der Zeitung zitierte oder kommentierte, während Grace zustimmend brummte oder nickte.

Erst nach der zweiten Tasse Kaffee wurde Grace etwas gesprächiger.

Schließlich faltete Walter die Zeitung zusammen und sah Jim an. »Hast du Hausaufgaben für Montag? Musst du heute lernen?«

Jim verneinte, woraufhin Walter sich begeistert die Hände rieb.

»Ausgezeichnet. Im Garten muss der Rasen gemäht werden und das Unkraut im Blumenbeet muss auch weg. Das könnte bis Mittag dauern, aber das schaffst du, nicht wahr?«

Jim hob die Schultern und nickte. Er wagte nicht zu sagen, dass er noch nie in seinem Leben einen Rasenmäher bedient hatte. Aber das konnte ja wohl nicht so schwierig sein.

»Am Nachmittag fahren wir dann zu ein paar Ferienhütten, um zu schauen, ob alles in Ordnung ist.« Walter schlug Jim gutmütig auf die Schulter. »Du brauchst auf jeden Fall keine Angst haben, dass dir langweilig werden könnte. Hier gibt es immer etwas zu tun.« Er stand auf, nahm seinen Hut und zog sich eine leichte Jacke über. »Jim, auf geht's!«

Gehorsam stand er auf, um dem grauhaarigen Mann nach draußen zu folgen. Er war sich noch nicht ganz sicher, wie er es finden sollte, dass Walter ihn zum Arbeiten einspannte. Andererseits – was sollte er sonst tun? Es konnte ja nicht schaden, sich ein bisschen körperlich zu betätigen. Wenn er ehrlich war, freute er sich eigentlich sogar darauf.

Grace drückte ihm noch eine Flasche Wasser in die Hand und lächelte. »Vergiss nicht, Pausen zu machen. Und wenn du Fragen hast, dann frag!« Sie schob ihn zur Tür hinaus, wo Walter bereits im Pick-up saß und den Motor startete.

Grace winkte ihnen nach, als im Inneren des Hauses das Telefon klingelte.

Rick kam gerade nach dem Rasenmähen zurück ins Haus, als er seine Mutter mit dem Telefon am Ohr im Wohnzimmer sah.

»Ja, Grace, das fänd ich auch super. Sie werden sich sicherlich gut verstehen. Alles klar, dann bis morgen!« Sie legte auf und wandte Rick ihre Aufmerksamkeit zu. »Ihr habt einen Neuen in der Stufe, richtig?«

Rick nickte. »Jim Dunlap. Hab schon kurz mit ihm geredet.«

»Das freut mich. Ich habe die Dunlaps nämlich morgen zum Mittagessen eingeladen und sie werden Jim mitbringen.«

Rick wusste nicht, ob er das gut finden sollte. Nicht, dass er Jim keine Chance geben wollte, Fuß zu fassen. Aber soweit er das einschätzen konnte, war er einer von der Brian-Sorte. Kerle, die gerne Party machten, mit hübschen Mädels in ihren Armen. Rick seufzte. Andererseits war es nicht fair, so zu denken. Er kannte Jim doch gar nicht. »In Ordnung, Mom.«

»Du kannst ihm ja die Gegend zeigen. Vielleicht wäre der Mountainbike-Trail was für ihn? Oder ihr geht klettern. Natürlich nur, wenn es nicht nass ist.«

In der Nähe stürzte sich der Fluss, an dem ihr Städtchen lag, eine etwa zwölf Meter hohe Klippe in einem schäumenden Wasserfall hinunter; einige Hundert Meter weiter gab es eine coole Stelle, die man auch ohne Sicherungen hinunterklettern konnte, wenn man wenigstens ein bisschen Erfahrung hatte.

»Warum nicht. Wenn er Lust hat …«

»Ach, wenn ihr euch gar nicht versteht, müsst ihr das ja nicht wiederholen, aber einen Versuch ist es doch wert.« Seine Mutter wuschelte ihm durch die Haare, was er mit einem Knurren hinnahm. »Vielleicht mag Elena ja auch mitkommen.«

Fast hätte er gefragt, ob sie das wirklich für eine gute Idee hielt. Jim war einer von denen, die Mädchenherzen, ohne mit der Wimper zu zucken, erobern konnten. Das hatte er direkt an all den schmachtenden Blicken gesehen, die sofort an ihm geklebt hatten, sobald er den Kursraum betreten hatte. Rick schalt sich selbst, dass er schon wieder so voreingenommene Gedanken über Jim hatte. Er entschied, dass es vielleicht eine gute Gelegenheit sein könnte, Zeit mit seiner Schwester zu verbringen.

Rick lief die Treppe hoch und klopfte an Elenas Tür, an der mit fetten schwarzen Buchstaben ihre derzeitige Einstellung zu ihrer Familie deutlich abzulesen war: *KEEP OUT!!!*

»Was?«, kam es von drinnen.

Rick öffnete die Tür und steckte den Kopf hinein. Sofort wusste er, dass irgendetwas nicht stimmte. Elena sah völlig fertig aus. Nicht nur verkatert, den Anblick kannte er schon. Nein. Irgendetwas war passiert. Ihr Blick war gehetzt. Oder ängstlich? Ihre Knie und ihr linker Ellenbogen waren aufgeschürft.

»Hab ich ›Herein‹ gesagt?!«, fuhr sie ihn an und zog sich schnell einen Cardigan über.

»Guten Morgen auch«, ignorierte er ihre schlechte Laune und zog die Tür hinter sich ins Schloss. Elena warf ein paar Klamotten in ihren Schrank. »Die Tür hast du ja super zugekriegt. Jetzt versuch's mal von der anderen Seite!«

Rick setzte sich auf ihren Schreibtisch und sah sie fest an. »Was ist passiert?«

Tränen lösten sich von ihren Wimpern. »Gar nichts!«, fauchte sie und warf eine Handtasche in hohem Bogen in den Schrank hinein. »Lass mich in Ruhe!«

Ricks Blick fiel auf eine Lederjacke, die aus ihrer Sporttasche herausragte. Definitiv keine Mädchenjacke. Er schloss kurz die Augen, als verschiedene Szenarien durch seinen Kopf rasten. »Okay, weißt du was? Entweder du sagst mir, was passiert ist, oder ich rede mit Mom.« Er zeigte auf die Jacke. »Von wem hast du die?« Jetzt deutete er auf ihr verletztes Knie, das unter dem Cardigan immer noch zu sehen war. »Und woher ist das?«

Elena wischte sich wütend über die Augen. »Wehe, du gehst zu Mom!«

Gespielt gleichgültig hob er die Schultern. »Entweder das oder du sagst mir, was passiert ist.« Dann fügte er sanfter hinzu: »Du bist mir wichtig, Jellybean, und wenn dir jemand was getan hat, dann –«

»Erstens«, schnitt sie ihm das Wort ab, »nenn mich nicht so, das darf nur Mari! Zweitens bin ich hingefallen und drittens ist die Jacke von Jim, der mich nach Hause begleitet hat!« Sie zog die Nase hoch. »Zufrieden?« Sie zeigte auf die Tür.

»Du bist hingefallen.« Rick bemühte sich nicht einmal, seine Zweifel zu verbergen. Die Jacke hingegen erkannte er jetzt wieder; Jim hatte sie in der Schule getragen. »Hat Jim dir wehgetan?«

»Nein!«

»Wer dann?«

»Ich hab's dir gesagt: Ich bin nur hingefallen!«

»Lüg mich nicht an. Mom glaubt dir vielleicht, ich aber nicht.« Die Tränen liefen weiter über Elenas Gesicht, doch sie schob das Kinn vor und schwieg eisern.

Rick starrte sie an, als ihm ein neuer, grausiger Gedanke kam.

»Hat jemand … wurdest du …« Er brach ab, als sie den Kopf schüttelte.

»Nein«, flüsterte sie. »Aber fast.« Sie unterdrückte ein Schluchzen und schlang die Arme um sich. »Jim ist dazwischengegangen.«

Ricks Entsetzen wurde von Erleichterung abgelöst.

Elena machte einen Satz auf ihn zu und krallte ihre Finger in sein Shirt. »Sag es nicht Mom und Dad! Versprich es mir!« Flehend blickte sie ihm in die Augen. »Bitte! Das ist nicht nötig. Es … es ist ja nichts passiert!«

Rick fühlte sich hin- und hergerissen. »Elena … das sollte angezeigt werden! Die Typen …«

»Nein!«, unterbrach sie ihn. »Du hast gesagt, du verrätst Mom nichts, wenn ich dir sage, was passiert ist! Jetzt halt dich auch dran!«

Unschlüssig fuhr er sich übers Gesicht. »Ich weiß nicht …«

»Bitte, Rick! Bitte … für mich, okay?«

Was sollte er dazu sagen? Das erste Mal seit Wochen bat sie ihn um etwas und vertraute ihm ein Geheimnis an. Nun gut, er hatte ihr keine Wahl gelassen … »In Ordnung, ich schweige. Unter einer Bedingung.« Er sah sie ernst an. »Sollte ich den Eindruck bekommen, dass du damit nicht klarkommst, sage ich es ihnen. Ich werde garantiert nicht dabei zusehen, wie sich die nächste meiner Schwestern kaputtmacht.« Er machte ihre Finger von seinem Shirt los und verließ das Zimmer.

Auf dem Flur fiel ihm ein, warum er überhaupt zu ihr gekommen war. Er ging zurück. »Übrigens.« Er wartete, bis sie sich zu ihm umdrehte. »Jim kommt morgen zum Mittagessen. Mom hat die Dunlaps eingeladen.«

6

Jim war noch nie in einem Gottesdienst gewesen. Nicht einmal an Weihnachten waren Will und Shakira hingegangen, da Will meistens mit der Kanzlei gefeiert hatte.

Ein paarmal war er als Kind in einer katholischen Messe gewesen. Er hatte diese wenigen Male noch ganz deutlich vor Augen; die riesigen, verzierten Hallen und die monotonen Stimmen der Priester. Dann die unheimlichen Gesänge, von denen er ebenso wenig verstanden hatte wie von dem Rest.

Heute Morgen hatte Grace Walter gefragt, ob er denn dieses Mal mit zur Kirche käme, aber er hatte irgendetwas davon gemurmelt, dass bei den Ferienhütten noch so viel Arbeit auf ihn wartete.

Es überraschte Jim wenig, als Grace den Wagen vor der Kirche parkte, die er bei seinem nächtlichen Spaziergang entdeckt hatte. So eine Kirche passte zu ihr. Er hatte schon bemerkt, dass ihre Religion irgendwie anders war.

Jim stieg aus und folgte seiner Tante zum Eingang, wo ein junger Mann an der Tür stand und jeden persönlich begrüßte. Als er Grace die Hand drückte, wanderte sein Blick zu Jim und er musterte ihn interessiert.

»Du musst Jim sein! Grace hat mir bereits erzählt, dass du für einige Zeit zu Besuch kommst.« Er griff herzlich nach Jims Hand. »Freut mich! Ich hoffe, es gefällt dir hier bei uns.«

Jim nickte dankend und folgte Grace ins Innere. Im Foyer begrüßte sie einige Frauen und stellte ihnen Jim als ihren Neffen vor. Irgendwie freute ihn das; Will und Shakira hatten stets betont, dass er adoptiert war, obwohl jeder sehen konnte, dass sie nicht leiblich miteinander verwandt sein konnten. Ja, fast geprahlt hatten sie damit; dadurch standen sie ganz oben auf der

Liste derjenigen, die zu den Wohltätigsten ihres Freundeskreises gehörten. Grace hatte bis jetzt niemandem gegenüber ein Wort darüber erwähnt. Vielleicht aber auch nur, weil das zu kompliziert zu erklären war.

Der Saal war ähnlich aufgebaut wie die, an die Jim sich erinnern konnte, doch war die Einrichtung sehr viel moderner und auch irgendwie einladender.

Grace wandte sich zu ihm um. »Willst du bei mir sitzen oder bei den anderen in deinem Alter?« Sie zeigte auf eine Bank, wo schon einige Teenager Platz genommen hatten; er erkannte einige davon aus seinen Kursen wieder und meinte, auch den blonden Haarschopf von Elenas Bruder zu sehen.

»Ich denke, ich sitze bei dir. Ich kenne da noch nicht so viele.«

Grace führte ihn zu einem Platz, der nicht allzu weit vorn war, und setzte sich.

Als der Gottesdienst mit einigen Liedern begann, fing Jim an, die Besucher zu studieren. Einige schienen von ganzem Herzen zu meinen, was sie da sangen. Andere unterhielten sich noch. Ein paar der Kinder, die weiter vorne saßen, hatten bereits ihre Malsachen ausgepackt. Jim fragte sich, warum sie überhaupt herkamen, aber wahrscheinlich verstanden sie genauso wenig wie er damals.

Das nächste Lied wurde angestimmt und der Gesangsleiter bat die Versammlung aufzustehen. Die Musik war nicht wirklich nach Jims Geschmack, aber die Musiker waren nicht schlecht. Als Nächstes kam ein Mann nach vorn, der ihm vage bekannt vorkam. Als er anfing, die Termine und Ansagen weiterzugeben, fiel Jim ein, dass er ihn schon einmal auf dem Schulhof gesehen hatte. Wahrscheinlich ein Lehrer.

Die Predigt begann und Jim lehnte sich zurück. Ein wenig neugierig war er schon.

»Meine Brüder, achtet es für lauter Freude, wenn ihr in mancherlei Anfechtungen geratet, da ihr ja wisst, dass die Bewährung eures Glaubens Standhaftigkeit bewirkt.«

Rick verfolgte mit den Augen die Verse in seiner Bibel, die Mr Jordan aus dem Jakobusbrief vorlas. Er versuchte, sich auf die Predigt zu konzentrieren, aber seine Gedanken schweiften immer wieder zu den letzten Tagen ab. Elenas komisches Verhalten am Freitag. Ihr Geständnis gestern. Und dann war sie am Abend wieder feiern gegangen, als wäre nichts gewesen. Hatte sie denn gar nichts aus der Situation gelernt?!

»Wir können uns also insofern glücklich schätzen, dass der Herr die schweren Zeiten in unserem Leben gebraucht, um uns zu formen.«

Rick horchte auf. Schwere Zeiten? Natürlich hatte er sich in den letzten Monaten gefragt, warum erst das mit Mari und dann das mit Elena passieren musste. War mit den schweren Zeiten und Anfechtungen so etwas auch gemeint? Er hatte noch nie mit dem Gedanken gespielt, den Glauben an Gott aufzugeben. Warum auch? Er wusste, dass er Gott brauchte.

»In Anfechtungen macht Gott uns stark für noch schwerere Prüfungen. Wenn unser Glaube sich in diesen Prüfungen bewährt, wird er noch stärker.«

Plötzlich unruhig rutschte Rick auf der Bank hin und her. Was sollte das bedeuten? Etwas wie eine Vorahnung oder Angst vor etwas Großem erfasste ihn. Wofür könnte Gott ihn durch die Sache mit seinen Schwestern vorbereiten wollen? Würde die Situation mit Elena vielleicht noch schlimmer werden?

Den Rest der Predigt bekam Rick kaum noch mit, so tief war er in Gedanken versunken. Was, wenn Elena auf einmal abhaute, so wie Mari? Oder wenn sie plötzlich schwanger nach Hause kommen würde? Brian würde sich holen, was er wollte, und ihm war egal, welche Konsequenzen das für Elena haben würde.

Nach dem Schlussgebet stieß sein Kumpel Ben ihn in die Seite. »Schau mal, da hinten ist Jim!«

Tatsächlich. Rick hatte irgendwie nicht erwartet, ihn in der Kirche anzutreffen.

Ben stand auf. »Komm, wir sagen Hallo! Er sieht da neben Miss Grace und den alten Damen ganz hilflos aus.«

Rick folgte seinem Kumpel durch die dichte Menge der Gottesdienstbesucher, die plaudernd umherstanden und ein Durchkommen beinahe unmöglich machten.

Jims Gesicht erhellte sich, als er sie erblickte. »Hi. Schön, euch zu sehen.«

»Cool, dass du da bist«, erwiderte Rick.

Jim zuckte mit den Schultern. »Die andere Option heute Morgen wäre gewesen, Walter bei den Hütten zu helfen, und ... na ja, einen Gottesdienst zu besuchen, klang weniger anstrengend.«

Ben grinste breit. »Wahre Worte.«

Rick war etwas verlegen und wusste nicht, was er darauf antworten sollte.

Jim bemerkte seinen Blick und sagte: »Es war aber ungewöhnlich ... interessant.«

Miss Grace drehte sich zu ihnen um und rettete die Situation: »Ah, guten Morgen, ihr beiden! Wie hat euch der Gottesdienst gefallen?«

Ben setzte zu einer Antwort an, als die ältere Dame auch schon fortfuhr: »Habt ihr auch schon so einen Hunger wie ich? Also, ich kann euch sagen, dass Walter gestern von nichts anderem als von dem Barbecue heute geredet hat; der alte Junge freut sich immer über ein gutes Steak.« Grace lachte und legte Jim eine Hand auf den Arm. »Komm, Jim, wir holen ihn ab – ich bin mir sicher, er wartet schon ganz ungeduldig auf uns.« Sie winkte Rick und Ben zu. »Bis später!«

Jim hob zum Abschied die Hand und ließ sich von Grace zum Ausgang ziehen.

»Barbecue?«, fragte Ben neugierig.

»Ja, meine Mom hat die Dunlaps mit Jim eingeladen. Willst du auch kommen?«

»Würde ich voll gern! Die Steaks deines Vaters sind ja der Wahnsinn! Aber ich muss heute leider mit meinen Eltern meinen Onkel besuchen.« Er verdrehte die Augen. »Und Jim kommt auch, ja?«

Rick hob die Schultern. »Ich denke schon.«

»Bin ja gespannt, wie der so drauf ist.«

»Ich auch.«

Ben sah sich um. »Ich glaub, meine Eltern sind schon zum Auto gegangen. Wir sehen uns morgen in Bio, dann kannst du mir ja alles erzählen.«

Rick winkte und sah sich nach seinen eigenen Eltern um, die aber noch im Gespräch waren. Also ging er nach draußen zum Auto, um dort zu warten.

Auf der anderen Seite des Parkplatzes konnte er Chelsea mit den anderen Mädels aus der Teeny sehen, die zusammenstanden und über irgendetwas lachten. Es tat ihm irgendwie weh, weil Elena in diesem Bild einfach fehlte. Chelsea war ihre beste Freundin gewesen, aber Elena hatte sich auch von all ihren Teenyfreunden distanziert. In der Schule redete sie noch mit ihnen, wenn sie musste, und ignorierte sie sonst völlig.

Rick seufzte tief. Er vermisste die alte Elena, die mit ihm auf dem Mountainbike durch den Wald raste, das Abc rülpste und ihn in *Need For Speed* schlug, wenn er nicht aufpasste.

»Oh, Gott«, murmelte er leise. »Bitte bring sie zurück …«

Voller Vorfreude verteilte Rick eine großzügige Menge Texas-Soße auf seinem Steak und bot Jim, der ihm gegenübersaß, auch davon an. Jim tat es ihm gleich und reichte sie daraufhin an Elena weiter, die die ganze Zeit über geschwiegen hatte.

Genüsslich kaute Rick und fragte sich, worüber er mit Jim reden sollte. Er hatte ihm schon ein paar Fragen zu seinen Kursen und einigen Lehrern gestellt, aber was ihn am meisten interessierte, traute er sich nicht anzusprechen. Nämlich, warum er plötzlich zu seinem Onkel und seiner Tante hatte ziehen müssen. Woher die Narbe über seinem Auge stammte. Warum er ständig so müde war. Oder warum er mit Brian und seinen Leuten abhing. Letzteres konnte Rick sich eigentlich denken. Wenn man als Neuer an die Schule kam, war es sicher nicht schlecht, sich mit den Beliebten anzufreunden.

Plötzlich bemerkte er, wie Jim ihn musterte. Er hob fragend die Augenbrauen, weil er den Mund gerade voll mit zartem Schweinefleisch hatte. Jim schaute weg. Jetzt musste Rick wohl irgendetwas sagen. Er schluckte und wischte sich mit dem Handrücken über den Mund. »Hast du Lust, ein bisschen die Gegend zu erkunden? Ich könnte dir ein paar coole Plätze zeigen. Also, wenn du willst …«

Jim zuckte die Achseln. »Klar, warum nicht?«

»Super! Dann können wir ja gleich los.«

Und wieder schwiegen sie. Jim tat von sich aus auch nichts, um das Schweigen zu brechen. Außer, wenn jemand von den Erwachsenen ihn etwas fragte. Dann schien er plötzlich ein ganz anderer Typ Mensch zu sein. Megahöflich, Augenkontakt, aufmerksames Zuhören, Lächeln hier, Nicken da … Fast wie ein Politiker vor der Kamera, der gut dastehen musste.

»Von den Ferienhütten hast du sicher schon ein paar gesehen.«

Jim nickte kurz.

»Wusstest du, dass ein Campingplatz unten im Tal auch zu euch gehört? Er liegt direkt am Fluss auf einer Lichtung im Wald. Es ist total schön dort; da haben wir immer unsere Freizeiten mit der Teeny.«

Jim schaute auf. »Was für eine Teeny?«

»Das ist eine Gruppe von Teenagern. Wir treffen uns einmal in der Woche in der Kirche, um in der Bibel zu lesen und Spiele zu spielen und so. Einige aus unserer Stufe gehen auch dorthin.«

»Ach so.« Jim beugte sich wieder über seinen Teller und stocherte im Salat herum.

»Jim, wenn du willst, kannst du ja mal mitgehen«, schlug Mrs Anderson vor, die bei dem Thema offensichtlich aufgehorcht hatte. »Das wäre doch sicher eine gute Gelegenheit, neue Leute kennenzulernen.«

Ein unschönes Schnauben kam aus Elenas Richtung. »Der hat es doch nicht nötig, in die Kirche zu rennen, um Freunde zu finden.«

Jim setzte wieder sein diplomatisches Lächeln auf. »Warum nicht? Wann ist das denn?«

Rick verschluckte sich fast an seinem Eistee. »Äh, hm, freitags um sechs.«

»Na dann. Vielleicht komm ich mal vorbei.«

Rick konnte Elenas Gesichtsausdruck nicht einschätzen, aber sie kaufte Jim das mit Sicherheit nicht ab.

Als Rick wenig später aufsprang und zu Jim meinte, dass er ihm den Klettersteig zeigen würde, sagte sie plötzlich: »Ich komme mit.«

Wieder fragte Rick sich, ob sie das nur wegen Jim wollte. Aber Hauptsache, sie war überhaupt dabei.

Rick benahm sich auf dem Weg durch den Wald wie ein Fremdenführer und ignorierte dabei völlig, dass Jim und sie beharrlich schwiegen. Rick erzählte einfach, was er über die Geschichte ihres kleinen Ortes wusste. Viel gab es da nicht zu sagen, denn ihr Städtchen war noch ziemlich jung. Um 1900 hatte es einmal eine Kupfermine im Tal gegeben, welche jedoch nach ein paar Jahren wieder geschlossen worden war, da man schnell feststellte, dass es sich bei dem angeblichen Fund einer Bodenschatzquelle um einen Irrtum gehandelt hatte. In den Achtzigerjahren hatte irgendein reicher Geschäftsmann dann angefangen, den Ort in einen Kurort umzuwandeln. Die Reste seiner Anlage waren von Walter und Grace übernommen worden, als der Geschäftsmann sich nach ergiebigeren Ideen weiter im Osten umschaute.

Elena trottete mit etwas Abstand hinter den beiden Jungs her. Sie wusste nicht genau, warum sie unbedingt hatte mitkommen wollen. Wahrscheinlich vor allem wegen Jim. Seit dem Vorfall nach der Party war er ihr größter Held. Anscheinend hatte er zu Hause auch kein Wort darüber verloren, was geschehen war, denn weder Grace noch Walter hatten irgendwelche Andeutungen gemacht. Was sie geärgert hatte, war, dass ihre Mutter Jim sofort zur Teeny hatte einladen müssen. Wie peinlich! Was musste er jetzt von ihr denken? Dass sie die absolute Spießerin war? Genau das Image versuchte sie doch gerade loszuwerden!

»Ey, Jim, du brauchst dich nicht verpflichtet zu fühlen, zur Teeny zu gehen, nur weil die Erwachsenen das für eine gute Idee halten.« Sie versuchte, es ganz locker und beiläufig klingen zu lassen.

Jim blieb stehen und sah sie fragend an. »Elena … würdest du sagen, dass ich dich kenne?«

Perplex zog sie die Augenbrauen hoch. »Äh, nein? Ganz sicher nicht.«

»Dann tu nicht so, als würdest du mich kennen.«

»Du … du scheinst mir einfach nicht der Typ zu sein, der freiwillig in die Kirche geht«, stotterte sie.

»Und du scheinst mir nicht der Typ zu sein, der freiwillig nicht hingeht. Wie man sich täuschen kann.«

Rick entfuhr ein ungläubiges Lachen und er sah mit gehobenen Brauen zwischen den beiden hin und her.

Elena biss sich auf die Lippen. Sie sollte am besten einfach die Klappe halten. Wieso machte sie bloß alles falsch?! War Jim jetzt sauer auf sie?

Ihr Bruder bedachte sie mit einem Blick, den sie nicht ganz deuten konnte, dann rettete er die Situation und meinte: »Wir lernen uns schon noch alle kennen. Da drüben geht es übrigens zur Kletterwand.«

Klettern? Oh, nee. Elena hatte definitiv die falschen Klamotten dafür an. Sie hatte gedacht, dass sie nur ein bisschen herumlaufen würden …

»Was ist das für ein Geräusch?«, fragte Jim.

Elena und Rick sahen ihn etwas verständnislos an, aber dann begriff Elena. »Das wird der Wasserfall sein, den du hörst! Kommt, wir gehen hin!«

Sie ging voraus zur Lichtung am Fluss und die Jungen folgten ihr und dem lauter werdenden Geräusch des in die Tiefe stürzenden Wassers. Die drei wanderten schweigend den Weg flussabwärts und blieben auf dem kleinen Pfad, der den Felshang hinabführte. Am Abhang angelangt, setzten sie sich auf die Felsen und blickten ins Tal hinunter. Vor ihnen erstreckte sich der Wald und in der Ferne sah man die vereinzelten Hütten und Häuser zwischen den Wiesen. Darüber spannte sich der Himmel in Azurblau, verziert mit einzelnen weißen Tupfern. Das Donnern des Wasserfalls machte ein Gespräch schwierig, aber Elena war sowieso nicht danach zumute.

Wann hatte sich ihre Denkweise so verändert? Vor einem Jahr noch war es für sie ganz normal gewesen, zur Teeny zu gehen. Sie hatte sogar die Mädels in der Schule bemitleidet, die so sehr nach der Aufmerksamkeit der Jungs gestrebt hatten. Das alles war ihr oberflächlich und sinnlos vorgekommen und sie war froh gewesen, nicht in deren Haut zu stecken.

Und jetzt? Wann war sie zu diesem Mädchen geworden, das Angst hatte, ein Oberteil zweimal zur Schule anzuziehen? Eine, die sich eine Stunde vor Unterrichtsbeginn vor den Spiegel stellte und begann, sich zu schminken, damit auch jedes Detail saß? Eine, die in der Öffentlichkeit nicht mehr mit ihren alten Freundinnen redete, weil das ja ihren Status runterziehen könnte?

Ein wenig neidisch war sie ja schon auf die beiden Jungs, die neben ihr saßen. Rick scherte sich überhaupt nicht darum, was andere über ihn dachten. Und Jim war der Neue. Da war er automatisch eine Hauptattraktion, wenn er sich auch nur ansatzweise richtig benahm. Und darin schien er Meister zu sein.

Was war denn überhaupt wichtig im Leben? Ansehen? Beliebtheit? Aussehen? Wie viele Follower man auf Instagram hatte? Ob man die Menschen beeindruckte und sie einen als Vorbild sahen? Erfolg? Karriere? In welchen Freundeskreisen man sich bewegte? Welchen Job man später hatte und welches Auto man fuhr? Oder wie viel man erlebt hatte? Wen man heiratete und wie viele Kinder man haben würde? Was davon hatte Bedeutung?

Elena sah kurz zu ihrem Bruder. Eigentlich wusste sie es. Zumindest war sie sich einmal ganz sicher gewesen. Sie hatte ihren Sinn immer im Glauben gesehen, hatte ihr Leben darauf bauen wollen, genau wie ihre Familie.

Aber dann war so viel davon zerbrochen. Sie hatte nicht den versprochenen Trost bei Gott gefunden, von dem alle redeten.

»Kommt mit!«, rief Rick über das Tosen hinweg.

Sie entfernten sich vom Wasserfall und Elena meinte einen sehnsüchtigen Ausdruck auf Jims Gesicht erhaschen zu können, als er auf den reißenden Fluss sah.

»Das hier ist der Klettersteig.« Rick zeigte auf den Felsenhang, der sich bis ins Tal zog. An einigen Stellen war er ziemlich steil, aber sonst konnte man dort meist ohne Probleme herunterklettern und auch wieder hoch, wenn man ein bisschen sportlich war. Hier war das Rauschen immer noch zu hören, doch man konnte sich normal unterhalten. »Man muss nur aufpassen, wenn es geregnet hat oder der Wind den Sprühnebel vom Wasserfall herträgt, dann kann es sein, dass er an einigen Stellen ziemlich glatt ist.«

Jim warf einen Blick über die Kante. »Wie schnell kann man unten sein?«

Rick hob die Schultern. »Kommt drauf an, wie risikofreudig du bist.«

Jim legte den Kopf schief und streifte die Jacke ab, wobei seine sehnigen Unterarme zum Vorschein kamen. »Finde es heraus.«

Rick grinste und ging in die Hocke, um das Moos auf dem oberen Felsen zu befühlen. »Geht klar.«

Elena öffnete den Mund, um zu protestieren, doch da sprangen die beiden schon die ersten Felsen hinunter. Unschlüssig beobachtete sie, wie sie in wahrhaft halsbrecherischem Tempo immer weiter hinabkletterten. Elena sah auf ihre High Heels hinunter. »Wer zieht so was auch zum Spazierengehen im Wald an?«, murmelte sie ärgerlich vor sich hin und nestelte an den Riemchen herum. Gut. Sie würde hier nicht die ganze Zeit herumstehen und warten.

Überrascht zog sie die Luft ein, als ihre nackten Füße das feuchte, kühle Gras berührten. Wann war sie das letzte Mal barfuß gewesen? Lächelnd vergrub sie ihre Zehen in den Halmen und beeilte sich, den Cardigan abzustreifen. Zum Glück hatte sie Shorts und keinen Rock angezogen …

Achtlos ließ sie das Jäckchen auf ihre Schuhe fallen und kletterte die ersten Felsen hinab. Die Jungs hatten schon über die Hälfte des Steigs zurückgelegt, wobei Jim einen beachtlichen Vorsprung hatte. Hätte sie einem Stadtjungen niemals zugetraut.

Sie nahm sich Zeit, ihren Weg zu suchen. Es war ein wenig her, seit sie hier mit Rick das letzte Mal hinuntergeklettert war. Nach einigen Metern kehrte die alte Sicherheit zurück und sie sprang beherzter von Felsen zu Felsen.

Sie wurde immer schneller und war fast bei der Mitte, als die Jungs ihr schon wieder entgegenkamen. Rick sah sie völlig überrascht an, sagte aber zum Glück nichts und lächelte nur breit.

Jims Miene dagegen versteinerte, als er ihre Abschürfungen entdeckte.

»Mir geht's gut«, beeilte sie sich zu sagen. »Das sind nur ein paar Kratzer.«

Jim sah zu Rick und schien ihm am Gesicht ablesen zu können, dass er Bescheid wusste. »Wieso hast du es nicht deinen Eltern gesagt?«

Elena wand sich. »Weil ich nicht wollte.«

Jim hob eine Augenbraue. »Okay?«

»Was *okay?*«, fragte sie leicht gereizt.

»Du findest es also okay, überfallen zu werden? Und dass diese Typen noch frei rumlaufen? Dass sich der Sheriff nicht drum kümmert?«

»Was soll das denn bringen? Du hast die Typen doch auch kaum gesehen, oder? Ich könnte sie jedenfalls nicht mal beschreiben. Und wegen der Ferienhütten kommen hier ständig Fremde in die Gegend, die könnten also auch schon längst weg sein. Außerdem würde das nur Gerede geben und darauf hab ich nun wirklich keine Lust!« Sie reckte das Kinn vor. »Wieso hast *du* denn nichts gesagt? Du wohnst doch beim Sheriff!«

Jim kniff die Augen zusammen. »Weil das deine Sache ist, nicht meine.«

»Ja, es *ist* meine Sache. Und ich hab entschieden, niemandem davon zu erzählen.« Elena hasste es, dass sie wie ein kleines, bockiges Kind klang. Aber sie wollte vor den Jungs nicht zugeben, dass ihr jedes Mal übel wurde, wenn sie daran dachte, und dass sie Panik bekam. Sie wollte es einfach vergessen.

Elena begann, ohne ein weiteres Wort weiter hinabzuklettern. Rick überlegte kurz, ihr zu folgen, entschied sich dann aber dagegen. Sie brauchte vielleicht einfach ihre Ruhe. Jim starrte ihr hinterher und schien das Gleiche zu denken.

»Übrigens«, holte Rick ihn vorsichtig wieder in die Gegenwart. »Danke, Jim.« Er sah ihn ernst an. »Ich glaube, Gott hat dich geschickt. Wärst du nicht dazwischengegangen, hätte wer weiß was passieren können.«

Jim schoss einen wütenden Blick in seine Richtung. »Pass besser auf deine Schwester auf.«

Rick lachte freudlos. »Das versuche ich ja. Sie hört nicht auf, sich zu wehren. Ich sag ihr immer wieder, dass das keine wahren Freunde sind, aber will sie ja nicht hören.«

»Wahre Freunde.«

Rick wusste nicht genau, ob das eine Frage war oder Jim es einfach nur laut wiederholt hatte. »Ja genau. Die Mädels können echte Biester sein. Die haben Elena einmal fast zum Heulen gebracht, weil sie einen Pullover in einer Woche zwei Mal angezogen hat. Ich meine, was soll der Müll?«

Jim setzte sich auf den Felsen und sah wieder zu Elena. »Das heißt, sie war nicht immer so?«

»Nee.«

»Dachte ich mir.«

Rick setzte sich ebenfalls. »Echt? Wieso?«

»Weil sie anders ist. Egal, wie sehr sie versucht, wie die anderen zu sein.«

Rick seufzte. »Du solltest sie kennenlernen, wie sie vorher war. Die hat jeden Quatsch mit mir gemacht und nichts war ihr peinlich.«

»Vorher?«

Mist. Jim war ein zu aufmerksamer Zuhörer. »Hm, ja …« Rick überlegte kurz, dann entschied er sich, es zu erzählen. Es war hier ja sowieso kein Geheimnis, irgendwann würde er es ohnehin erfahren.

»Meine große Schwester Mari ist vor einem Jahr ausgerissen und seitdem nicht mehr wiedergekommen. Das hat Elena mega mitgenommen. Na ja, uns alle. Aber Elena kommt am wenigsten damit klar.«

Jim nickte kurz und schwieg.

Rick überlegte, noch mehr zu sagen, aber wahrscheinlich musste er das nicht. Jim schien zu verstehen.

»Lass sie bloß nicht los«, sagte Jim nach einer Weile so leise, dass Rick es kaum verstand.

Rick schüttelte den Kopf. »Niemals.«

Jim beobachtete Elena, die schon fast unten angekommen war.

Rick glaubte also, dass es Gottes Eingreifen gewesen war, dass er zur richtigen Zeit da gewesen war, um Elena zu helfen. Irgendetwas zog an seinem Herzen bei diesem Gedanken. Es erinnerte ihn an Rico, der auch immer davon geredet hatte, dass Gott einem helfen könne, also schob er diese Erinnerungen schnell wieder fort. Es half doch nichts. Er hatte damals schon fast angefangen, Rico zu glauben, einfach weil es sein einziger Hoffnungsanker gewesen war. Der Glaube schien Rico wirklich viel Kraft gegeben zu haben. Doch anscheinend nicht genug.

Jim knirschte mit den Zähnen. Wieso musste er ausgerechnet jetzt wieder daran denken? Oh, wie hatte er gebetet damals! Angefleht hatte er Gott. Aber Gott hatte geschwiegen. Schön, wenn er wenigstens Elena beigestanden hatte, aber die hatte ja auch längst nicht so viel Schlechtes getan wie er. Er war einfach ein hoffnungsloser Fall.

7

»Lasst ihn in Ruhe!« Hitze. Kälte. Gefühllosigkeit. Alles auf einmal. Dunkelheit, Lichtblitze.

»Was geht dich das an?«

Nein. Nicht schon wieder.

Tu es nicht. Er ist es nicht. Die Worte kommen nicht. Warum kommen sie nicht?

Jetzt wird es passieren.

Ein einzelner Tropfen schon.

Die dunkelrote Flüssigkeit schimmert im Licht der Laterne.

Nein.

Erkaltende Augen. Sie sehen mich an. Nein. Nein.

Eiskalte Augen. Fixieren mich.

Die endlose Dunkelheit, sie kommt näher.

Eine Hand legte sich auf Jims Schulter. Er fuhr hoch, Adrenalin jagte durch seine Venen. Mit weit aufgerissenen Augen und rasendem Herzen blickte er sich um. Grace stand im morgendlichen Halbdunkel neben seinem Bett und sah ihn erschrocken an.

»Jim, alles ist gut. Alles okay, es war nur ein Traum!«

Er wünschte, es wäre so, aber die Realität sickerte langsam zu Jim durch.

»Würdest du bitte loslassen? Du tust mir weh.«

Erst jetzt bemerkte er, dass er Grace' Handgelenk stahlhart umklammerte, und ließ so abrupt los, als hätte er sich daran verbrannt. »Tut mir leid, das wollte ich nicht.« Er sank zurück aufs Bett. »Das wollte ich nicht«, wiederholte er murmelnd.

Grace atmete zitternd ein, schaltete die Nachttischlampe ein und setzte sich auf die Bettkante. »Schon gut, Jim. Wir haben alle mal Albträume.«

Jim schüttelte den Kopf. »Ich hätte dich verletzen können.«

Grace rieb sich das Handgelenk. »Gut, dann mache ich beim Aufwecken nächstes Mal mehr Lärm. Und das Licht an. Wäre das besser?«

Jim nickte niedergeschlagen.

Sie strich ihm vorsichtig durch die wirren Haare. »Schon gut, mein Junge. Alles ist gut.« Sie stand auf und verließ den Raum.

Jim biss sich auf die Unterlippe. Sein Herz schlug ihm immer noch bis zum Hals.

Nichts war gut. Es würde niemals aufhören.

Im Bad unterzog er sich einer kalten Dusche; er versuchte, die Spuren des Albtraums fortzuspülen. Einige Fetzen würden immer bleiben.

Als er in die Küche kam, saß Walter auf seinem Stuhl, die Zeitung in den Händen und einen dampfenden Kaffee vor sich auf dem Tisch.

»Morgen, Jim. Gut geschlafen?«

Jims Blick flog zu Grace, die seelenruhig ein paar Brote schmierte, als wäre er ihr nicht gerade fast an die Gurgel gesprungen.

»Geht so.« Es war spät, er hatte keine Zeit mehr für ein Frühstück. Er packte seinen Rucksack.

»Vergiss deine Sandwiches nicht.« Grace schob ihm eine Papiertüte zu.

Jim nickte und nahm sich eine Wasserflasche aus dem Kühlschrank. »Ich muss dann los.« Er war schon fast an der Tür, als Walter ihn noch einmal zurückrief.

»Eins noch, Jim.« Er hatte seine Zeitung zur Seite gelegt und schaute ihn ernst an. »Dein Messer lässt du bitte zu Hause.«

Jim erstarrte.

Grace sah ihren Bruder verständnislos an. »Was meinst du denn damit?«

»Will hat mich gestern Abend noch einmal angerufen und mich darauf hingewiesen.« Er stand auf. »Jim, du weißt, dass du keine Waffen mit dir herumtragen sollst, nach allem, was du dir geleistet hast. Insbesondere nicht in der Schule. Ich bin dem Gesetz verpflichtet und da kann ich nicht bei meinem eigenen Neffen ein Auge zudrücken.«

Jims Gesichtsausdruck wurde hart. »Ihr vertraut mir nicht.« Er knallte den Rucksack auf den Tisch und verschränkte die Arme. Herausfordernd sah er Walter an.

Dieser öffnete mit einem Seufzer den Reißverschluss. »Es geht hier nicht ums Vertrauen, Jim, sondern um Fakten.«

»Nein, es geht darum, dass ihr mir zutraut, dass ich jemanden mit einem Messer angreifen könnte. Das habe ich noch nie gemacht, noch nie! Aber das hat Will wahrscheinlich vergessen zu erzählen.« Ungeduldig riss er Walter den Rucksack aus den Händen, kramte das silberne Klappmesser hervor und warf es auf den Tisch.

An der Haustür drehte er sich noch einmal um. »Sagt mir nicht, dass ihr mir eine Chance gebt, wenn ihr es gar nicht so meint!«

Die Scheibe klirrte, als die Tür ins Schloss donnerte.

Jim schlug den Weg zur Schule ein. Er konnte es nicht fassen, was gerade passiert war. Und doch überraschte es ihn nicht im Geringsten. Er hatte irgendwie nichts anderes erwartet. Warum sollten ihm zwei fast fremde Menschen die Chance auf einen Neustart geben, bei dem, was er schon alles angestellt hatte?

Er hatte es gehofft. Aber sein Schicksal schien schon lange besiegelt zu sein. Er musste an all die Filme denken, die immer wieder herausschrien, dass nicht zählte, wo man herkam, sondern was man aus sich machte. Er lachte trocken. Klar. Das wahre Leben war ja auch ein Ponyhof.

Wie hatte er auch nur einen Augenblick lang glauben können, dass er hier wirklich neu anfangen konnte?

Jim hatte von Brian gehört, dass er wieder eine Party schmeißen wollte, diesmal aber im kleineren Kreis mit nur etwa zwanzig Leuten. Das war ihm gerade recht. Noch ein Grund, nicht nach Hause zu gehen. Er war immer noch sauer auf Grace und Walter, dass sie ihm das Messer abgezogen hatten. Jetzt wollte er den beiden wirklich nicht begegnen …

Er ging nach der Schule zum Klettersteig und kletterte ein paar Meter hinunter, bevor er sich auf einen der Felsen setzte. Dort lehnte er sich zurück und schloss die Augen. Das Rauschen des Wasserfalls trug sein Inneres zurück zu den Wellenbrechern, auf denen er immer mit seiner großen Schwester Alysha gesessen hatte. Stundenlang hatten sie dort verbracht, oft bis in die Nacht hinein. Sie hatte ihm Schlaflieder gesungen und manchmal hatte er gar nicht mehr mitbekommen, wie sie ihn nach Hause und ins Bett gebracht hatte.

Jims Herz zog sich zusammen, als er an die vielen Tränen dachte, die sie dort geweint hatte. An die Angst. An die Trauer nach Mikes plötzlichem Tod, der so vieles ins Rollen gebracht hatte. Unaufhaltsam.

Jim versuchte, an die guten Tage zu denken. Mike war mit ihnen zusammen aufgewachsen und irgendwie war es wie eine Art Bestimmung gewesen, dass Alysha und er ein Paar geworden waren. All den Widrigkeiten und Umständen zum Trotz. Alysha hatte immer geglaubt, dass nichts und niemand sie voneinander trennen könnte. Dass sie eine Familie werden könnten. Irgendwo, wo sie all ihre Probleme hinter sich lassen konnten.

Wie sehr sie sich doch geirrt hatte.

Jim öffnete die Augen, als die grausigen Bilder wiederkamen.

Was hatte er bloß getan?

»Ich will dir was zeigen.« Brian lächelte geheimnisvoll und führte Elena die Treppe hinauf. Neugierig und auch ein bisschen nervös folgte sie ihm in ein Zimmer, das sie bisher noch nicht gesehen hatte. Brian machte eine ausladende Bewegung. »Das ist mein Reich.«

Elena trat zögerlich ein und sah sich um. Ein paar Sessel und Sofas nahmen die linke Raumhälfte vor der Spielkonsole ein; rechts waren das Bett und sein Kleiderschrank, auf dem sich leere Energydosen stapelten. Auf dem Nachtschränkchen stand ein orientalisch aussehendes Etwas, das Ähnlichkeit mit einer Öllampe hatte. Elena trat näher. »Was ist das denn?«

Brian setzte sich aufs Bett. »Eine Shisha.«

»Eine was?«

»Eine Wasserpfeife. Rauchen wir manchmal mit ein paar Kumpels.«

Elena setzte sich ebenfalls. »Und damit raucht ihr Gras?«

Brian lachte. »Du bist echt süß, dass du so was nicht weißt.« Er legte den Arm um sie. »Nein, Gras wird doch nicht so geraucht. Damit raucht man nur Tabak.«

Seine Hand rutschte langsam ihren Rücken herunter und ein wohliger Schauer lief bis in ihre Fingerspitzen. Vorsichtig lehnte sie sich an Brian. Ob er sie wohl wieder küssen würde? Schon der Gedanke daran erweckte die Schmetterlinge in ihrem Bauch wieder zum Leben. »Also«, versuchte sie ihre Gedanken davon wegzulenken, »was wolltest du mir denn zeigen?«

Brian wandte ihr sein Gesicht zu und sah ihr einen Moment lang tief in die Augen. Langsam hob er eine Hand und schob ihr ein paar lose Strähnen hinters Ohr. »Das«, flüsterte er und beugte sich zu ihr herunter.

Schon spürte sie seine Lippen auf ihren und in Elenas Bauch explodierte ein wahres Feuerwerk, als sie den Kuss erwiderte. Sie schloss die Augen und spürte seine Hände, die sich unter ihr Shirt schoben. Sie ignorierte die Alarmglocken und genoss einfach nur das Kribbeln in ihrem Bauch. Brians Kuss wurde fordernder und plötzlich spürte sie, wie er ihr Shirt Zentimeter für Zentimeter hochschob.

Sie löste sich abrupt von ihm und zog ihr Oberteil zurecht. »Was machst du da?«

Er lächelte betörend. »Entspann dich mal, Süße. Das wird einmalig, das verspreche ich dir!« Er versuchte, sie wieder zu küssen, doch sie hielt ihn auf Armeslänge von sich.

»Ich hab dir doch letztens schon einmal gesagt, dass ich das nicht will!«

»Aber rummachen ist okay?«, fragte er spöttisch.

Elena presste die Lippen zusammen.

Er schüttelte den Kopf. »Was ist dein Problem?! Alle machen das und daran ist nichts Schlimmes! Im Gegenteil!« Er lächelte wieder und gab ihr einen vorsichtigen Kuss. Sie ließ ihn gewähren, was er als Einladung nahm, sich ihr wieder zu nähern. »Wir können ja ruhig noch ein bisschen damit warten«, flüsterte er leise und küsste ihren Hals. »Das ist voll okay.« Er rutschte ein wenig tiefer. Seine Hand glitt in ihren Ausschnitt, ganz langsam.

»Mann, Brian!« Wütend stieß sie ihn von sich. »Was an ›Das will ich nicht‹ hast du nicht verstanden?!«

»Was denn? Ich verwöhn dich doch nur ein bisschen!« Verständnislos betrachtete er sie. Dann grinste er. »Spießerin.«

Elena sprang auf und stapfte zur Tür.

»Ey, jetzt warte doch mal! Du kannst mich doch nicht einfach sitzen lassen!«

Sie verschränkte die Arme. »Liebst du mich?«

»Ja, klar!«

»Ich meine so, dass du sagen könntest, dass du dein Leben mit mir verbringen würdest?«

Er lachte. »Spinnst du?«

Elenas Magen zog sich zu einem harten Knoten zusammen. »Dann … dann wolltest du einfach nur mit mir schlafen?«

»So lernt man sich doch kennen, Süße! Das ist voll normal! Wie soll man sonst wissen, ob man überhaupt zusammenpasst?«

»Du bist so ein Idiot!« Elena riss die Tür auf und knallte sie hinter sich zu. Sie fand das Bad und schloss sich darin ein. Mit aller Macht drängte sie die Tränen zurück. Es hatte also das letzte Mal gar nicht am Alkohol gelegen. Brian wollte ihr einfach nur an die Wäsche. Rick hatte recht gehabt. Und ihre Eltern …

Elena saß fast zwanzig Minuten dort, dann atmete sie ein paar Mal tief durch und ging wieder nach unten, wo die Party im vollen Gang war.

Um Spaß zu haben, musste sie ja nicht unbedingt mit Brian zusammen sein. Sie schnappte sich einen der gefüllten Plastikbecher und ging ins Wohnzimmer, das wieder zur Tanzfläche umfunktioniert worden war.

Wenn sie ehrlich war, wollte sie nur nach Hause. Aber sie würde ganz sicher nicht wieder allein durch die Nacht laufen. Vielleicht … vielleicht war Jim ja hier irgendwo?

Sie suchte den Raum nach ihm ab, konnte aber nur Brian und die anderen entdecken. Ein Stich ging ihr durchs Herz, als sie sah, dass Brian schon mit einer anderen flirtete. So viel dazu, dass sie jemand Besonderes für ihn war.

Endlich entdeckte sie Jim.

Er stand draußen auf der Terrasse an einem der Stehtische, den Blick fast teilnahmslos auf die Gruppe Jungs gerichtet, die ein paar Tische weiter ein Trinkspiel spielten.

Jetzt oder nie. Sie nahm noch einen Schluck von ihrem Cocktail. Alkohol gab einem doch Mut, oder? Die anderen hatten jedenfalls gesagt, dass man lockerer wurde. Genau das brauchte sie wohl.

Sie schlenderte nach draußen und hoffte dabei, dass sich niemand der anderen zu ihm gesellen würde, bevor sie ihn erreichte.

»Hi, Jim!« Sie lächelte schüchtern und stellte ihren Becher ab.

Er drehte den Kopf und nickte ihr zu.

»Ich … ich wollte dich fragen, ob wir später zusammen nach Hause gehen.«

Jim hob eine Augenbraue. »Nach Hause.«

»Ja, ich würde lieber nicht allein gehen wollen. Schon wieder. Du … du weißt, was ich meine.«

Jims Gesichtszüge entspannten sich. »Ach, so meinst du das.« Er sah sich um und zog dann sein Handy hervor. »Ich bleib aber nicht mehr lange.«

»Das ist kein Problem für mich«, beeilte sie sich zu sagen und lachte, gleichzeitig fragte sie sich, was jetzt so witzig gewesen war. Hatte sie vielleicht schon zu viel getrunken?

Jim sah wieder weg und ließ die Flüssigkeit in seinem Becher kreisen.

Krampfhaft suchte Elena einen Grund, um nicht wieder von ihm weggehen zu müssen. »Wie lange willst du denn noch hierbleiben?«

Jim hob die Schultern. »Wann musst du denn zu Hause sein?«

Elena senkte den Blick. »Ich, ähm … darf das selbst entscheiden.«

Jim sah sie an und lachte leise. »Klar.« Er legte den Kopf schief und musterte sie. »Du darfst gar nicht hier sein, oder?«

Elena schob das Kinn vor. »Und wenn schon, was kümmert's dich?«

Er wandte seinen Blick nicht ab, was ihr eine Gänsehaut bescherte. »Ich gehe schon mal, du kommst in zehn Minuten hinterher. Ich warte an der Straßenecke auf dich.« Mit diesen Worten ließ er sie einfach stehen und verschwand im Haus.

Verwirrt sah Elena ihm nach. Was war das denn jetzt gewesen? Sie beschloss, seine Anweisung einfach zu befolgen, und trank ihren Cocktail langsam aus. Exakt zehn Minuten später verabschiedete sie sich von Jaci und den anderen und verließ die Party.

Draußen empfing sie die Stille der Nacht und ein wenig ängstlich sah sie sich um. Von Jim war nichts zu sehen. Hatte sie ihn falsch verstanden? Unsicheren Schrittes ging sie bis zur Straßenecke, wo plötzlich jemand aus dem Schatten trat. Sie zuckte zurück, entspannte sich aber, als sie Jim erkannte.

»Was sollte das gerade?«, fragte sie ein wenig verärgert. »Zehn Minuten und so?«

Jims Mundwinkel hoben sich zu einem spöttischen Lächeln.

»Ist das dein Ernst?« Seine Miene wechselte zu Ungläubigkeit. »Ehrlich jetzt?«

Sie biss die Zähne zusammen und zuckte mit den Schultern.

Er schnaubte. »Wenn wir zusammen die Party verlassen hätten, hätte das morgen die ganze Schule gewusst und sich das Maul darüber zerrissen. Und? Wolltest du das?«

Elena bemerkte, wie sie rot wurde. »Oh«, war alles, was sie hervorbrachte. Wie dumm von ihr!

Jim streifte sich die Kapuze über. »Komm schon, gehen wir.« Er vergrub die Hände in den Taschen und Elena hatte keine andere Wahl, als ihm zu folgen.

Eine Weile gingen sie schweigend nebeneinanderher. Irgendwie wusste Elena nicht so recht, was sie jetzt sagen sollte. Worüber konnte sie mit ihm reden, um ihn besser kennenzulernen?

»Hm, wie fandest du die Party?«

Jim drehte den Kopf, doch sie konnte seinen Gesichtsausdruck im Schatten der Kapuze nicht sehen. »Wie meinst du das?«

»Na, hat sie dir gefallen?«

»Dir etwa?«

Verblüfft blieb Elena stehen. »Ja … ja klar! Sonst wäre ich doch nicht da gewesen! Dir etwa nicht?!«

»Wow, das ist echt nicht deine Welt.«

Es gefiel Elena ganz und gar nicht, wie Jim mit ihr sprach. So, als wäre sie furchtbar dämlich. »Und deine schon, oder was?«

Jim sagte nichts, sondern ging einfach weiter.

Sie beeilte sich, ihn wieder einzuholen. »Wieso gehst du dann hin, wenn es dir nicht gefällt?«

»Weil ich wissen muss, wie hier alle drauf sind.«

»Und warum?«

»Damit ich weiß, wer gefährlich sein könnte.«

»Gefährlich?!«

Jetzt blieb Jim stehen und drehte sich so zu ihr, dass das spärliche Mondlicht auf sein Gesicht fiel. »Was machst du hier eigentlich, Elena? Du gehörst nicht zu denen.«

»Was soll das denn heißen?«, fragte sie beleidigt. »Denkst du, ich bin nicht cool genug?«

Jim lachte freudlos. »All die Leute da …«, er deutete hinter sich, obwohl das Haus schon längst außer Sichtweite war, »die sind auf der Suche nach etwas, was du schon längst hast. Vielleicht wissen sie es nicht, vielleicht wollen sie es nicht wahrhaben. Aber du … du glaubst doch an Gott, oder nicht?«

Elena blieb der Mund offen stehen. »W… was hat das denn damit zu tun?«

Jim kniff die Augen zusammen. »Alles.«

»Aber …«

»Du hast Gott – die nicht.«

Elena lachte ungläubig. »Was … Willst du mir damit sagen, dass ich als Christin so was nicht brauche, oder was?!«

Jim starrte sie durchdringend an. »Sag du es mir.«

Zu Elenas Überraschung brannte in Ricks Zimmer noch Licht, als sie ins Haus schlich. Gut, so spät war es noch nicht, aber trotzdem spät genug. Jim hatte fast den ganzen Rest des Rückweges über geschwiegen und so Elena ihren Gedanken überlassen.

Hatte er vielleicht recht? War sie an der falschen Stelle auf der Suche? War Gott einfach alles, was sie brauchte? Aber müsste sie das dann nicht ganz klar spüren? Und was wusste Jim eigentlich vom Glauben?

Brian hatte sie heute im wahrsten Sinne des Wortes enttäuscht. Sie hatte geglaubt, er würde sie lieben. *Richtig* lieben, sich nicht nur zu ihr hingezogen fühlen und ihren Körper begehren. Doch das war nicht der Fall. Die Täuschung, dass es das Erstrebenswerteste wäre, einen süßen Jungen zum Freund zu haben, war gefallen.

Was blieb?

Elena bemerkte, dass sie oben im Flur stehen geblieben war und auf die gerahmten Familienfotos starrte. Mari sah darauf glücklich aus. Danny auch. Beide waren jetzt erwachsen und trafen ihre eigenen Entscheidungen. Nur war der eine immer wieder mal zu Hause, studierte und meldete sich regelmäßig, während die andere den Kontakt komplett abgebrochen hatte.

Wiederholte sich diese Geschichte jetzt genauso noch einmal? Mit ihr und Rick? Würde Rick irgendwann der Familientyp sein, der mindestens einmal im Monat vorbeischaute, und sie diejenige, die gar nichts mehr von sich hören ließ?

Elena wusste, was den Unterschied zwischen ihren älteren Geschwistern ausmachte: Mari hatte sich gegen den Glauben und die Familie entschieden. Klar, es gab genug Fälle, in denen Kinder nicht den Glauben ihrer Eltern lebten und trotzdem eine gute Beziehung zur Familie hatten, aber bei ihnen zu Hause war es eben extremer.

Warum genau hatte Elena überhaupt keine Lust mehr auf Gott und die Bibel?

Sie starrte auf das Foto mit Mari. Deswegen. Wegen des Verlustes. Gott war nicht da und tröstete sie. Er gab ihr nicht das Gefühl, dass alles in Ordnung kommen würde.

Deshalb hatte Elena die Lücke in ihrem Inneren mit neuen Freunden, Spaß und Feiern zu füllen versucht. Aber das hatte auch nichts gebracht, oder?

Hieß das dann also doch, dass sie wirklich nur bei Gott das finden würde, was sie suchte?

Sag du es mir.

Jims Worte gingen ihr durch den Kopf. Er schien davon überzeugt zu sein, dass Christen es besser hatten. Aber warum war *er* dann kein Christ?

Ricks Zimmertür öffnete sich und sie schrak zusammen.

»Oh? Schon zu Hause?« Rick sah auf die Uhr, die im Flur hing.

Ihr entging sein sarkastischer Unterton nicht, aber sie hatte es ja nicht anders verdient. Sie hob die Schultern. »Jup. Hab mit Brian Schluss gemacht, glaub ich.«

Ricks Augenbrauen schossen in die Höhe. »Wieso das?«

»Na ja. Er ist eben … ein Kerl. Einer von der Sorte, die nur das eine wollen.«

Rick lächelte. »Cool.«

»Dass Brian Cooper ein Schwein ist?«

»Dass du das eingesehen hast.«

Elena musste an all die Male denken, als Rick ihr das versucht hatte klarzumachen und sie es nicht geglaubt hatte.

»Hm … Dann … wird das wohl morgen in der Schule spannend.« Sie verzog das Gesicht und ging zu ihrem Zimmer.

»Elle?«

Sie blieb an der Tür stehen und sah sich zu ihrem Zwillingsbruder um.

»Ich steh hinter dir, das weißt du, ja?«

Sie nickte und lächelte.

Durch ein Rütteln an seiner Schulter wachte Rick auf. Schlaftrunken blinzelte er ins dämmrige Licht.

»Morgen, Schätzchen.« Seine Mutter ging durch den Raum und öffnete das Fenster.

Grummelnd zog er sich die Decke über den Kopf, die ihm daraufhin prompt wieder weggezogen wurde.

»Zeit zum Aufstehen, wenn du noch in Ruhe frühstücken willst! Elena ist schon unten und wartet auf dich.«

Nachdem er sich im Bad halbwegs vorzeigbar gemacht hatte, zog er seine Lieblingsjeans und einen Kapuzenpulli an.

In der Küche saß Elena bereits am Tisch und schob schnell das Andachtsbuch von sich weg, als er den Raum betrat. Rick beschloss, nichts dazu zu sagen, und fing an, den Tisch zu decken. Er nahm die Erdnussbutter aus dem Schrank und stellte sie auf den Tisch, während Elena den Marshmallow-Aufstrich in ihre Cornflakes rührte.

»Das ist echt eklig.«

»Nein, das ist lecker. Du musst das nur mal probieren.« Sie leckte den Löffel ab und ließ sich wieder auf ihren Stuhl fallen.

»Das wird heute ein schwieriger Tag«, sagte sie leise.

Rick holte zwei Tassen aus dem Schrank und löffelte Kakaopulver hinein, bevor er heiße Milch daraufgoss und umrührte. »Sie werden auf jeden Fall überrascht sein. Aber hey, das sollte dich nicht interessieren, was die anderen denken. Hauptsache, du ziehst dein Ding durch.«

»Aber wer weiß, was Brian so alles herumerzählen wird?«

Rick reichte ihr eine Tasse mit dem heißen Getränk. »Sie werden sicher nicht alle gut über dich reden. Aber ich gebe dir Rückendeckung und die Mädels aus der Teeny werden dich auch nicht im Stich lassen. Bestimmt nicht!« Rick hoffte inständig, dass das wirklich so war. Elena war in der letzten Zeit nicht unbedingt nett zu ihnen gewesen.

Sie nickte nur. Überzeugt war sie anscheinend auch nicht davon.

Rick rang kurz mit sich, dann entschied er sich, das Richtige zu tun. »Hey.« Er setzte sich an den Tisch und sah sie an. »Wir beten jetzt einfach dafür, okay?«

Sie lächelte zögernd und nickte schließlich. »Danke, Rick.«

Er schloss die Augen und bat Jesus in einem kurzen Gebet darum, an Elenas Seite zu sein und ihr durch die ganze Situation hindurchzuhelfen.

Dann machten sie sich über ihr Frühstück her.

Auf dem Schulhof angekommen, zögerte Elena und klammerte sich mit ihrem Blick Hilfe suchend an ihren Bruder. Aufmunternd nickte er ihr zu. Also straffte sie die Schultern und ging erhobenen Hauptes in das große Gebäude.

Die Gänge waren brechend voll; Schüler riefen durcheinander und schubsten sich gegenseitig in Richtung der Kursräume.

Elena entspannte sich ein wenig. Sie hatte sich so eine richtige Filmszene vorgestellt, wie sie in die Schule kam, alle aufhörten zu reden und sie anstarrten. Ein Glück, dass niemand Notiz von ihr zu nehmen schien.

Klar war das so. Das war nur für sie selbst eine große Sache gewesen, alle anderen interessierten sich doch bestimmt nicht dafür. Warum auch? Sie war nicht der Kopf des Cheerleaderteams.

Erleichtert machte Elena sich auf den Weg zur ersten Stunde, während Rick zu seinem anderen Kurs eilte. Sie schob sich durch die Masse im Gang und atmete auf, als sie um die Ecke in den Flur zum Kursraum bog, der nicht so voll von Schülern war.

Elena sah auf und plötzlich stand Brian vor ihr. Sie versuchte, ihm auszuweichen, aber er packte ihren Arm und hielt sie fest. Er musste ihr hier aufgelauert haben.

»Lass mich in Ruhe, Brian!« Unruhig suchte sie den Gang nach jemandem ab, der ihr helfen konnte, aber da waren nur Brians Kumpels, die einen Schritt näher traten. Sie entdeckte auch Jim unter ihnen, der sich jedoch zurückhielt. Enttäuschung machte sich in ihr breit. Sie hatte ihn für klüger gehalten, als weiterhin mit Brian abzuhängen. Aber wer war sie, dass sie ihn dafür verurteilen konnte?

»Hey, Baby, ich weiß, dass es gestern nicht so gelaufen ist, wie wir uns das vorgestellt haben, aber –«

»Wie bitte?!«, unterbrach sie ihn empört und riss sich von ihm los. »Wie *wir* uns das vorgestellt haben?«

»Ey, komm schon, ich weiß genau, dass du es auch wolltest.« Sein Mund verzog sich zu einem Grinsen, das wohl besänftigend sein sollte, aber Elena konnte nur fassungslos den Kopf schütteln.

»Nein, Mann. Das ist genau der Grund, weshalb ich abgehauen bin!«

»Du willst doch nicht Schluss machen, oder?« Brian lachte, aber sie sah, wie er nervös zu seinen Kumpels schaute.

»Doch, genau das tue ich. Ich war dumm genug, auf dich hereinzufallen, aber gestern habe ich gemerkt, wie idiotisch das war.

Ich will nichts mehr mit dir zu tun haben, also hau ab und lass mich in Ruhe!«

Brian sah sie komisch an und plötzlich bekam sie Angst. Sie hatte ihn ganz schön wütend gemacht. Aber würde er es wagen, ihr wehzutun?

»Elena«, sagte er leise, schickte ein falsches Lächeln zu seinen Jungs rüber und trat näher. »Dich zu kriegen, war nicht so schwer; dich ein bisschen aufzulockern, ist dafür umso komplizierter.« Er sah ihr in die Augen und bei seinem Blick lief ihr ein Schauder über den Rücken. »Anders als deine Schwester, hat mein großer Bruder gesagt.«

Elena erstarrte. Wut gemischt mit Trauer staute sich in ihr an.

»Die hatte kein Problem damit, ein bisschen Spaß zu haben.«

Sie schlug ihm ins Gesicht, sodass es laut klatschte. Zuerst war Brian so überrascht, dass er sie nur verdattert anstarrte, aber dann schlug er zurück.

Elena taumelte mit einem leisen Aufschrei nach hinten.

»Du verdammte kleine –« Brian trat nach ihr, doch da packte Jim ihn am Arm.

»Sag mal, spinnst du?! Lass deine Finger von ihr!«

»Was geht dich das denn an?«, brüllte Brian und stieß ihn an die Schulter.

Jims blaue Augen blitzten. »Entschuldige dich sofort bei ihr!«

»Ich bin doch nicht verrückt!«

Jim trat näher zu ihm. »Wenn du's nicht tust, schon!«

Einen Augenblick lang maßen die beiden einander mit Blicken, dann ging Brian auf Jim los. Dieser wich ihm aus, sodass er von seinem eigenen Schwung vorbeistolperte.

»Versuch es lieber nicht«, sagte Jim gefährlich leise.

Die anderen aus der Clique fingen an, Brian anzufeuern, und schnell bildete sich ein Ring von Schülern um die beiden. Elena brachte sich mit ein paar Schritten aus dem Gefahrenbereich und sah ängstlich dabei zu, wie Brian sich in Angriffsstellung brachte. Wie ein Clown hüpfte er auf und ab, während Jim ganz still stand und ihn nicht aus den Augen ließ. Da schnellte Jims linke Faust hervor und traf Brian voll in der Magengegend, sodass dieser zusammenklappte. Seine Freunde eilten an seine Seite und halfen ihm wieder auf die Beine. Jim war einen Schritt zurückgetreten und verharrte in einer Verteidigungsposition.

Brian schimpfte fluchend vor sich hin. »Na warte, Dunlap! Du willst mich als Feind? Das kannst du gern so haben! Du wirst dich noch wundern!«

Mr O'Neal begann die Englischstunde mit einem Überraschungstest. Rick war noch etwas durcheinander von dem, was Elena ihm in der Pause über die Begegnung mit Brian erzählt hatte, und deshalb fiel es ihm schwer, sich zu konzentrieren. Er war nur froh, dass das Aufeinandertreffen halbwegs glimpflich ausgegangen war, aber er ärgerte sich, dass er nicht dabei gewesen war, um Elena zu verteidigen. Zum Glück hatte Jim das übernommen.

Er schielte zu Jim hinüber, der neben ihm über sein Blatt gebeugt saß und nervös mit dem Stift auf die Tischplatte trommelte. Er schien Schwierigkeiten zu haben, die Fragen im Test zu beantworten.

Rick warf einen kurzen Blick zu Mr O'Neal, der ihn streng ansah. Schnell senkte er den Blick wieder auf sein eigenes Blatt.

Sie beendeten den Test und Rick dachte den Rest der Stunde über Jim nach. Am Sonntag beim Mittagessen hatten sie sich gut miteinander verstanden und es war cool gewesen, mit ihm durch die Gegend zu streifen.

Und heute hatte Jim seiner Schwester schon wieder geholfen.

Er sah noch einmal zu seinem Sitznachbarn. Er hatte den Kopf zum Fenster gewandt und starrte nach draußen. Dort war nichts Spannendes zu sehen, aber er schien mit den Gedanken sowieso weit weg zu sein.

Rick wurde nicht so ganz schlau aus ihm. Jim wirkte die meiste

Zeit wie ein normaler Teenager, der einfach nicht so viel redete, aber manchmal sagte oder tat er Dinge, die ihn schon viel reifer wirken ließen als andere in ihrem Alter.

»Jim?«

Mr O'Neals Frage ließ Jim zusammenzucken und Rick vermutete, dass er genauso wenig aufgepasst hatte wie er selbst gerade.

»Würdest du bitte den nächsten Absatz vorlesen?«

»Ähm … welchen noch mal?«

»Den nächsten Absatz der Lektüre, die wir gerade besprechen.«

Jim wich Mr O'Neals ungnädigem Blick aus, starrte in sein Buch und bemühte sich sichtlich, die Stelle wiederzufinden.

Als Jim immer noch schwieg, seufzte der Lehrer tief und rief jemand anderen auf, um den Text zu lesen. Jim wandte den Blick wieder aus dem Fenster und verharrte den Rest der Stunde in dieser Position.

8

Das letzte Fach an diesem Tag war glücklicherweise Mathe. Jim stürzte sich in die Aufgaben. Das konnte er wenigstens. Er liebte es, wie man die Zahlen in Ordnung bringen konnte. Es gab fast immer eine Lösung, immer ging die Rechnung am Ende auf. Hier konnte er erfolgreich sein.

Als Mr Benning anfing, ein neues Thema zu erklären, suchte er sich die passenden Aufgaben aus dem Buch. Dann fing er an, sie durchzurechnen, und hörte nur noch mit halbem Ohr zu.

Als Rick ihm den Ellenbogen in die Seite stieß, schreckte er auf. Er warf ihm einen finsteren Blick zu, doch Rick bedeutete ihm, nach vorn zu schauen. Zu spät, Mr Benning hatte sie bereits im Visier.

»Jim, du scheinst anderweitig beschäftigt zu sein. Hast du es nicht nötig aufzupassen?«

Jim hielt es für das Klügste, nichts zu erwidern. Er hatte keine Lust auf noch mehr Ärger.

Doch Mr Benning schien das ganz anders zu deuten. »Komm doch mal bitte und löse diese Aufgabe.«

Jim spürte, wie ihn alle anstarrten, als er nach vorne ging. Mr Benning hatte gerade eine Gleichung angeschrieben. Einen Moment lang sah er sie sich an. Doch, die war zu schaffen. Mr Benning hielt ihm den Whiteboardmarker mit einem unmerklichen Grinsen hin. Jim nahm ihn entgegen und begann, die Gleichung zu lösen.

Das Grinsen des Lehrers erstarb langsam.

»Hm«, machte er, als Jim die Lösung für die drei Variablen anschrieb. »Danke, Jim. Setzen. Nun denn: Ich sehe, dass diese Aufgaben nicht so herausfordernd sind. Das wird dann auch noch in der Klausur nächste Woche drankommen.«

Ein Stöhnen ging durch die Reihen. Brian fluchte leise.

»Aber Mr Benning«, protestierte Elena. »Nur weil Jim das so schnell hinbekommt, heißt das noch lange nicht, dass wir auch so schlau sind!« Sie zog einen Schmollmund und sah gleichzeitig so verzweifelt aus, dass Jim unwillkürlich lächeln musste.

»Also, macht erst einmal die Aufgaben auf Seite 92, dann sehen wir, ob ihr überhaupt nicht klarkommt oder doch. Und falls nicht, habt ihr ja noch eine Woche Zeit, um das zu lernen. Jetzt kein Gestöhne mehr, ran an die Arbeit!«

»Du schuldest mir Nachhilfe!«, flüsterte Rick ihm zu.

»Nur wenn du mir in Englisch hilfst«, wisperte Jim zurück.

»Klar doch. Gleich heute nach der Schule?«

Jim dachte an den gestrigen Streit wegen des Messers und nickte. Er würde versuchen, so spät wie möglich nach Hause zu gehen. Wenn es nach ihm ging, musste er Walter heute nicht noch mal gegenübertreten. Bei Grace war er sich immer noch nicht sicher, ob sie auf seiner Seite war oder nicht. Was hielt sie wohl davon, dass er ein Messer bei sich gehabt hatte? Angst schien sie nicht vor ihm zu haben. Aber sie würde sich bestimmt nicht zwischen ihn und ihren Bruder stellen. Dazu war sie Walter gegenüber zu loyal.

Er konnte es immer noch nicht fassen, dass sein Vater Walter gewarnt hatte. Die Wut kochte wieder in ihm hoch. Fast hatte er sich auf sie eingelassen, fast hatte er angefangen, ihnen zu trauen. Doch es war ja immer dasselbe Spiel.

Der Rest der Stunde schleppte sich nur so dahin; Jim konnte sich kaum konzentrieren. Ihm ging einfach viel zu viel durch den Kopf. Nach der Schule ging er zusammen mit Rick und Elena nach Hause. Elena redete viel, worüber er sehr froh war. Da fiel es nicht so auf, dass er nicht reden wollte. Er wunderte sich, wie anders sie auf einmal war.

»Hey Jim, wollen wir noch bei dir zu Hause vorbei und Bescheid sagen, dass du zu uns kommst? Oder ist das egal, wenn du woanders hingehst?« Rick sah ihn fragend an.

»Schon in Ordnung, ich kann ja anrufen.«

Sie hatten bereits den halben Wald durchquert, als Brian und seine Kumpels auf ihren Mountainbikes an ihnen vorbeikamen.

Brian hielt mit quietschenden Reifen. »Hey, Jim! Was machst du denn bei den Heiligen? Oh, hab ich ganz vergessen, du bist ja jetzt auch ein Streber!«

Jim kniff die Augen zusammen. »Hast du irgendein Problem?«

Brian sprang von seinem Rad. »Ja, habe ich! Dank dir darf ich jetzt noch mehr für die Klausur am Donnerstag büffeln!«

»Oh, Brian. Weißt du was? Das tut mir ja gar nicht leid!« Jim wollte an ihm vorbeigehen, doch Brian versperrte ihm den Weg.

»Das sollte es aber!«

Jim merkte, wie der Frust und die angestaute Wut des ganzen Tages in ihm aufloderten. Er dachte daran, was mit Elena passiert war, nur weil Brian sie allein gelassen hatte, und wie er Rick behandelte. Brian wurde sichtlich unsicher, als Jim ihn fast in den Boden starrte. Er schien den Hass zu spüren, den er auf ihn hatte.

Da mischte Rick sich ein: »Wenn du einen Schuldigen suchst wegen der Mathearbeit, dann geh zu Mr Benning. Oder bejammere deine eigene Unfähigkeit, logische Zusammenhänge zu verstehen!«

Jim wandte den Blick nicht von Brian, als dieser sich zurückzog.

»Das wirst du so was von bereuen«, murmelte er wütend, bevor er sich mit seinen Kumpels auf und davon machte.

Rick sah den Jungs nach und ging dann weiter; Jim und Elena folgten ihm. Er hatte Jims Blick gesehen. Was war denn nur los mit dem Jungen? Er war schon den ganzen Morgen reizbar gewesen. Vielleicht sollte er ihn später einmal danach fragen.

Als sie bei sich zu Hause ankamen, machten sie sich gleich an die Aufgaben. Rick konnte kaum glauben, dass Jim das neue Thema so schnell erfasst hatte.

Nach einer Stunde stöhnte Elena theatralisch auf. »So, das reicht jetzt aber, mein Kopf explodiert gleich! Wollt ihr auch ein Eis?«

Jim hob die Schultern.

»Ja, Schwesterherz, ich glaube, wir könnten alle eins vertragen, oder?«

Elena grinste ihn an, dann verschwand sie im Flur.

Jim lehnte sich zurück und lächelte ein wenig. »Blickst du jetzt schon etwas mehr durch?«

Rick nahm einen Bleistift und begann, den Rand seines Hefts vollzukritzeln. »Na ja, ein bisschen Zeit werde ich noch brauchen, bis es wirklich im Innersten meines Gehirns ankommt. Aber wenn du willst, können wir auch gleich schon mit Englisch anfangen.« Rick schlug sein Mathebuch zu und holte die Englischsachen hervor. »Hast du das Buch gelesen?«

Jim hob eine Augenbraue. »Zählt ein Kapitel?«

Rick musste lachen. »Jim, das Buch hat doch nur sechzig Seiten!«

Jim brummte etwas, da kam Elena wieder, mit einem Tablett voller Eisschälchen.

Kurze Zeit später meinte Jim, dass er besser zum Essen nach Hause gehen sollte. Grace wartete sicher schon auf ihn.

Als Jim ins Haus kam, schien niemand da zu sein. In der Küche lag ein Zettel.

Hallo Jim,
wir sind einkaufen gefahren.
Im Kühlschrank steht Chili con Carne, wärm es dir einfach auf.
Wir sind spätestens um neun wieder zu Hause.
G.

Jim schaltete die Herdplatte an. Er war erleichtert. So verzögerte sich seine nächste Begegnung mit Walter noch ein wenig. Jim ballte die Fäuste. Was fiel dem eigentlich ein?! Er hatte kein Recht, ihm seine Sachen wegzunehmen.

Sein Blick fiel auf den Computer im Wohnzimmer. Ein Gedanke durchzuckte ihn und er musste lächeln. Wieso bestellte er sich nicht einfach ein neues Messer? Er schaltete den Computer ein, während in der Küche das Chili langsam warm wurde. Als er sich anmelden wollte, stieß er auf eine Passwortsperre.

Pff.

So etwas hielt ihn schon lange nicht mehr ab. Er holte seinen USB-Stick mit der bootfähigen ISO-Datei aus seinem Zimmer. Minuten später hatte er das Passwort umgangen und ging auf die Website, auf der er schon einmal bestellt hatte.

Die Küchenuhr piepte. Jim holte sich etwas von dem warmen Eintopf und stellte den Teller neben den Computer. Dann scrollte er weiter durch die Angebote und suchte nach seinem alten Messer, als er ein paar andere fand, die ihm gefielen. Vielleicht konnte er Walter ja irgendwann überreden, ihm sein altes zurückzugeben. Er könnte es ja nur im Zimmer liegen haben. Na ja, das würde Walter dann auf jeden Fall glauben.

Seine Wut auf ihn loderte wieder auf. Jim hatte das Bedürfnis, ihm wehzutun. Und er wusste auch, wie. Finanziell. Er scrollte weiter durch die Angebote und fügte ein paar Artikel zum Warenkorb hinzu.

Jetzt musste er nur noch das Onlinebanking-Konto knacken. Aber das würde auch nicht lange dauern. Mit etwas Glück waren die Zugangsdaten sogar gespeichert.

Er grinste. Schon war er drin.

Nur, wie sollte er die Abbuchung erklären? Jim überlegte. Am besten mit etwas, was sowieso ständig fällig war. Vielleicht eine Zahlung bezüglich der Ferienhütten? Nein. Da kannte er sich nicht aus.

Bei Will und Shakira hatte er es oft so gemacht, dass es aussah wie für einen Schulausflug oder wie sonstige schulische Kosten.

Er scrollte durch das Konto und studierte die Abrechnungen. Das Bankkonto. Ja, das könnte auch gehen. Aber Grace prüfte die Kontoauszüge genau, das hatte er in der letzten Woche schon einmal beobachtet. Er scrollte weiter, bis ihm ein Eintrag ins Auge fiel.

Das dürfte klappen! Sie hatten auch ein eBay-Konto, dafür fielen immer wieder mal Gebühren an. Zur Sicherheit könnte er ja noch eine E-Mail schreiben, eine vermeintliche Ankündigung von eBay, dann würden weder Grace noch Walter Verdacht schöpfen.

Ein Blick auf die Uhr sagte ihm, dass er noch allerhöchstens eine halbe Stunde hatte.

Schnell machte er sich an die Arbeit.

Am Freitag nach der Schule verkroch Rick sich in seinem Zimmer, um an seinem Beitrag für den Wettbewerb zu arbeiten. Er lehnte sich zurück und betrachtete die Bleistiftskizze kritisch. Doch, gefiel ihm. Wenn er noch ein paar Kleinigkeiten änderte … Er holte einen großen Papierbogen hervor und begann, das Bild zu übertragen. Er überlegte hin und her, ob er Aquarelle benutzen sollte oder Ölfarben. Doch das konnte er immer noch entscheiden.

Irgendwann kam Elena in sein Zimmer. »Hey, Rick. Mama sagt, du sollst runterkommen. Essen.«

»Was, schon so spät?« Erschrocken sah Rick auf die Uhr. »Oh Mann. Alles klar, ich bin sofort unten.« Er legte den Bleistift zur Seite und steckte die Zeichnung in seine Mappe.

»Meinst du, Jim will wirklich mit dir zur Teeny?«, fragte Elena, nachdem ihr Vater für das Essen gedankt und Rick sich einen Haufen Kartoffeln auf den Teller geladen hatte.

Er hob die Schultern. »Keine Ahnung. Wäre echt super.«

»Ich dachte, er will sich bei dir melden?«

»Hm, hab jetzt gar nicht mehr aufs Handy geschaut …«

Elena verdrehte die Augen, was ihm ein Lächeln entlockte.

»Du kennst mich doch. Ich bin mitten in einem Projekt …«

»… und hast nichts anderes mehr im Kopf als Farben.«

Es klingelte an der Tür und Rick beeilte sich, vom Tisch wegzukommen, um zu öffnen. »Hi, Jim!«

»Hey, du hast nicht auf meine Nachricht geantwortet. Das geht doch klar mit heute Abend, oder?«

»Sicher, komm rein! Hast du schon gegessen?«

Jim nickte und folgte Rick ins Esszimmer.

»Hallo, Jim!« Sein Dad lächelte ihn an. »Setz dich doch zu uns. Elena, hol doch noch ein Glas.«

»Sicher, dass du nichts mehr essen willst?«, fragte seine Mom.

Jim schüttelte den Kopf. »Danke, Mrs Anderson.«

Elena reichte ihm das mit Eistee gefüllte Glas und beeilte sich dann, ihren Teller leer zu essen.

»Wir müssen schon gleich los.« Rick warf einen Blick auf die Uhr. »Zu Fuß brauchen wir ungefähr zwanzig Minuten.« Er blickte hoffnungsvoll zu seinem Vater, doch der lächelte bloß.

»Keine Chance, dass ich euch bei diesem Wetter fahre. Ihr solltet die letzten warmen Tage genießen!«

Es war kurz vor halb sechs, als Elena verkündete, dass sie ebenfalls mitkommen würde. Ob das wie letztes Mal nur ein Vorwand war, um ohne Stress aus dem Haus zu kommen? Oder wollte sie diesmal wirklich wieder mitkommen? Rick fragte sich, ob ihre Entscheidung möglicherweise etwas mit Jim zu tun haben könnte, so wie sie vorhin nach ihm gefragt hatte.

Unterwegs redete Elena ziemlich viel; daraus schloss Rick, dass sie nervös war. Dann kam sie vielleicht wirklich mit? Rick ließ die Hoffnung zu. Konnte es sein, dass Elena langsam die Kurve kriegte? Dass sie sich wieder vorsichtig einem Leben mit Gott näherte?

Wenn Rick ehrlich war, machte er sich auch ein kleines bisschen Sorgen, wie es laufen würde. Würden die Mädels, besonders Chelsea, Elena einfach wieder aufnehmen? Und was war mit Jim? Ob er Rick wohl als vollkommen schräg abschreiben würde, wenn er sah, was sie in der Teeny so machten? Er versuchte, diese Gedanken beiseitezuschieben, und betete im Stillen: »*Herr, ich weiß, dass ich das Richtige tue, indem ich Jim mitnehme. Schenk mir Kraft, dass ich auf seine Fragen richtig reagiere, dass ich ihn nicht alleine stehen lasse und ... ja ... dass ich die Weisheit habe, richtig mit ihm umzugehen. Und bitte mach, dass Elena wieder Anschluss findet und dir wieder vertraut ...*«

Um zehn vor acht erreichten sie das Gemeindehaus und nahmen den Hintereingang, der direkt zum Jugendraum führte. Einige der anderen waren schon da: Chelsea und Anne, die sich zu Ricks Erleichterung tatsächlich gleich zu Elena gesellten, und Ben, der mit Lauren gegen Nathan eine Runde Kicker spielte.

»Lust auf Dart?« Rick schnappte sich die Dartpfeile und eröffnete das Spiel gegen Jim.

Nach ein paar Runden, die Jim fast alle gewann, waren auch die restlichen Leute eingetroffen und Nathan rief die Meute in der Sofaecke zusammen.

Nach dem Gebet und zwei Liedern legte Nathan die Gitarre beiseite. »Ich freue mich, dass ihr alle hier seid. Habt ihr die ersten zwei Wochen Schule gut überstanden?« Allgemeines Nicken. »Cool, das freut mich. Wir können später gerne noch einen Austausch machen. Elena, schön, dass du wieder da bist.« Nathans Lächeln war herzlich und echt. »Und wir haben einen Gast.« Er richtete seinen Blick auf Jim und nickte ihm zu. »Du bist der Neffe der Dunlaps ... Jim, richtig? Herzlich willkommen hier bei uns. Willst du dich vorstellen?«

»Ihr wisst doch schon, wer ich bin.«

»Erzähl doch mal ein bisschen was über dich. Wo du herkommst, was du gerne in deiner Freizeit machst ...«

»Hm. Also ich bin Jim Dunlap, 15 Jahre alt, komme aus Chicago und ... ja ... Ich mach gerne Sport und programmiere und so.«

»Wow, Wahnsinnskombination!« Nathans ansteckendes Grinsen erreichte auch Jim, der ebenfalls lächelte. »Also, bei Computerproblemen weiß ich jetzt, an wen ich mich wenden kann.«

Nathan griff nach seiner Bibel. »So, wir fangen heute mit einer neuen Reihe an. Wer weiß, welche Figur in der Bibel mit einem Pferdewagen aus Feuer in den Himmel geholt wurde?«

»Elia!«, kam es wie aus der Pistole geschossen von Ben.

»Richtig. Aber ich will nicht mit seinem Lebensende beginnen. Was könnt ihr mir über ihn sagen?«

»Hm, war das nicht so, dass er gebetet hat, dass es aufhört zu regnen? Und dann ist das auch so eingetroffen.«

»Richtig, Chelsea. Drei Jahre lang hat es nicht geregnet.«

»Und so lange hat Gott ihn durch Raben versorgt, die ihm Brot und Fleisch gebracht haben. Dann war da noch die Witwe, die nur noch eine Handvoll Mehl übrig hatte. Ich glaube, Elia hat ihr versprochen, dass ihr Mehl und ihr Ölkrug nicht leer werden würden, bis wieder Regen fallen würde.«

»Das hast du ziemlich präzise zusammengefasst, Ben. Danke. Ich will mit euch heute die Geschichte lesen, in der Elia einen Wettkampf zwischen Gott und dem vermeintlichen Gott Baal veranstaltet. Schlagt mal alle eure Bibeln auf: 1. Könige 18. Wir lesen ab dem 16. Vers.«

Rick holte die extra mitgebrachte zweite Bibel hervor und reichte sie an der richtig aufgeschlagenen Seite an Jim weiter.

»Würde jemand von euch vorlesen?«

Anne meldete sich und begann mit ihrer klaren Stimme zu lesen.

Ricks Gedanken schweiften ab. Er kannte die Geschichte, wie Elia und die Baal-Propheten jeweils einen Altar aufbauten und Elia forderte, dass jeweils der Gott, an den sie glaubten, das Feuer entzünden sollte. Dadurch sollte festgestellt werden, wer der wahre Gott sei. Nachdem die Baal-Propheten den halben Tag zu ihrem Gott gerufen hatten und sich nichts getan hatte, war Elia an der Reihe. Er befahl sogar, Unmengen an Wasser über das Opfer zu schütten, und machte einen kleinen Graben rings um den Altar. Dann betete er und es fiel tatsächlich Feuer vom Himmel und verzehrte alles: das Opferfleisch, das Holz, die Steine, die

Erde und das Wasser. Da erkannte das Volk, dass nur Gott der wahre Gott war, und Elia tötete die 450 Propheten des Baal.

Rick versuchte, die Geschichte aus Jims Sicht zu hören. Absurd, befremdend, brutal, unlogisch? Vielleicht. Aber Gott war eben konsequent und er duldete keine fremden Götter neben sich. Rick beobachtete Jim, der aufmerksam zuzuhören schien. Doch auf seinem Gesicht zeigte sich keine Gefühlsregung. Wieso musste Nathan auch ausgerechnet heute etwas aus dem Alten Testament nehmen? Hätte er nicht was von Jesus erzählen können? Von den Wundern, von Vergebung? Stattdessen gleich so eine blutige Story. Aber das gehörte nun einmal auch dazu. Er hoffte nur, dass Jim dadurch nicht abgeschreckt wurde. Oder Elena sich daran erinnerte, warum sie sich in letzter Zeit so wenig für den Glauben interessiert hatte.

Rick bekam kaum mit, wie Nathan erklärte, was für Hintergründe es zu dieser Geschichte gab und was sie daraus lernen konnten.

Als es zum Austausch kam, sagte Nathan: »Als Erstes würde ich gerne von euch ein Feedback hören. Was habt ihr heute Neues gelernt oder was ist euch besonders wichtig geworden?«

Von allen Seiten wurden Antworten in die Runde geworfen:

»Gott duldet keine fremden Götter.«

»Gott hört auf ein einfaches Gebet, selbst wenn die Naturgesetze dadurch außer Kraft gesetzt werden müssen.«

»Gott ist konsequent.«

»Wenn man Gott auf seiner Seite hat, ist nichts unmöglich.«

»Gott versorgt einen, manchmal auf sehr ungewöhnliche Art und Weise.«

»Gott ist der Wahnsinn!«

»Wenn man mit Gott lebt, wird es niemals langweilig«, fügte Rick selbst hinzu.

»Glaubt ihr das wirklich?« Alle Augen richteten sich auf Jim, der skeptisch in die Runde sah.

»Ja, Jim. Das tun wir.« Nathan sah ihn offen an. »Es ist zwar nicht immer leicht, alles zu glauben. Aber wir können uns darauf verlassen, dass alles, was in diesem Buch steht, wahr ist. Gott hat es versprochen. Du fragst dich vielleicht, warum man das einfach so akzeptiert. Aber Gott ist nicht nur in diesem Buch, in der Vergangenheit. Sondern er ist auch in der Gegenwart. Er ist hier und jetzt bei uns und er wirkt in unserem Leben. Er kann Menschen verändern, Kranke gesund machen und Hoffnung geben.«

Täuschte Rick sich oder war Jim bei dem Wort »Hoffnung« ein wenig zusammengezuckt?

»Okay«, sagte Jim, als wäre das Thema damit erledigt.

Nathan verstand den Wink und griff zur Gitarre. »Wir singen jetzt noch ein Lied und dann könnt ihr Gebetsanliegen weitergeben oder erzählen, was ihr in dieser Woche so erlebt habt.«

Rick war für den Rest des Treffens abgelenkt und grübelte auch auf dem Weg nach Hause weiter. Er würde Jim den Glauben so gerne erklären, aber wo sollte man da anfangen? Sein Vater sagte immer, dass eine Tat lauter sprach als tausend Worte. Aber wie sollte er das bei Jim anwenden?

9

Jim schloss die Haustür hinter sich und ging durch den Flur zur Küche.

»Jim, bist du das?« Grace' Stimme kam aus dem Wohnzimmer.

»Ja.« Jim runzelte die Stirn. »Wieso bist du noch wach? Wieder das Rheuma?«

Ein Stuhl schabte über den Boden und Grace erschien in der Verbindungstür. »Das sowieso. Aber ich habe auch noch ein bisschen Büroarbeit zu erledigen, das dauert bei mir immer ein Weilchen. Ich bin aber gleich fertig. Möchtest du ein paar Kekse?«

Wie aus Gewohnheit schüttelte er den Kopf; Grace deutete auf die Keksdose. »Bedien dich ruhig.« Sie kehrte ins Wohnzimmer zurück, von wo Jim ein Seufzen vernahm.

Er nahm die Dose und folgte seiner Tante, die vor einem Stapel Rechnungen saß.

»Was ist denn los?«, fragte er.

»Ach.« Grace schob den Stoß Papiere zu einem ordentlichen Stapel zusammen. »Das Geschäft mit den Ferienhütten läuft gerade nicht so, wie es sollte. Wir sind noch mitten in der Saison und haben kaum Gäste! Die letzten sind vor einer Woche abgereist und die nächsten kommen erst in zwei.«

»Oh.« Jim sah sie bekümmert an und verspürte einen kleinen Gewissensbiss. Er dachte an seine nicht gerade billige Bestellung, die gestern angekommen war – er hatte den Paketboten abgepasst und das Päckchen in der Garage versteckt.

Grace lächelte ihm zu. »Ach, Schätzchen, mach dir mal keine Gedanken um unsere Geschäfte. Wir schaffen das schon irgendwie.«

»Macht ihr denn Werbung?«

»Du meinst in der Zeitung? Nein, nicht mehr. Das ist auf Dauer zu teuer. In einigen Broschüren sind wir noch vertreten, außerdem hat einer unserer ehemaligen Mitarbeiter eine Internetseite erstellt. Da habe ich aber schon lange nicht mehr vorbeigeschaut.«

Jim zog eine Augenbraue in die Höhe. »Du meinst, es gibt gerade niemanden, der die Seite pflegt?«

»Seit wann muss man denn Internetseiten pflegen wie ein Blumenbeet?«

Jim musste lächeln. »Das nicht. Aber man muss die Seite doch aktualisieren!«

Grace lehnte sich zurück. »Inwiefern?«

»Na ja, welche saisonalen Angebote ihr habt, was wann gemacht werden kann und die Preise. Und außerdem braucht ihr doch so etwas wie ein Kontaktformular.«

»Soweit ich weiß, haben wir unsere Telefonnummer hinterlegt.«

»Heutzutage fühlen sich die Leute wohler, wenn sie einfach nur schreiben können, glaube ich. Man schreibt schneller eine E-Mail, als dass man zum Hörer greift. Noch besser wäre es, wenn sie direkt online buchen könnten.«

Nachdenklich sah Grace ihn an. »Ja, ich habe schon ein paarmal darüber nachgedacht, dass man die Seite auf Vordermann bringen sollte. Aber ich kenne mich da nicht so aus, Walter auch nicht. Der hat auch gar keine Zeit dafür.«

»Soll ich mir das mal ansehen?«

Ein skeptischer Blick traf ihn. »Verstehst du denn etwas davon?«

Jim musste lachen. »Schon ein bisschen.«

»Na dann.« Grace erhob sich, ging zum Computer und schaltete ihn ein. Sie startete ein Programm, betrachtete das geöffnete Fenster stirnrunzelnd und drehte sich dann wieder zu Jim um.

»Ich gebe zu, dass diese Seite nicht besonders ansprechend ist. Aber der Mitarbeiter hatte auch nicht viel Erfahrung im Gestalten von Websites …«

Jim beugte sich über den Bildschirm und verzog schmerzlich

das Gesicht. »Das ist ja grausam.« Er scrollte ein wenig herunter. »Wie, das war's? Ihr habt ja nicht einmal Bilder! Und hier ist so gut wie nur eure Lage, eure Adresse und eure Telefonnummer hinterlegt!«

Ein wenig schuldbewusst hob Grace die Schultern. »Wie gesagt, er hatte auch nicht viel Ahnung. Tob dich ruhig aus.«

»Oh, das werde ich.«

»Ach, wegen der Bilder – ich glaube, der Anderson-Junge macht ganz gute. Der hat ein künstlerisches Auge.«

»Ja, ich kann ihn morgen mal fragen.«

Grace verschwand in der Küche. Dann steckte sie den Kopf noch einmal ins Wohnzimmer. »Und glaubt ja nicht, dass ihr dafür kein Taschengeld bekommt, wenn es gut wird!« Sie zwinkerte ihm zu.

Jims Gewissen trieb den Schuldstachel etwas tiefer. Er hatte damit seine Messerbestellung ein wenig wiedergutmachen wollen und jetzt bot sie ihm Geld für eine Arbeit an, die für ihn eigentlich keine Arbeit war. Der schlechte Aufbau der Website war ihm Motivation genug. Am besten ging er morgen gleich nach dem Frühstück zu Rick. Der hatte viel mehr Ahnung von der Gegend hier. Und wenn er wirklich so kreativ war, wie Grace behauptete, konnte er ihm mit der Seite auch ein wenig helfen.

Rick war gerade dabei, seinen Entwurf für das Wettbewerbsbild zu korrigieren, da klopfte es.

»Ja?«, sagte er, ohne von seiner Zeichnung aufzusehen.

»Hi«, kam es von der Tür.

Überrascht sah er auf. »Jim! Was machst du denn hier?«

»Hm. Ja, also … Ich hab da so ein Angebot für dich.«

»Komm doch rein und setz dich!« Rick zeigte auf sein ungemachtes Bett und Jim ließ sich darauf nieder.

»Du weißt doch, dass Grace und Walter die Ferienhütten und das Camp verwalten?«

Rick nickte. »Ja, das machen die schon seit fast zwanzig Jahren.«

»Genau. Ich hab mir jetzt mal deren Website angesehen und die ist ja mal … grottenschlecht. Also … so was liest sich doch kein Mensch durch! Habe mit Grace geredet und die meinte, ich darf die aufpäppeln. Aber dafür bräuchte ich megagute Fotos. Und ich dachte mir, du hast doch so ein künstlerisches Auge …« Er zeigte auf Ricks Entwurf. »Kannst du mir helfen? Grace meinte auch, dass sie dich bezahlen wird.«

»Im Ernst? Wie genial ist das denn?! Wollen wir gleich los?«

»Hast du denn Zeit?«

Rick schaute auf seine halb fertige Skizze. Die könnte er heute Abend noch fertigstellen. »Klar!« Er sprang auf und suchte nach einem Pullover. »Das wird super! »Ich frag Elena gleich nach der Kamera!« Er ging, gefolgt von Jim, über den Flur und klopfte. Elena öffnete die Tür.

»Können wir deine Kamera ausleihen?«

Sie linste an Rick vorbei zu Jim. »Wofür? Macht ihr ein Fotoshooting?«

Rick grinste. »So ähnlich.« Kurz erklärte er, was sie vorhatten.

»Cool! Kann ich mitkommen?«

»Warum nicht?« Jim nickte, und nachdem sie sich in der Küche ein paar Snacks eingepackt hatten, waren sie nur wenige Minuten später bereits auf dem Weg.

Rick fand es ein wenig seltsam, dass Elena plötzlich etwas mit ihm unternehmen wollte, aber er vermutete, dass es weniger an seiner und mehr an Jims Gesellschaft lag. Sie versuchte zwar, ihn nicht zu sehr anzuhimmeln, aber er kannte sie zu gut.

»Wo wollen wir anfangen?«, riss Elena ihn aus seinen Gedanken.

»Na, bei den Hütten, oder nicht?«

»Wolltest du jetzt nur die fotografieren?!«

Ein wenig verwirrt sah Jim von einem zum anderen. »Ja, was denn sonst?«

Elena schüttelte gespielt missbilligend den Kopf. »Aber Jim. Das ist doch wohl nicht alles, was wir zu bieten haben! Malerische Felshänge, majestätische Wasserfälle, romantische Waldwege … Das muss alles mit rein! Wenn man nur in einer muffigen Hütte rumgammeln will, reist man nicht extra hierher!« Sie lachte.

Elena fing mit Jim eine hitzige Diskussion darüber an, was für Fotos gemacht werden sollten, ob man sie ganz ohne Menschen machen sollte und welche Winkel und Belichtungen die besten waren. Rick warf ab und zu amüsiert seine Kommentare dazwischen, dann fingen sie einfach an, wild draufloszuknipsen.

»Elena, jetzt bring mal Struktur rein. Wir haben's schon kapiert: Die Fotos müssen die Attraktivität unserer Gegend einfangen!«

Sie streckte ihm die Zunge heraus und griff nach einem Tannenzapfen, um ihn nach Rick zu werfen, als Jim sagte: »Ach kommt, wir gehen einfach mal rein und machen Fotos von der Inneneinrichtung. Die brauchen wir schließlich sowieso.« Er zog den Schlüssel aus seiner Hosentasche und die Zwillinge folgten ihm ins Innere der rustikalen Holzhütte.

»Wow! Die sind ja megaschön!«, staunte Elena. »Und voll gemütlich eingerichtet!« Begeistert lief sie von einem Raum in den nächsten und fing an, die Atmosphäre mit ihrer Kamera einzufangen.

Jim stand ein wenig unschlüssig herum. »Mensch, bin ich froh, dass ihr mir helft.«

»Rick, jetzt geh doch mal aus dem Weg! Oder willst du auf einer offiziellen Ferienwebsite landen?«

Elena brauchte noch fast zwanzig Minuten, bis sie einigermaßen mit ihren Fotos zufrieden war.

Sie folgte Jim und Rick nach draußen. »Also, ich finde ja, wir sollten Actionbilder machen.«

Jim runzelte die Stirn. »Actionbilder? Was genau meinst du damit?«

»Na ja, Leben ins Bild bringen. Nicht den Wanderweg, sondern den Wanderer. Nicht nur die Felswand, sondern auch den Kletterer. Damit man Lust bekommt, selbst die Person zu sein, die glücklich an einem Seil mehrere Meter über dem Abgrund hin und her schwingt.« Sie schüttelte sich und Rick musste lachen.

»Dich können wir dafür schon einmal nicht nehmen. Außer wir nennen das Bild: ›*Die Angst beim Klettern genießen*‹. Das wäre doch mal was.«

»Ja, und dann machen wir noch ein Bild von dir im Fluss. ›*Die Angst vor Wasserfällen überwinden*‹. Rick im freien Fall, zusammen mit mehreren Tausend Litern Wasser.«

»Ja klar! Weißt du noch, wie Danny das gemacht hat?« Rick wandte sich an Jim. »Unser Bruder ist da mal runtergesprungen und konnte danach zwei Tage lang nicht sitzen.« Er kicherte blöd.

»Dieser Wasserfall«, Elena zeigte mit dramatischer Miene in die ungefähre Richtung, »ist ganze zwölf Meter hoch.« Sie zückte die Kamera.

Jim grinste immer noch. »Gut, lasst uns noch ein paar Naturbilder machen und dann reicht das, denke ich.«

Da hatte er die Rechnung allerdings ohne Elena gemacht, die auf ihre Actionfotos bestand, aber letztendlich nur Rick als Model dafür überreden konnte.

Es wurde schon dunkel, als sie wieder zu Rick und Elena nach Hause kamen.

»So, schauen wir uns die Bilder gleich an, dann bearbeite ich die und gebe sie dir morgen.« Rick nahm die SD-Karte aus der Kamera.

Jim nickte zustimmend und sie quetschten sich zu dritt vor den Computer. Sie hatten einen Riesenspaß, die Bilder durchzusehen. Rick hatte ein paar Schnappschüsse von Elena gemacht und auch umgekehrt. Natürlich zu den unmöglichsten Zeitpunkten. Obwohl Jim sich so im Hintergrund gehalten hatte, hatten sie auch ihn ab und zu aufs Bild bekommen.

»Mann, Jim. Du guckst immer so ernst. Das müssen wir ändern!«, sagte Elena mit einem Zwinkern.

»Die Bilder sind megagut. Ich kann die auch so schon nutzen, denke ich. Da musst du nicht viel bearbeiten.«

»Wie du meinst. Ist vielleicht sogar besser so. Lasst uns aber die unscharfen aussortieren.«

»Du meinst die, wo du zu sehen bist?« Elena kicherte und er verpasste ihr einen Rippenstoß.

Nachdem sie die besten Fotos ausgesucht und Rick sie auf einen USB-Stick gezogen hatte, meinte Jim: »So, ich muss jetzt wirklich los. Ich sollte um zehn zu Hause sein.«

»Sehen wir uns morgen in der Kirche?«

Jim zuckte die Schultern. »Mal schauen.« Er nahm den Stick von Rick entgegen und verabschiedete sich.

Elena verschwand kurz darauf auch in ihrem Zimmer und Rick klickte sich noch ein bisschen durch die Fotos, um doch noch das eine oder andere zu bearbeiten. Bei den Fotos, die Elena zeigten, hielt er inne.

Ein Gefühl, das er am ehesten als vorsichtige Hoffnung bezeichnet hätte, machte sich in seinem Inneren breit. Heute war Elena ganz die Alte gewesen. Lustig, frech, schlagfertig, immer darauf bedacht, ihn zu nerven … Würde sie jetzt langsam wieder normal werden? Nun, was hieß normal … wieder am Familienleben teilnehmen, zur Teeny mitkommen, zur Kirche gehen? Wieder was mit Chelsea und den anderen Mädels unternehmen?

Vielleicht. Vielleicht auch nicht. Der Tag hatte ihm gezeigt, wie sehr er seine Schwester wirklich vermisste. Er hatte die gemeinsame Zeit heute echt genossen. Sie hoffentlich auch. Es war fast so gewesen wie früher, bevor sie angefangen hatte, um sich zu schlagen und alle auf Abstand zu halten, die ihr wichtig gewesen waren …

Rick wusste, dass er nicht viel für sie tun konnte, außer für sie da zu sein und für sie zu beten. Beides würde er auf jeden Fall tun.

Zu Hause angekommen zeigte Jim seiner Tante die Bilder. Grace war völlig begeistert.

»Jimmy-Schätzchen, die sind wirklich gut geworden! Und du willst die jetzt ins Internet stellen?«

Bei dem Kosenamen regte sich etwas in seiner Brust. Er war überrascht, wie gut es sich anfühlte, allerdings versuchte er, sich nichts anmerken zu lassen.

»Ja, genau. Ich überarbeite die Website, die ihr schon habt, und vielleicht erstelle ich auch eine Facebook-Seite und einen Insta-Account. Aber da müsste natürlich regelmäßig was gepostet werden. Mal sehen.«

Grace wuschelte ihm durch die Haare und drückte ihm einen Kuss auf die Stirn. »Was würden wir nur ohne dich machen? Aber jetzt ab ins Bett! Es ist schon kurz vor elf! Kommst du mit zum Gottesdienst?«

»Je nachdem, wie ich schlafe.«

»Okay. Dann schlaf schön!«

Grace verschwand im Flur und Jim beschloss, dass sie die Einzige war, die ihn so zärtlich behandeln durfte. Er drehte sich wieder zum PC und fing an, die Seite zu bearbeiten.

10

Rick nahm noch einen Schluck aus dem Limonadenglas, das Grace ihm in die Hand gedrückt hatte, und ließ sich neben Jim vor dem Computer nieder.

»Ich zeige dir einfach einmal, was ich schon habe, und du sagst mir, was du ändern würdest.« Jim loggte sich ein und öffnete den Browser.

»Okay, aber eigentlich bist du der Profi. Ich kann nur sagen: gut – oder verbesserungswürdig.«

Jim grinste ihn an. »Mehr musst du auch nicht machen. Du hast doch Ahnung von Kunst.«

»Wenn du meinst.« Rick beobachtete, wie Jims Finger geschickt über die Tastatur flogen, und staunte, als die Seite auf dem Bildschirm erschien. »Wow. Das sieht richtig gut aus!«

»Also gefällt dir das Design?«

»Ja, total! Ist das nicht voll kompliziert, so etwas zu erstellen?«

Ein schiefes Lächeln trat auf Jims Gesicht. »Es geht. Ich hab da schon ein bisschen Erfahrung.«

»Das merke ich schon.« Die Seite sah modern, ansprechend und übersichtlich aus. »Dann bist du doch eigentlich schon fertig, oder? Ich hätte jedenfalls nichts mehr zu bemängeln.«

Jim schüttelte amüsiert den Kopf. »Nee. Das ist nur das Template.«

»Das *was?*«

»So eine Art Vorlage. Stell dir einfach schwarz-weiße Bauklötze vor. Jeder Klotz hat eine andere Form und Funktion und damit baut man die Seite auf. Später färbt man dann die Klötze ein.« Er klickte auf der vermeintlichen Seite herum. »Siehst du, hier passiert noch nichts. Aber so wird es später mal aussehen. Jetzt muss man die Bauklötze *dahinterprogrammieren*.«

»Ach so.« Rick lachte. »Das ist ja wirklich so kompliziert, wie ich dachte.«

»Eigentlich ist es nur zeitaufwendig. Im Grunde ist es nichts anderes als programmieren, Ideen bekommen, programmieren, Ideen bekommen …«

»Ich fühle mich jetzt ziemlich überflüssig.«

»Ach was. Du lieferst die Ideen, ich programmiere dann. Ich kann dir auch ein bisschen was zeigen, wenn du willst.« Er sah Rick etwas unsicher an.

»Ehrlich? Du meinst, du willst mir programmieren beibringen? Cool! Jetzt gleich?«

Jetzt lachte Jim verlegen. »Klar, wenn du willst … Also zunächst einmal erstellen wir hier eine Leiste mit Schaltfeldern …«

Jim war ein guter Lehrer, der viel von seinem Handwerk verstand. Rick bekam zwar nicht alles mit, aber er hatte großen Spaß daran, ihm beim Herumwirbeln auf der Seite zuzuschauen.

Elena lag auf ihrem Bett und starrte gelangweilt an die Decke. Rick war mit seinem neuen besten Freund Jim verabredet und sie hatte sich nicht getraut zu fragen, ob sie noch mal mitkommen durfte. Sonst hätten sie noch gedacht, sie wäre in Jim verknallt oder so.

Sie musste daran denken, wie Jim auf die Typen losgegangen war, die sie an dem Abend nach dieser Party bedroht hatten. Wie er sie angeschaut hatte, als er ihr seine Jacke gegeben hatte. Und wie er Brian geboxt hatte, sodass dieser fast umgekippt wäre.

Sie bekam eine Gänsehaut. Jim war unbestreitbar attraktiv, und wie er sich für Mädchen – für sie! – einsetzte, ließ ihr ganz warm ums Herz werden. Aber irgendetwas war gefährlich an ihm. Seine stahlblauen Augen verrieten nicht viel, außer dass sie schon einiges an Leid und Gewalt gesehen haben mussten.

Als sie gestern im Wald die Fotos gemacht hatten, hatte er ruhig und entspannt gewirkt, aber er schien trotzdem immer auf der Hut zu sein. Die Art, wie er sich bewegte und sich umschaute. Wie er auf den Partys die Leute um sich herum beobachtet hatte. Er hatte gesagt, er wolle herausfinden, wer für ihn gefährlich werden könnte. Meinte er so Leute wie Brian? Die es nicht ungerächt lassen würden, wenn plötzlich jemand beliebter war als sie?

Er war einer dieser Typen, die einen Raum betraten und sofort alle Aufmerksamkeit auf sich ziehen konnten. Aber anstatt sich aufzuspielen, wie Brian es gerne tat, schien Jim sogar zu versuchen, sich dem Rampenlicht zu entziehen und keinen Wert darauf zu legen, was andere von ihm hielten. Die Seite von ihm, die immer häufiger zum Vorschein kam, seit er angefangen hatte, sich mit Rick anzufreunden, machte ihn nur noch anziehender.

Sie war überrascht, wie viel Spaß sie gestern im Wald mit den Jungs gehabt hatte. Es war fast wie früher gewesen.

Elena seufzte tief. Sie hätte doch fragen sollen, ob sie mitkommen konnte. Ein freier Sonntagnachmittag und sie lag allein zu Hause herum.

Frustriert setzte sie sich auf. Vielleicht sollte sie ihr Zimmer aufräumen. Die Klamotten der letzten Woche türmten sich auf ihrem Stuhl und dem Fußboden, ganz oben das, was sie vorgestern zur Teeny angezogen hatte. Sie hatte die coole Bluse aus den Tiefen ihres Kleiderschranks hervorgekramt, die ihre grünen Augen betonte.

Es war schön gewesen, wieder in der Teeny zu sein und so zu tun, als wäre alles wie früher. Chelsea und Anne hatten sich große Mühe gegeben, Elenas plötzliches Auftauchen nicht zu kommentieren, das war Elena nicht entgangen. Sie hatte gesehen, wie die beiden sich angeschaut hatten, als Elena den Jugendraum betreten hatte. Aber sie konnte es ihnen nicht verübeln. Sie war in den letzten Wochen nicht besonders nett zu ihnen gewesen.

Sie hatte es nicht so zeigen wollen, aber sie war unglaublich erleichtert gewesen, als Chelsea sie zu sich gewinkt hatte, damit sie sich neben sie setzen konnte. Zunächst war die Stimmung etwas angespannt gewesen, aber dann hatten Chelsea und Anne gefragt, was Rick denn mit dem Neuen zu tun hatte. Und wie es dazu kam, dass er Elena so heldenhaft vor Brian verteidigt hatte.

Elena war rot geworden, als sie die ganze Geschichte – bis auf den Überfall natürlich – so knapp wie möglich wiedergegeben hatte.

»Mann, hast du ein Glück, Elena!«, hatte Anne geseufzt. »Der süßeste Junge der Schule prügelt sich für dich mit dem reichen Mädchenschwarm.«

Chelsea hatte mit den Augen gerollt. »Wie du immer übertreibst!«

Elena hatte Chelsea zugestimmt, sich aber ein Lächeln nicht verkneifen können, als sie sah, wie Anne Jim mit leuchtenden Augen anschaute. »Es war wirklich schrecklich nett von ihm, mich vor Brian zu verteidigen. Aber dass er sich wegen mir geprügelt hat, ist echt übertrieben. Brian hat ja angefangen und Jim hat sich nur gewehrt.« Auch sie musste immer wieder zu Jim hinschauen. Selbst als sie in der Runde über Elia und die Baalspropheten geredet hatten, war ihr Blick ständig zu ihm gewandert. Was musste er über die Geschichte denken? War sie ihm zu krass? Oder fand er vielleicht, es war alles Blödsinn? Sie selbst wusste ja auch nicht so recht, wie sie die Story einordnen sollte. Man hatte ihr von klein auf beigebracht, dass Gott ein liebender Gott war, aber dass er nicht nur Dinge tat, die sie auch verstand, hatte sie ja schmerzlich gelernt. Nur musste sie jetzt anscheinend noch lernen, damit umzugehen.

Elena stand auf und begann, den Klamottenberg aufzuräumen. Vielleicht würde sie später noch mal genauer über das Thema von gestern nachdenken.

Der Ton von ihrem Handy, der einen Anruf ankündigte, bot eine willkommene Abwechslung.

»Hey, Elena! Wie geht's?«

»Hi, Jaci.« Elena warf das T-Shirt, das sie gerade zusammengefaltet hatte, in ihren Schrank und ließ sich zurück aufs Bett fallen. »Was geht?«

»Hör mal, hast du Lust auf einen Film? Wir wollen mit ein paar Leuten ins Kino.«

Sie wollte schon Ja sagen, als ihr einfiel, dass Brian höchstwahrscheinlich auch dabei sein würde. »Hm, keine Ahnung.«

Sie hörte, wie Jaci etwas zu jemandem im Hintergrund sagte.

»Wann denn?«, fragte sie nach.

»In einer Stunde. Komm schon, das wird cool! Und mach dir keine Sorgen – Brian ist nicht dabei.« Jaci lachte hell. »Irgendwie nervt der in letzter Zeit.«

Überrascht runzelte Elena die Stirn. Sie hatte gedacht, dass Jaci sich wieder an Brian ranmachen würde, jetzt, wo Elena ihm einen Korb gegeben hatte. Vielleicht hatte Jaci aber auch gecheckt, dass Brian einfach ein absoluter Vollidiot war.

»Wer ist denn sonst dabei?«

»Ein paar andere aus der Schule. Oh, und du kannst den Neuen auch gerne mitbringen! Ihr seid doch jetzt befreundet, oder?«

Langsam dämmerte Elena der eigentliche Grund für Jacis Einladung.

»Mann, war das krass, als er Brian zusammengeschlagen hat. Das hat der Typ aber echt mal verdient!« Jaci lachte wieder. »Also was ist jetzt, kommt ihr mit?«

Elena lächelte bitter. Wie lange hatte sie darum gekämpft, zu Jacis und Brians Freunden zu gehören. Sie hatte sich nichts Besseres vorstellen können, als mit ihnen abzuhängen und zu wissen, dass sie eine von den Coolen war. Wie komisch, dass sie sich jetzt lieber mit Anne und Chelsea treffen würde.

»Sorry, Jaci. Jim ist mit meinem Bruder unterwegs.«

»Ach, wirklich?« Sie hörte deutlich die Enttäuschung in Jacis Stimme.

»Ja. Und ich bin heute irgendwie nicht so gut drauf. Aber …«, ihr kam ein Gedanke, »wenn du meinst, dass mich ein Film vielleicht aufmuntert … Ich möchte euch natürlich nicht mit meiner miesen Laune anstecken …«

»Nee, dann lass mal, Elena«, unterbrach Jaci sie. »Wenn du so schlecht drauf bist, solltest du vielleicht wirklich nicht ausgehen.«

Sie sagte wieder irgendwas zu der Person im Hintergrund. »Also dann, wir sehen uns! Und nimm mal Vitamine oder so.«

Damit legte sie auf. Wahrscheinlich sollte Elena jetzt sauer sein, weil Jaci sie offensichtlich benutzen wollte, um an Jim ranzukommen. Sie seufzte. Eher war sie dankbar, dass sie jetzt wusste, was für eine Art *Freundin* Jaci war.

Was Chelsea wohl heute machte? Kurzerhand nahm Elena wieder ihr Handy und wählte ihre Nummer. Vielleicht würde sie gar nicht rangehen. Vielleicht hatte sie gestern in der Teeny nur so freundlich getan. Vielleicht sollte Elena lieber auflegen, bevor –

»Hi, Elena, was gibt's?« Chelsea klang freudig überrascht. Oder bildete sie sich das nur ein?

»Hey, ähm … was machst du heute so?«

»Ach, nichts Besonderes. Anne ist bei mir und wir machen Milchshakes und schauen später vielleicht noch einen Film oder so. Komm doch auch vorbei!«

Unerwartet traten Elena Tränen in die Augen. Womit hatte sie so treue Freundinnen verdient? *Danke, Gott!*

»Elle? Oder hast du schon was anderes vor?«

»Nein, nein! Ich …« Sie schluckte. »Ich komme gerne! Soll ich was mitbringen?«

»Super! Habt ihr Bananen? Timmy hat unsere alle aufgegessen.«

Elena lachte, ihr Herz leicht und froh. »Klar! Bin in zehn Minuten bei dir.«

Rick öffnete die Tür. »Hi, Jim. Komm rein.«

Jim betrat den Flur und streifte seine Schuhe ab. Der erste Schultag dieser Woche war schnell vergangen und Jim, Rick und Elena hatten sich zum Mathelernen am Nachmittag verabredet.

»Wir gehen in Dannys altes Zimmer, da ist mehr Platz, um Sachen auszubreiten.« Rick bedeutete Jim, ihm die Treppe hoch zu folgen.

Oben angekommen stieß Rick die Tür auf und blieb erschrocken stehen.

»Elena! Was ist denn los?«

Jim lugte über seine Schulter. Elena saß am Computer und klickte hektisch ein paar Seiten weg. Als sie sich zu ihnen umdrehte, sah Jim ihre nassen Wangen. Sie schniefte.

»Nichts, schon gut.« Sie sprang auf und wollte sich an den beiden Jungen vorbeischieben, doch Rick hielt sie zurück.

»Sag schon!«

Elena fuhr sich über die Augen. »Ach, eigentlich sollte mich das nicht fertigmachen. Aber … Brian hat wieder was Gemeines gepostet. Mit 'nem Bild. Ich meine, man sieht ja, dass das gephotoshoppt ist, aber trotzdem.« Sie unterdrückte ein Schluchzen und Rick zog sie kurz an sich.

»Beachte den Kerl nicht. Der weiß sich nicht anders zu helfen, das weißt du doch.«

»Jaja.« Elena machte sich los. »Ich brauch jetzt Schokolade.« Sie verschwand im Bad und kurz darauf huschte sie die Treppe hinunter.

Rick biss die Zähne zusammen. Er ging zum Computer und loggte sich in seinen Account ein. Er musste nicht weit scrollen, um das Bild zu finden.

Es zeigte Elena in einem sehr betrunkenen Zustand, wie sie in nassen Klamotten in einem Pool stand und gerade jemandem hinter der Kamera zuprostete.

»Dieses Schwein«, zischte Rick wütend. Die Kommentare unter dem Post trieben ihm die Tränen in die Augen.

*Eine waschechte B*tch #einfachnurpeinlich*

Zeig, was du drunter hast! #pooldance #ausziehen! #hottie

LOL! #heiligeMaria #NICHT

Jim schob Rick zur Seite. »Lass mich mal ran.«

»Willst du das melden? Das bringt doch nichts. Der stellt das dann einfach noch mal rein.«

»Nee, nee. Ich lösche das.«

»Aber dafür musst du dich doch bei Brian anmelden. Wie willst … Was … Hä?« Rick lehnte sich vor. »Hackst du dich da gerade ein?« Er lachte ungläubig, dann stutzte er. »Ernsthaft?«

»Ja.« Jims Finger flogen über die Tastatur.

»Was, so was kannst du?«

»Irgendwas muss ich ja können.« Eine Weile tippte er konzentriert vor sich hin. »So, gelöscht. Hatte Brians Passwörter schon vor 'ner Weile geknackt – bei Typen wie dem ist es immer gut, ihnen einen Schritt voraus zu sein. Wie wär's, du gehst mal rüber zu Elena und schaust, ob alles okay ist? Ein paar Dinge muss ich hier noch …« Jim starrte konzentriert auf den Bildschirm.

»Jim, du bist der Beste! Ich sag es ihr sofort!« Rick stürmte aus dem Zimmer.

Jim warf einen Blick auf die Uhr. Er brauchte zwar nicht lange, um seine Spuren zu verwischen, doch er wollte Brian noch eine Überraschung bereiten. Und den Kommentatoren auch. Doch das würde er heute Nacht machen, das würde länger dauern.

Rick blieb länger weg als erwartet. Jim war schon fertig und stand gerade vom Computer auf, als die Tür aufging und die Zwillinge hereinkamen. Zu seinem Schrecken weinte Elena, doch jetzt nicht mehr aus Verzweiflung. Sie warf die Arme um ihn und drückte ihn fest.

»Danke, Jim!« Bevor er nur irgendwie reagieren konnte, hatte sie ihn schon wieder losgelassen. Sie lächelte erleichtert und wischte sich die Tränen aus dem Gesicht. »Ich weiß gar nicht, wie ich dir danken soll.«

»Passt schon«, murmelte Jim. »Also, lernen wir jetzt, oder was? Die Prüfungen schreiben sich nicht von selbst.«

Der Mittwochmorgen war verhangen, jedoch nicht kalt. Sie trafen sich bei der Weggabelung. Jim sah müde aus, aber eigentlich war das immer so. Rick musste lächeln, als er an den Montagabend dachte. Elena war überglücklich gewesen, nachdem das Bild aus dem sogenannten *sozialen* Netzwerk verschwunden war. Rick hatte auf allen möglichen Seiten nachgesehen, doch es war nirgendwo wiederaufgetaucht. Jim hatte es echt drauf.

»Hey, Jim, können wir eigentlich heute wieder zusammen lernen? Morgen ist ja schon die Mathearbeit …«

»Das wäre super!« Elena strahlte Jim an. »Ich habe da auch noch Schwierigkeiten bei zwei Aufgaben.«

Jim rieb sich über die Augen. »Hm. Ich muss heute noch zum Arzt.«

»Oh? Hast du dir was eingefangen?«

Jim lachte, aber es klang eher wie ein Schnauben. »Kann man so sagen.«

»Ist es was Ernstes?« Rick sah ihn an, aber Jim blickte an ihm vorbei.

»Ich kann danach kommen. Wenn sich das noch lohnt.«

Elena nickte. »Okay, cool!«

In der Schule angekommen, mussten sie vor der verschlossenen Kursraumtür warten. Dabei konnten sie nicht überhören, wie Brian lauthals seiner schlechten Laune Luft machte.

»Ich weiß echt nicht, was das sollte! Dieser Virus hat nicht nur meinen Instagram-Account gelöscht, sondern auch meinen gesamten Speicher! Einfach formatiert! Und nicht nur mein Handy, auch meinen Computer! Alter, und dabei war ich bei Hitman schon übelst weit! Jetzt kann ich ganz von vorn anfangen! Meine ganze Musik, meine Fotos, alles weg! Übrigens, Leute, ich brauch alle eure Nummern noch mal. Deine doch nicht, du Vollpfosten!«

Elenas Augen waren so groß wie Untertassen geworden. Sie blickte zuerst Rick ungläubig an, dann Jim. Der lehnte mit geschlossenen Augen an der Wand.

»Jim!«, zischte Elena. »Jim, warst du das? Ich dachte, du wolltest nur das Bild löschen!«

War das ein Grinsen, das an seinen Mundwinkeln zupfte?

»Jup. Hab ich gemacht. Und noch ein kleines Extra.«

Rick konnte seinen Freund nur ungläubig anstarren. »Du hast einfach alle seine Sachen gelöscht?«

Jim öffnete die Augen und warf ihm einen seltsamen Blick zu. »Bedauerst du ihn etwa?«

Bevor er antworten konnte, kam auch schon ihr Lehrer und das Gespräch ging unter. Sie gingen in den Raum und setzten sich an ihre Plätze.

Rick wusste nicht, was er von dem Ganzen halten sollte. Natürlich, irgendwie gönnte er Brian den Ärger. Aber das konnte er doch nicht vor Jim zugeben, oder?

Gott, bitte hilf mir hier. Ich bin froh, dass Elena nicht mehr unter Brian zu leiden hat. Aber das, was Jim gemacht hat, ist Rache. Und die Rache sollen wir doch dir überlassen …

Er warf einen Blick zu Jim, der – wieder mit geschlossenen Augen – dasaß.

Wie sollte Rick ihm klarmachen, was er glaubte?

11

Zum ersten Mal seit Tagen hatte Jim eine Nacht durchgeschlafen. Grace hatte ihn sogar wachrütteln müssen. Jetzt saß er am Frühstückstisch und aß ein Schinkensandwich mit Ei, das Grace ihm vorgesetzt hatte.

»Habt ihr schon die ersten Klausuren in Sicht?«, fragte Walter, während er die Zeitung umblätterte.

»Heute.«

»Oh?« Grace rührte sich Honig in ihren Tee. »Hast du denn gelernt?«

»Das ist Mathe. Da muss man nicht für lernen. Aber ja, zusammen mit den Anderson-Zwillingen haben wir ein wenig geübt.«

»Du bist also ein Mathe-Ass?«

Jim sah Walter kurz an. »So würde ich mich nicht nennen. Aber ich habe keine Schwierigkeiten mit dem Fach.«

Es klingelte und Jim ging zur Tür, um zu öffnen.

»Jim!« Rick stand ganz außer Atem vor der Tür. »Du musst mir diese eine Formel noch einmal erklären! Ich bin heute Morgen aufgewacht und konnte die nicht mehr!«

Jim versuchte, sich das Grinsen zu verkneifen, und holte sich schnell seinen Rucksack. Grace drückte ihm sein Lunchpaket in die Hand.

»Ihr packt das schon.«

»Hi, Miss Grace.« Rick schüttelte ihr die Hand und winkte Walter zu. »Jim kriegt das bestimmt sogar im Schlaf hin. Mein Hirn hat über Nacht alles gelöscht!«

»Quatsch keinen Müll. Ich erkläre es dir auf dem Weg noch mal. Das ist ganz einfach. Wo ist Elena?«

»Schon weg. Hat die Inliner genommen. Sie hat gesagt, sie will sich jetzt nicht von meiner Unsicherheit verunsichern lassen!«

Jim verdrehte die Augen. »Mann, Rick, wir haben stundenlang gelernt. Du kannst das, du darfst jetzt nur nicht die Nerven verlieren.«

»Haha. Das sag ich dir, wenn die Englischprüfung ansteht.«

Jim seufzte. »Erinnere mich nicht daran. Also gut, was verstehst du denn nicht?«

Als die Schule in Sicht kam, hatte Rick seine Sicherheit wieder.

Elena lächelte ihnen zuversichtlich zu, als sie in den Raum kamen und sich an ihre Plätze begaben. Wenig später teilte Mr Benning auch schon mit seiner typisch ernsten Miene die Blätter aus, als wäre das ein landesweiter Mathewettbewerb.

»Wenn ihr fertig seid, gebt eure Hefte bei mir ab und geht nach draußen. Ihr habt zwei Schulstunden Zeit.«

Jim hatte keine Schwierigkeiten mit den Aufgaben, konnte aber aus dem Augenwinkel Rick ein wenig nervös auf seinem Kugelschreiber herumkauen sehen.

Knapp nach der ersten Stunde war Jim fertig, blieb aber noch ein wenig sitzen, um nicht als Erster abzugeben. Also rechnete er alles noch einmal durch. Das war es, was er an Mathe liebte. Man konnte sehen, ob man richtiglag oder nicht. Es ergab alles einen Sinn.

Als die ersten Schüler abzugeben begannen, stand Jim auf und brachte sein Heft ebenfalls nach vorn.

»Jim, dein Heft braucht noch einen Umschlag, okay? Fürs nächste Mal.« Mr Benning schob die Hefte zu einem ordentlichen Stapel zusammen und warf ihm den ernsten Lehrerblick zu.

Jim nickte und verschwand auf den Flur. Draußen setzte er sich auf einen der Tische, die unter ein paar Bäumen verteilt standen. Er musste noch fast bis zum Ende der Schulstunde warten, bis Rick und Elena endlich ins Freie taumelten.

»Mannomann. Mir schwirrt der Kopf vor lauter Zahlen.« Rick ließ sich auf die Bank am Tisch fallen, auch Elena sah ein wenig benommen aus.

»Du warst richtig früh fertig, oder?« Sie nahm einen langen

Schluck aus der Wasserflasche und Jim konnte ein Lächeln nicht unterdrücken.

»Ist halt meine Stärke. Dafür seid ihr in Englisch sehr viel besser als ich. Ich hoffe, ihr lernt jetzt mit mir, das seid ihr mir schuldig.«

»Klar, versteht sich von selbst. Hey, wir wollen später noch Mountainbike fahren. Kommst du mit?«

»Nee. Hab kein Fahrrad.«

»Oh, okay.« Elena zog an einer ihrer blauen Haarsträhnen. »Kannst dir ja eins zu Weihnachten wünschen.«

»Ist noch bisschen hin, ne?« Rick grinste seine Schwester an. »Apropos Wünsche und feiern … Wir müssen langsam anfangen, unsere Party zu planen.« Er wandte sich an Jim. »Wir haben nämlich am 9. Oktober Geburtstag. Du bist selbstverständlich eingeladen.«

Elena zog sofort ihren Schreibblock aus dem Rucksack. »Ich bin für eine Schnitzeljagd. Und für Schnitzel.«

Rick stöhnte. »Jetzt rede doch nicht von Essen, ich hab jetzt schon Hunger.«

Es klingelte und die Zwillinge mussten ihre Planung auf die Mittagspause verschieben.

»Haben wir jetzt Geschichte? Der Aufsatz war aber nicht zu heute, oder?«

»Welcher Aufsatz?«

Während sie ins Gebäude gingen, bemerkte Jim, wie Brian sie beobachtete. Für den Bruchteil einer Sekunde schien er zu lächeln, dann wandte er sich wieder seinen Kumpels zu.

Am Freitag hatten sie wieder Mathe. Wie von Rick erwartet holte Mr Benning einen Stapel Hefte aus seinem Baumwollbeutel – der korrigierte wohl hobbymäßig. Wie immer war sein Gesicht unbewegt, als er die Hefte verteilte.

»Der Durchschnitt lässt zu wünschen übrig, aber er ist nicht schlechter als sonst auch. Einige von euch haben fleißig gelernt, andere … eben nicht.«

Die Schüler begannen zu tuscheln, als sie anfingen, Noten und Ergebnisse zu vergleichen.

Rick lehnte sich erleichtert zurück, als er eine Zwei auf seiner Arbeit sah. Er drehte sich zu seiner Schwester um, die ein wenig die Augen verdrehte und ihm eine Drei signalisierte. Er machte eine wegwerfende Handbewegung, als Mr Benning sie wieder zur Ordnung rief.

»Wir machen direkt weiter; wir haben viel Stoff durchzugehen. Schlagt eure Mathebücher auf Seite 102 auf.«

Rick warf einen Blick zu Jim, der immer noch in sein Heft starrte. »Was ist, was hast du?«, flüsterte er ihm zu.

Jim hob die Schultern. »Ich verstehe seinen Kommentar nicht so ganz, muss ich später mal fragen. Und du?«

»Eine Zwei!«

»Cool.«

Nach dem Unterricht ging Jim mit seinem Heft nach vorn. »Mr Benning, was meinen Sie mit ›Netter Versuch‹?«

Der Mathelehrer seufzte. »Ja, darüber müssen wir reden. Eigentlich habe ich dich für intelligenter gehalten.«

Jim hob eine Augenbraue und wartete auf eine Antwort.

»Also, Jim, wenn du schon schummelst, solltest du doch wenigstens so schlau sein, deinen Spicker aus dem Heft zu nehmen und vielleicht noch ein oder zwei Fehler einzubauen. Ich verstehe das nicht, du hast im Unterricht doch so gut mitgemacht.«

Jim wurde bleich. »Welcher Spicker?«

»Mach es jetzt bitte durch Leugnen nicht noch schlimmer.«

Jim verschränkte die Arme und trat einen Schritt zurück. »Ich weiß nicht, was Sie meinen. Ich habe nicht geschummelt.«

»Und wie kam der Zettel dann in dein Heft?«

»Ich weiß es nicht. Vielleicht hat mir den jemand untergeschoben?«

Mr Benning packte seine Unterlagen ein. »Wer hätte das denn

tun sollen und wozu? Nein, das kannst du sonst jemandem erzählen. Eigentlich habe ich gedacht, dass du wenigstens deinen Fehler eingestehen würdest. Aber anscheinend habe ich dich falsch eingeschätzt. Deine Tante ist schon informiert.«

Rick konnte nicht glauben, was er da hörte. Jim hatte ganz bestimmt nicht gespickt! Jim schien genauso fassungslos zu sein wie er, denn er verließ ohne ein weiteres Wort den Raum.

»Mr Benning, haben Sie kurz Zeit?« Entschlossen trat Rick vor das Lehrerpult. »Ich glaube nicht, dass Jim geschummelt hat. Wir haben zusammen gelernt und er hat das alles verstanden und mir und meiner Schwester beigebracht! Er hätte den Spicker gar nicht gebraucht! Außerdem hätte ich das gesehen, wenn er einen gehabt hätte. Ich saß ja neben ihm!«

Mr Benning lächelte. »Du hast aber doch bestimmt nicht die ganze Zeit auf sein Blatt geschaut.«

Rick schüttelte den Kopf. »Nein, habe ich nicht. Aber ich weiß ganz genau, dass Jim diese Aufgaben auch im Schlaf gelöst hätte!«

»Weißt du, das hat mich ja auch gewundert, Rick. Im Unterricht hat er die Aufgaben immer am schnellsten gelöst. Doch Tatsache ist, dass dieser Zettel in seinem Heft war.« Er hielt das Papier in die Höhe.

»Aber Mr Benning! Der Spicker ist doch am Computer geschrieben und ausgedruckt worden. Das kann doch jeder gemacht haben!«

Der Lehrer schaute nachdenklich und Rick spielte verzweifelt mit dem Bleistift in seiner Hand. »Können Sie ihm nicht eine Chance geben? Ihn mündlich prüfen oder so?«

Mr Benning sah ihn lange an. »Du scheinst sehr überzeugt zu sein.«

»Das bin ich auch.«

»Weißt du was? Ich werde sehen, was sich machen lässt.«

»Danke, Mr Benning!«

Rick eilte aus dem Zimmer und zu den Biologieräumen. Er wollte Jim so schnell wie möglich die freudige Nachricht überbringen – doch der tauchte nicht zum Unterricht auf.

Jim streifte durch den Wald und fand sich wenig später am Wasserfall wieder.

Es konnte nur Brian gewesen sein oder wenigstens einer von seinen Kumpels. Doch wie sollte er das beweisen? Er konnte es nicht. Und Grace und Walter? Die würden ihm bestimmt nicht glauben. Warum sollten sie auch? Alles sprach gegen ihn. Er überlegte, erst spät nach Hause zu gehen, aber vielleicht sollte er es gleich hinter sich bringen, wenn Walter noch nicht da war. Vielleicht würde Grace ihm zuhören …

Doch als er zu Hause ankam, sah er Walters Wagen in der Auffahrt stehen. Jim wappnete sich innerlich und betrat dann das Haus.

»Jim, bist du das?« Grace klang überrascht.

Vielleicht hatte Mr Benning doch noch nicht angerufen? Doch als er den ernsten Blick von Walter sah, der am Küchentisch saß, wusste er es besser.

Walter legte seine Zeitung zur Seite. »Du hast doch erst in zwei Stunden Schulschluss?«

»Ich bin früher gegangen.«

»Und wieso?«, fragte Walter scharf.

Jim sah misstrauisch von einem zum anderen. »Mr Benning hat doch angerufen, oder nicht?«

»Und das ist ein Grund für dich, die Schule zu schwänzen?«

Der lauter werdende Ton seines Onkels ließ Jim ein wenig zusammenzucken.

»Wie soll das weitergehen, Jim? Erst schummeln, dann die Schule schwänzen …«

»Ich habe nicht geschummelt!«

Grace' kühle Hand legte sich auf seinen Arm. »Jim, beruhige dich erst mal. Setz dich und wir reden darüber.«

Jim war versucht, sich zu widersetzen, ließ sich dann jedoch auf den Küchenstuhl fallen. »Ich habe in der Mathearbeit nicht gespickt«, wiederholte er nachdrücklich.

»Was denkst du, wie der Zettel sonst zwischen deinen Seiten landen konnte?«

Jim hielt dem eisernen Polizeiblick Walters stand. »Was weiß ich. Jemand muss ihn hineingelegt haben!«

Walter sah ihn lange an, dann seufzte er. »Du wirst dich bei Mr Benning entschuldigen.«

»Was?!« Jim war aufgesprungen. »Für etwas, das ich nicht getan habe? Vergiss es!«

»Jim …« Grace wollte ihn beruhigen, doch diesmal schüttelte er ihre Hand ab.

»Ich werde meinen Kopf nicht dafür hinhalten! Das könnt ihr so was von vergessen!«

»Bleib mal ganz ruhig, Sohn.«

»Ich bin nicht dein verdammter Sohn!« Jims Hände zitterten; er ballte sie zu Fäusten. Er musste hier raus, sofort.

»Dann geh auf dein Zimmer und überleg noch einmal in Ruhe, was du jetzt tun willst. Du hast das Wochenende Hausarrest.«

Jim ließ sich das nicht zweimal sagen. Mit einem lauten Knall warf er seine Zimmertür hinter sich zu. Er streifte sich die Kopfhörer über und ließ seine Wut an dem Boxsack aus.

Sirenen, die sich näherten. Ein Hoffnungsschimmer durchzuckte ihn.

Vielleicht hatten sie es gemerkt. Vielleicht hatte jemand Alarm geschlagen. Die dunklen Augen starrten ihn in einer Mischung aus Hass und Zweifel an.

Doch die Sirenen entfernten sich wieder.

Der Hohn lachte ihn aus.

Jim kämpfte gegen den Traum an; er wusste, was gleich geschehen würde. Er kämpfte sich an die Oberfläche, in die Dunkelheit des Zimmers. Im Halbschlaf spürte er die Gegenwart einer Person und mit einem Ruck war er hellwach.

Walter stand an der Tür. Verwirrt rieb sich Jim das Gesicht und versuchte, die Fetzen des Albtraums zu vertreiben. Wie lange stand er schon dort?

»Jim, steh auf. Komm in die Küche.« Dann verschwand er wieder.

Einen Augenblick überlegte Jim, ob er das auch nur geträumt hatte. Doch die Tür stand offen und er hörte Grace und Walter angeregt diskutieren. Ein Blick auf die Uhr verriet ihm, dass es gerade erst kurz vor sechs war. Seufzend richtete er sich auf. Er hatte ganze vier Stunden schlafen können. Immerhin.

Als er schließlich in die Küche kam, erwarteten ihn zwei ernste Gesichter.

»Setz dich bitte.« Walter deutete auf den Stuhl; Jim ergriff die Lehne und blieb dahinter stehen. Unbehagen beschlich ihn. Was war hier los? Hatte er etwas verpasst? Er wartete ab. In Grace' Miene lagen Zweifel und Unverständnis. Walters konnte er nicht genau deuten.

»Jim, wo warst du heute Nacht?«

»Zu Hause?«

»Lüg mich nicht an. Kurz vor eins war ich in deinem Zimmer und du warst nicht da.«

Jim biss sich auf die Unterlippe. »Ach da. Ja, da war ich … draußen.«

Walter verschränkte die Arme vor der Brust. »Und wo genau draußen? Wer war alles dabei?«

Jim zog die Stirn kraus. »Was soll das heißen? Ich war alleine unterwegs. Ich konnte nicht schlafen und bin dann spazieren gegangen. Was ist denn schon dabei? Ich störe doch niemanden, oder doch?«

Einen Augenblick starrte Walter ihn nachdenklich an, dann fragte er: »Wo genau warst du?«

»Na, hier und da. Überall! Wieso?«

»Weil heute Nacht die Gartenhütte von deinem Mathelehrer Mr Benning abgebrannt ist.«

»Ach.« Jim konnte sein schadenfrohes Grinsen kaum unterdrücken. »Wie schade für ihn.«

Er sah, wie Walter und Grace sich einen bedeutungsvollen Blick zuwarfen.

Eine üble Vorahnung beschlich ihn. »Ihr ... ihr glaubt, ich war das?« Sein Griff um die Lehne verstärkte sich, seine Fingerknöchel traten weiß hervor.

»Der Brandmeister hat mir erklärt, dass der Brand durch Spiritus und Petroleum zustande gekommen ist; das heißt, dass eine von den Öllampen wohl drinnen angezündet wurde. Es handelt sich also definitiv um einen Einbruch und womöglich Brandstiftung.«

»Was denkst du jetzt?« Jims Stimme wurde lauter. »Dass ich so frustriert war wegen der Mathearbeit, dass ich deswegen die Hütte abfackeln gehe? *So* schätzt ihr mich ein?«

»Du bist der Einzige, der ein plausibles Motiv dafür hat. Außerdem sprechen alle Indizien dafür.«

»Ja, genau. Und mein Vorstrafenregister. Einmal kriminell, immer kriminell, klar!«

Jim stürmte zurück in sein Zimmer. Hastig stopfte er einige Klamotten in seinen Rucksack. Er hatte das Bedürfnis, seine Fäuste irgendwo zu versenken. Ein weiteres Mal kletterte er aus dem Fenster und nahm den Weg, der zum Wasserfall führte. Jim rannte los, an den wenigen Häusern vorbei auf den Wanderweg und lief so lange weiter, bis das Stechen in seiner Lunge ihn zwang stehen zu bleiben. Seine Gedanken liefen Amok. Stimmen flüsterten ihm ein aufzugeben. Stimmen, die er schon sein ganzes Leben lang zu hören bekommen hatte. In der Stille des Waldes waren sie noch deutlicher zu hören.

Jim schüttelte den Kopf, als könnte er damit das Echo der hässlichen Worte von sich abschütteln. Doch was hatte sein Dasein überhaupt noch für einen Sinn? Warum war er überhaupt hier?

Wieso hatte er überhaupt geglaubt, hier wirklich neu anfangen zu können?

Jim lief weiter, ohne darauf zu achten, wohin der Weg ihn führte. Der Schmerz in seinem Inneren war kaum auszuhalten. In Momenten wie diesem wünschte er sich, dass er weinen könnte. Alysha hatte das oft geholfen; das hatte sie jedenfalls behauptet.

Die Stunden verstrichen, ohne dass er etwas davon bemerkte. Die Sonne wanderte weiter, die Schatten veränderten sich und spielten mit dem Licht Fangen. Mittlerweile musste es Mittag sein.

Er fröstelte, als sich eine Wolke vor die Sonne schob, und zog seine Jacke aus dem Rucksack. Er schaute sich um und stellte fest, dass er keine Ahnung hatte, wo er war, ließ sich dann gleichgültig unter irgendeinen Baum fallen und schloss müde und frustriert die Augen.

Etwas Kaltes, Feuchtes berührte seine Wange. Jim zuckte zurück. Dunkle, treue Augen sahen ihn an und der deutsche Schäferhund winselte. Verwirrt blinzelte Jim und ignorierte dabei die Kälte, die in seinen Knochen steckte. Wie spät war es? Sein Handy lag in seinem Zimmer unter dem Kissen. Wo kam denn der Hund her? Er setzte sich auf und rieb sich die verspannten Schultern. Das Tier hatte sich vor ihm platziert und verfolgte jede seiner Bewegungen.

»Was machst du denn hier?«, flüsterte er.

Der Hund stellte die Ohren nach vorn. Jim streckte die Hand aus und streichelte ihm über den Kopf. Ein Pfiff zerriss die Stille des Waldes und der Hund bellte zwei Mal, rührte sich jedoch nicht von der Stelle. Jetzt entdeckte er das Polizeiwappen am Halsband. Schritte erklangen auf dem Kies.

»Lucien?« Walter tauchte in der Wegbiegung auf; als er Jim sah, blieb er stehen.

Eine Weile blickten sie einander stumm an. Dann kam Walter näher und ließ sich schwerfällig auf einem umgestürzten Baumstamm nieder. Jim kraulte Lucien und mied den Blickkontakt zu seinem Onkel.

Dieser seufzte schließlich. »Jim, warst du diese Nacht bei Bennings Hütte?«

Jim sah auf. »Wieso fragst du mich das? Ihr glaubt mir doch eh nicht.«

»Beantworte einfach die Frage.«

Lange suchte er nach einer Spur von Hinterlistigkeit in Walters Gesicht, dann antwortete er: »Ich war weder bei Benning noch hab ich irgendwo Feuer gelegt, noch nie.« Er starrte Walter an. »Du hast doch meine Akte gelesen, oder nicht?«

Walter hielt seinem Blick stand. »Ja, das habe ich. Du hast damals gesagt, dass es nicht deine Schuld war, dass das Feuer im Lagerhaus ausgebrochen ist.«

»War es auch nicht.«

»Dann bist du bloß immer zur falschen Zeit am falschen Ort?«

»Ja.« Nun wandte Jim den Blick doch wieder ab. »Das war schon immer so.«

»Du willst also, dass wir dir vertrauen.«

Jim hob die Schultern.

»Du weißt, wenn wir dir jetzt glauben und es kommt heraus, dass du doch daran beteiligt warst, hast du dieses Vertrauen damit missbraucht und du wirst es nicht so schnell wiedererlangen.«

»Ich war aber nicht daran beteiligt.«

Schweigen breitete sich zwischen ihnen aus.

Walter erhob sich. Er ging ein paar Schritte in die Richtung, aus der er gekommen war, klopfte sich auf die Oberschenkel und Lucien folgt ihm. Dann drehte er sich um. »Komm, ab nach Hause.«

Jim rührte sich nicht. »Du glaubst mir immer noch nicht.« Es war keine Frage, sondern eine Feststellung.

Walter seufzte erneut. »Tut mir leid, Jim. So einfach ist es nicht.

Wie ich schon gesagt habe, sprechen alle Indizien gegen dich. Du warst sehr wütend auf Mr Benning. Ich will es nicht glauben, aber ich darf auch nicht die Augen vor dem Offensichtlichen verschließen.«

»Warum bist du dann hergekommen?«

»Jim, du bist immer noch mein Neffe, das werde ich nicht leugnen und Grace und ich stehen hinter dir. Du solltest mitkommen. Du bist schon seit Stunden hier draußen.«

Widerwillig stand Jim auf und folgte seinem Onkel; den Rest des Weges blieb er stumm.

Eigentlich war ihm klar, wer es gewesen sein musste. Brian war der Einzige, der einen Grund hatte, ihn in Schwierigkeiten zu bringen, und seine Drohung war unmissverständlich gewesen. Aber Jim wusste auch, dass alle glauben würden, er würde nur die Schuld auf jemand anderen schieben wollen.

Er sah keinen Sinn mehr darin zu reden.

Grace machte sich große Sorgen. Seit Walter Jim gestern Nachmittag nach Hause gebracht hatte, hatte der Junge kein einziges Wort mehr gesagt. Er hatte alle Aufgaben erledigt, die Walter ihm aufgetragen hatte, doch als sie ihn heute Morgen zum Gottesdienst hatte wecken wollen, war er erneut verschwunden gewesen. Sein Bett hatte unbenutzt ausgesehen und sein Rucksack war weg. Besorgt hatte sie Walter angerufen, der schon bei Mr Benning war. Der Lehrer hatte, nachdem Jim wiederholt seine Unschuld beteuert hatte, auf eine Anzeige verzichtet. Er bestand jedoch darauf, dass Jim die Brandstelle aufräumte. Sein Lehrer glaubte ihm also auch nicht. Warum sollte er auch?

Walter hatte gesagt, dass Jim sicher nur wieder irgendwo im Wald umherstreifte und sich schon beruhigen würde.

Nach dem Gottesdienst rief sie schließlich bei Shakira und Will an.

»Grace, schön, mal wieder etwas von dir zu hören!«

Wenn sie es nicht besser gewusst hätte, hätte sie ihrer Schwägerin fast geglaubt. »Ich rufe wegen Jim an.«

Ein theatralisches Seufzen war zu hören. »Mich wundert es ehrlich gesagt, dass du dich jetzt erst meldest. Hat er sich denn bisher etwa benommen?«

»Doch, eigentlich schon. Wir hatten nur am Freitag einen Anruf von der Schule und gestern –«

Das Lachen der Frau am anderen Ende unterbrach sie. »Nur einen? Sicher, dass wir vom gleichen Kind reden? Wir hatten zwei Anrufe pro Woche, mindestens! Ein Wunder, dass er euch noch nicht das Haus angezündet hat. Das ist dem zuzutrauen, glaub mir. Vor allem nach der Geschichte mit dem Lagerhaus.«

Grace unterdrückte ihren Ärger und sagte mit zusammengebissenen Zähnen: »Ich rufe nicht an, weil er etwas angestellt hat.«

»Ach, nein?« Shakira klang verwirrt. »Weswegen dann?«

»Er ist verschwunden.«

»Du meinst ausgerissen?«

»Ich bin mir nicht sicher.« Grace fuhr sich mit der Hand über die Stirn. »Er hat sich mit uns gestritten und ist gestern schon einmal weg gewesen, aber ich glaube, dass er jetzt die ganze Nacht nicht zu Hause war. Und jetzt ist er immer noch nicht zurück …«

»Ach, Gracie, er ist ein schwieriger Teenager. Er haut immer mal wieder ab. Wir hatten das auch ein paarmal. Das Längste waren zweieinhalb Wochen.«

»Und ihr habt nicht die Polizei gerufen?«, fragte Grace ungläubig.

»Natürlich nicht. Du weißt, dass das bei ihm nicht geht. Aber wir haben ihn aufspüren lassen und quasi an den Haaren wieder nach Hause ziehen müssen. So ist er eben. Er ist im Kinderheim aufgewachsen und hat nie gelernt, sich Autoritäten unterzuordnen. Mach dir nichts draus und nimm das bloß nicht persönlich. Er ist nicht fähig, Bindungen aufzubauen, oder irgendwie so was hat der Psychologe gesagt.«

Grace musste sehr an sich halten, um nicht laut zu werden. »Shakira, hast du vielleicht mal daran gedacht, dass er so etwas wie eine feste Grundlage braucht? Menschen, die ihn lieben, wie er ist, und ihn auch so annehmen?«

»Er wollte unsere Liebe nicht«, erwiderte Shakira schroff. »Er hat es abgelehnt, dass wir uns um ihn kümmern. Hätten wir auch nur geahnt, dass er nicht mal einen Funken Dankbarkeit zeigt, hätten wir ihn nicht sofort adoptiert. Dann könnten wir ihn wenigstens zurückgeben.«

»*Zurückgeben?!*« Grace konnte es nicht fassen. »Du redest von ihm, als wäre er nur ein Gegenstand, der nicht richtig funktioniert! Wie von einem Hund, den man nicht erzogen kriegt!«

Shakira lachte hart. »Glaub mir, jeder Straßenköter wäre einfacher zu erziehen als dieser Junge. Aber so habe ich es nicht gemeint. Wir haben es ja versucht, Gracie. Aber irgendwann erwartet man auch mal was zurück, oder nicht?«

Grace war zu schockiert, um zu antworten.

»Hör mal ...« Shakira klang ein wenig verunsichert. »Das waren jetzt harte Worte, aber so etwas haben wir nie zu ihm gesagt.«

»Sicher.« Grace' Stimme triefte vor Sarkasmus. »Man muss nicht immer alles in Worte fassen, um Menschen spüren zu lassen, was man von ihnen hält.«

»Jim wird schon wieder auftauchen, keine Angst. Aber du weißt, dass ihr ihn nicht als vermisst melden dürft. Ich gebe dir gleich eine Nummer, die kannst du bei Notfällen anrufen. Der Kerl weiß Bescheid.«

Grace antwortete nicht.

»Wirklich, Grace, ich hab es nicht böse gemeint. Ich hatte wirklich gehofft, dass er bei euch da oben die Kurve kriegt. Aber wahrscheinlich bringt das bei ihm nichts. Ich glaube, er ist einfach ein hoffnungsloser Fall ...«

»Schönen Tag noch, Shakira.« Ohne ein weiteres Wort legte Grace auf. Ihr kamen die Tränen. Hatte Jim wirklich noch nie erfahren, was eine richtige Familie war? Wie sich Liebe anfühlte? Sie hoffte von ganzem Herzen, dass ihr kleiner Bruder Will wenigstens ein wenig freundlicher mit Jim umgegangen war. Sie wusste, dass für Shakira Liebe mit Geld gleichzusetzen war. Aber was nützte alles Geld der Welt, wenn man keine Liebe hatte?

»Rick?« Elena schlüpfte ins Zimmer und sah sich suchend um. »Hast du den Föhn?« Ihre Haare waren mit einem Handtuch zu einem Turban hochgewickelt.

»Ja, kannst ihn kurz nehmen. Ich brauche den aber gleich wieder.«

»Was machst du denn da?« Sie kam näher und lugte über seine Schulter. »Oh, wow! Wird das ein Wasserfall? Nein, es wird *der* Wasserfall! Wie genial! Wie hast du denn diese tollen Farbverläufe hinbekommen?«

»Das geht super mit Aquarell.«

»Und dafür brauchst du den Föhn?«

»Ja, genau.«

Fasziniert beobachtete sie, wie er das rau aussehende Papier befeuchtete und dann mit einem feinen Pinsel blaue Farbkleckse daraufupfte. Sofort verlief die Farbe.

»Das sieht echt schön aus!« Elena bestaunte und bewunderte sein Kunstwerk noch eine Weile, bis Rick sie lachend aus dem Zimmer schickte.

»Geh schon! Du wolltest doch deine Haare föhnen! Los, bevor ich noch in Komplimenten ertrinke!«

Elena grinste ihn an und verschwand mit dem Föhn. Keine fünf Minuten später stand sie wieder im Zimmer. »Hier, bitte.« Sie legte das Gerät neben ihn auf den Tisch.

»Danke.« Rick vertiefte sich wieder ins Malen.

»Rick?«, fragte Elena leise, als er gerade einen Pinsel auswusch.

Er zuckte zusammen – in seiner Konzentration hatte er gar nicht bemerkt, dass sie nicht wieder aus dem Zimmer gegangen war. Zum Glück hatte sie gewartet, bis er den Pinsel abgesetzt hatte. Er warf ihr einen Blick zu und las ihr ihre Unsicherheit vom Gesicht ab. »Spuck's aus. Was liegt dir auf dem Herzen?«

Elena trat unruhig von einem Fuß auf den anderen, dann sagte sie: »Ich habe mich noch gar nicht bei dir entschuldigt. Ich habe dir ganz bewusst wehgetan, als … ja. Du weißt, was ich meine. Ich wollte, dass es dir genauso schlecht geht wie mir …« Sie hob die Schultern. »Hat keinen Sinn, ich weiß. Aber du scheinst so gut damit klarzukommen, dass Mari uns verlassen hat. Und ich war so … so wütend.«

»Ist schon gut, Elena. Ich habe dir schon längst vergeben.«

Sie lächelte erleichtert, dann sprang sie auf. »Danke, du bist ein Schatz! Wie viel Zeit hast du noch für das Bild?«

»Ich will es heute fertig machen und morgen mit zur Schule nehmen. Freitag ist Einsendeschluss.«

»Cool! Ich hoffe, du gewinnst, Rick. Du hättest es echt verdient.«

»Danke, Elle.«

Sie lächelte leicht. »Na gut, ich gehe dann mal schlafen. Bis morgen und gute Nacht!«

»Nacht!«

12

»Jim kommt heute nicht zur Schule.«

Rick sah zu Elena, die neben ihm vor Grace Dunlap stand. Es war Montagmorgen und Jim hatte sich auf die Textnachricht, ob sie zusammen zur Schule gehen wollten, nicht gemeldet.

»Aber wenn ihr wollt, könnt ihr gleich bei Walter mitfahren, er fährt auch zur Schule.«

»Ist Jim krank?«

Grace sah ihn mit einem seltsamen Gesichtsausdruck an. »Nein.«

Walter erschien und füllte den Türrahmen fast vollständig aus. »Wollt ihr bei mir mit?«

»Das wäre nett, Sir.« Elena lächelte und folgte dem Sheriff zum Wagen.

Unschlüssig wandte Rick sich noch einmal um. »Kann ich irgendetwas tun, Miss Grace?«

»Das ist lieb, dass du fragst, Rick. Aber im Moment nicht.«

»Also, Mr Dunlap«, begann Elena, als sie im Auto saßen, »wollen Sie Ihre Geschichtskenntnisse noch einmal auffrischen, oder was?«

Ein Lächeln bewegte den Schnurrbart des Sheriffs. »Das hätte ich wahrscheinlich sogar nötig, aber nein. Leider bin ich beruflich unterwegs. Ihr werdet schon noch erfahren, warum.«

Ricks Gedanken wirbelten durcheinander. War Jim deswegen gestern nicht in der Kirche gewesen? Wegen des Brandes? Dort war es *das* Gesprächsthema gewesen. Rick hatte gehört, dass Jim helfen musste, die Brandstelle aufzuräumen. Hatte er etwa etwas mit dem Feuer zu tun gehabt? Seit dem Zwischenfall in der Mathestunde am Freitag hatte er ihn nicht mehr gesehen, aber da er am Abend nicht wie verabredet zur Teeny gekommen war, hatte Rick daraus geschlossen, dass er wohl wegen des Tests Ärger bekommen hatte. Aber warum war Jim heute nicht da?

»Willst du im Auto bleiben?« Elena grinste ihn an, als sie sich an der Schule ihren Rucksack schnappte und aus dem Wagen stieg.

Rick folgte seiner Schwester geistesabwesend ins Innere des Gebäudes, wo einige Lehrer sie in Richtung Aula dirigierten.

»Was ist denn hier los?« Anne stieß zu ihnen. »Ist das der Sheriff? Oh, und da ist Mr Clark von der Feuerwehr!«

»Es geht bestimmt um den Brand bei Mr Benning!« Elenas Augen glänzten vor Aufregung, als sie sich zusammen einen Platz suchten.

»Brand? Was für ein Brand?«

Doch bevor Elena ihre Freundin einweihen konnte, trat der Schulleiter Mr Harmon ans Mikrofon und rief die Schülermeute zur Ruhe. Mit ernstem Blick bat er Sheriff Dunlap nach vorn, zusammen mit Mr Clark. Beide trugen ihre offiziellen Uniformen.

»Guten Morgen allerseits. Wie einige von euch vielleicht mitbekommen haben, hat es Freitagnacht bei einem eurer Lehrer gebrannt. Glücklicherweise wurde das Feuer rechtzeitig bemerkt, um Schlimmeres zu verhindern; trotzdem ist ein großer Sachschaden entstanden. Bei der Untersuchung am nächsten Morgen konnte einiges festgestellt werden, was euch Chief Clark näher erklären wird.«

Der korpulente Feuerwehrchef trat ans Mikrofon und räusperte sich. »Die Brandursache war eine Mischung aus Petroleum, hochprozentigem Alkohol und einigen Papierfetzen. Da das Holz der Hütte schon ein wenig älter war und es seit Tagen nicht mehr geregnet hat, ging es ziemlich schnell. Wie es aussieht, wurde eine Öllampe dafür benutzt, nachdem jemand die Tür eingetreten hat. Es war also Brandstiftung.«

Ein Raunen ging durch den Saal und alle begannen miteinander zu tuscheln.

Sheriff Dunlap sprach mit lauter Stimme weiter: »Die Papierfetzen haben sich bei näherer Untersuchung als Reste einer Klausur von dieser Schule erwiesen. In einer Ecke konnte man den Schulstempel erkennen, deshalb gehen wir davon aus, dass wir die Verdächtigen kennen. Wir räumen dem Täter die Chance ein, sich zu stellen. Ihr wisst ja, wie ihr uns erreichen könnt. Redet mit uns, einem Lehrer, euren Eltern oder einer sonstigen Vertrauensperson.« Grimmig blickte er in die Menge von Teenagern. »Das ist keine kleine Sache. Abgesehen von dem Schaden war Alkohol im Spiel, der in eurem Alter verboten ist. Es wird auf jeden Fall Konsequenzen geben, aber sie werden milder ausfallen, wenn sich der oder die Schuldigen melden.«

Der Direktor ließ es sich nicht nehmen, noch einen Vortrag über Alkohol- und Drogenmissbrauch zu halten, doch Rick hörte nicht mehr hin. Würde Jim wirklich einen Brand legen? Rick wusste inzwischen, dass er Dinge nicht so leicht auf sich sitzen ließ, doch würde er so weit gehen? Wenn Jim schuldig wäre, hätte Sheriff Dunlap nicht diese Ansprache gehalten und den Täter gebeten, sich zu stellen. Oder doch?

Nein, Rick wollte es nicht glauben. So etwas würde er bestimmt nicht tun. Jim war nicht böse.

Auf dem Weg zum Unterricht hörte er schon die wildesten Spekulationen. Selbst Mrs Pettigrew, bei der er sein Bild für den Wettbewerb einreichte, schüttelte immer wieder den Kopf und klagte über den Verfall der jungen Generation.

Im Kursraum fiel hinter vorgehaltener Hand immer wieder Jims Name.

Elena setzte sich auf den freien Platz neben ihm. »Was meinst du, wer es war?«

Rick hob die Schultern. »Keine Ahnung.«

»Ich wette, es war Brian mit seiner Gang.« Sie senkte die Stimme. »Er hat doch kein Geheimnis aus seiner schlechten Mathearbeit gemacht. Da wollte er sich doch garantiert an Benning rächen!«

»Elena, du kannst das denen doch nicht einfach so unterstellen!«

»Ach ja? Und was meinst du, was die dahinten gerade über Jim reden?«

Rick warf einen Blick über die Schulter zu Brians Clique. »Meinst du? Wenn die das wirklich waren, wäre es klug von denen, sich zu stellen.«

Elena lachte auf. »Klug? *Die?* Alles, was die jetzt machen werden, ist, jemandem die Schuld in die Schuhe zu schieben, ob sie es nun waren oder nicht. Und alle werden ihnen glauben oder wenigstens so tun als ob.«

»Da wirst du recht haben.«

»Aber seltsam, dass Jim ausgerechnet heute fehlt und die Dunlaps so komisch waren. Was hat Grace noch zu dir gesagt, als ich schon im Auto war?«

»Es war nicht das, was sie gesagt hat, das mich stutzig gemacht hat, sondern wie. Irgendwie war sie in Sorge. Aber wenn Jim krank wäre, würde sie es doch sagen, oder nicht?«

Bevor Elena antworten konnte, kam ihr Englischlehrer herein und der Unterricht begann.

Nach der Schule beschloss Rick, noch mal bei den Dunlaps vorbeizuschauen. Vielleicht würde er mit Jim reden können und herausfinden, was überhaupt los war.

Gerade als Rick durch das Gartentor getreten war, nahm er ein Scheppern hinterm Haus wahr.

»Ms Dunlap?« Rick ging um die Ecke und entdeckte eine Gestalt, die unter einem der Fenster kauerte. *»Jim?!«*

Erschrocken zuckte Jim zusammen und drehte sich zu Rick um. »Was machst du denn hier?«, fragte er barsch.

»Ähm …« Rick wurde unsicher. »Ich wollte nur schauen, wie es dir geht. Du warst doch heute nicht in der Schule und du hast nicht auf meine Nachricht geantwortet …« Irgendetwas an Jim war anders. Seine Augen waren dunkel umrandet, er sah aus, als hätte er tagelang nicht geschlafen. Seine Jeans war am Knie zerrissen und Rick konnte getrocknetes Blut darunter erkennen.

»Was ist los, Mann? Bist du beim Klettern abgestürzt?«

Jim richtete sich zu seiner vollen Größe auf, ließ dabei den Rucksack von den Schultern gleiten und attackierte Rick mit einem Todesblick. »Was geht dich das an?«

Rick wich zurück. »Ich … hab mir nur Sorgen gemacht, das ist alles.«

»Du denkst auch, dass ich es war.«

»Nein, das stimmt nicht!«

»Hör auf zu lügen! Ich seh's dir doch an! Bist du deswegen hier, um einen auf Heuchler zu machen und deine Pflicht als Schulapostel zu erfüllen? Und später erzählst du dann herum, was für ein guter Mensch du bist, dass du dich mit solchen wie mir abgibst?«

Wow, das tat weh.

Rick versuchte, den Schlag zu ignorieren. »Ich denke nicht, dass du wegen einer schlechten Note ein Feuer legen würdest. Und wenn du sagst, dass du es nicht warst, werde ich dir glauben.«

Jim sah ihn lange an, doch die Wut in seinem Blick wurde nicht weniger. »Verschwinde, Rick«, sagte er mit gefährlich leiser Stimme.

Unschlüssig blieb er stehen. »Jim, ich –«

»Geh!«

Rick sah, wie Jim die Hände zu Fäusten ballte, und beschloss, sich aus dem Staub zu machen. An der Ecke drehte er sich doch noch einmal zu ihm um. »Falls ich irgendetwas –« Gerade noch rechtzeitig konnte er sich ducken, um der geworfenen Getränkedose auszuweichen. Schnellen Schrittes verließ er das Grundstück.

»Rick?« Grace war gerade im Begriff, die Haustür aufzuschließen. »Was machst du denn in unserem Garten?«

»Ähm … Ich wollte nur fragen, wie es Jim geht. Aber der scheint gerade nicht reden zu wollen und sieht ein bisschen übermüdet aus, also … Ich komme morgen noch einmal oder so.«

Ms Dunlaps Augen wurden groß. »Jim ist da?«

Etwas irritiert nickte Rick. »Ja, ich hab ihn da hinten getroffen.« Er deutete in Richtung von Jims Fenster. »Aber …«

Weiter kam er nicht, denn Grace schloss in aller Eile die Tür auf und verschwand im Haus. »Wir sehen uns, mein Junge!«, rief sie beim Reingehen, dann schlug die Tür mit einem Knall zu.

Rick hob die Schultern. Er würde früh genug erfahren, was los war. Und er musste unbedingt mit seinem Vater reden. Der würde ihm bestimmt einen guten Rat geben können, wie er Jim jetzt ein guter Freund sein konnte.

Jim kletterte ins Innere und schob das Fenster, so leise er konnte, wieder zu. Er wusste nicht, ob Grace oder Walter zu Hause war, und wollte keine Aufmerksamkeit erregen. Eigentlich wollte er nur ein paar Vorräte holen und dann wieder abhauen. Der Wald war echt nichts zum Untertauchen, wenn man keine Ahnung hatte, welche dieser dämlich vielen Beerenarten man essen konnte und welche nicht. Er hoffte, ungesehen bis in die Küche und wieder rauszukommen. Hoffentlich verpfiff Rick ihn nicht …

Im Flur lauschte er, konnte aber bis auf das Ticken der Uhren und des Summens des Kühlschranks nichts hören. Walter war bestimmt auf der Arbeit. Und Grace –

Die Haustür wurde aufgestoßen und seine Tante kam förmlich hereingestürzt. Als sie ihn sah, blieb sie abrupt stehen und er duckte sich automatisch ein wenig runter.

Er konnte sich denken, was er für ein Bild abgab. Haare zerzaust, Klamotten verdreckt und sein Knie, das immer noch vom Sturz gestern Abend aufgeschürft und blutverkrustet war. Er musste aussehen wie ein Einbrecher, auf jeden Fall fühlte er sich so.

Die Tür fiel mit einem lauten Knall ins Schloss und sie zuckten beide leicht zusammen. Jim machte sich auf ein Unwetter gefasst; sie würde sicher gleich explodieren.

Doch es kam noch schlimmer. Seiner Tante kamen die Tränen. »Jimmy, mein Schätzchen!«, rief sie aus und kam auf ihn zu. Noch ehe er wusste, wie ihm geschah, schloss sie ihn in eine feste Umarmung. »Wo bist du gewesen? Ich habe mir solche Sorgen gemacht!« Sie strich ihm ein paar wilde Haarsträhnen aus den Augen.

Auf diese Reaktion war er nun wirklich nicht gefasst gewesen. Er starrte sie verblüfft an, sagte aber kein Wort. Vielleicht war das eine Falle.

Grace ignorierte seine Stummheit. »Ach, du Armer, du musst ja völlig ausgehungert sein! Komm schon. Setz dich.« Sie dirigierte ihn in die Küche. »Erst einmal isst du etwas Ordentliches. Danach brauchst du ein heißes Bad, um dich aufzuwärmen, und dann ab ins Bett!« Sie goss Tee auf und Jim schlang die Finger um die heiße Tasse, während sie ein riesiges Schinken-Truthahn-Sandwich zubereitete.

Jim beobachtete sie schweigend. Die Erinnerungen an die einzige Person, die ihn jemals so behandelt hatte, wollten sich an die Oberfläche kämpfen, doch er drängte sie zurück. Er wusste nicht, warum seine Tante diese Taktik anwandte, aber er würde sich mal drauf einlassen und schauen, was noch passierte. Shakira hatte am Anfang auch einen auf fürsorglich gemacht, bis sie bemerkt hatte, dass sie ihn nicht nach ihren Vorstellungen zurechtstutzen konnte. Bei Grace würde sich ihr wahres Gesicht auch noch zeigen.

Sie setzte ihm das Monstrum eines belegten Brotes vor. »So, jetzt iss. Ich lasse dir inzwischen das Bad ein. Nicht, dass du mir noch eine Erkältung ins Haus schleppst.«

Jim wartete, bis sie im Flur verschwunden war, dann nahm er

sich zögernd das Sandwich vor. Ihm lief das Wasser im Mund zusammen, als ihm der Duft in die Nase stieg, dann verschlang er es mit wenigen Bissen.

Als Grace wenige Minuten später wieder in der Küche auftauchte, war kein einziges Krümelchen mehr übrig. Shakira hätte jetzt geschimpft, dass er ohne Manieren gegessen hatte, doch sie räumte einfach nur den Teller weg. »Komm, du kannst deinen Tee und ein paar Kekse ruhig mit ins Bad nehmen, aber nur ausnahmsweise.« Sie schob ihn einfach ins Badezimmer, als wäre das die normalste Reaktion darauf, dass er schon wieder abgehauen und zwei Nächte weggeblieben war und ganz offensichtlich wieder hatte verschwinden wollen. Seine Tante sagte noch etwas davon, dass sie seine Kleidung waschen wolle und er nicht in der Wanne einschlafen solle, aber das zog irgendwie an Jim vorbei.

Als er eine Viertelstunde später frisch und aufgewärmt in sein Zimmer kam, holte Grace eine Salbe und strich sie ihm aufs aufgescheuerte Knie und ein paar größere Schrammen. Jim ließ sie dabei nicht aus den Augen und wartete darauf, dass sie doch noch anfing zu schimpfen, aber nachdem sie seine Wunden versorgt hatte, drückte sie ihn sanft in die Kissen zurück und deckte ihn liebevoll zu.

»Schlaf ruhig. Wir können später reden.« Grace ging auf Zehenspitzen aus dem Zimmer.

Aha, dachte Jim. Das Donnerwetter würde also noch kommen. Aber irgendwie konnte er sich nicht vorstellen, dass seine Tante mehr als nur einen leichten Sommerregen über ihn ergehen lassen würde.

Die Müdigkeit übermannte ihn mit so einer Wucht, dass er noch nicht einmal mehr mitbekam, wie sie die Tür schloss.

Rick fand seinen Vater in der Garage, wo er den Rasenmäher gerade wieder zusammenschraubte.

»Schnapp dir eine Cola. Ich höre.« Offensichtlich hatte seinem Vater ein einziger Blick auf ihn gereicht, um zu wissen, dass etwas nicht in Ordnung war.

Rick öffnete den Kühlschrank, griff nach der kalten Getränkedose und setzte sich auf die Werkbank. »Hat Elena schon erzählt, was heute passiert ist?«

Sein Vater schüttelte den Kopf. »Wieder etwas mit Jim?«

»Kann man so sagen. Jim war heute gar nicht in der Schule. Aber wegen des Brandes bei Mr Benning waren der Chief und Sheriff Dunlap da.« Rick erzählte seinem Vater alles, was geschehen war, auch von Jims Reaktion auf seinen Besuch.

Einen Augenblick lang dachte sein Vater nach, dann fragte er: »Hat Jim recht damit, was deine Gründe betrifft?«

»Natürlich nicht! Warum sollte ich nur so tun, als ob ich ihn mag?«

»Rick, Tatsache ist, dass Menschen vom Leid anderer fasziniert sind. Das merkt man schon daran, dass schlechte Nachrichten eher gelesen werden als gute. Du musst dich jetzt entscheiden. Ist Jim dein Projekt oder dein Freund? Ein Projekt kannst du zeitweise haben und jederzeit abbrechen, ein wahrer Freund steht immer zu dir. Wenn du sein Freund sein willst, dann musst du das in jeder Situation sein. Ob ihr zusammen klettern geht oder er als Bösewicht etwas in Flammen aufgehen lässt. Ob er das Trinken mit dir teilt oder die Dose nach dir wirft.«

»Aber ich *will* ihm doch ein Freund sein! Was soll ich denn machen, damit er das versteht?«

Sein Dad nahm die Brille von der Nase. »Du weißt doch, was deine Mutter immer sagt: Taten sprechen lauter als Worte.«

»Und was kann ich jetzt tun?«

Sein Vater begann, die Brille an seinem Hemd zu putzen. »Verhalte dich wie sonst auch. Ihr habt euch doch morgen Abend zum Lernen verabredet. Halt dieses Treffen ein. Und du hast doch gesagt, dass Jim die Brandstelle aufräumen muss, oder?«

Rick nickte.

»Geh und hilf ihm dabei. Sei ganz natürlich und versuch, nicht künstlich locker zu sein.«

Rick lächelte. »Danke, Dad! Das kriege ich hin.«

»Am besten, du lässt Jim heute noch in Ruhe. Und morgen holst du ihn ganz normal zur Schule ab, okay?«

»Mach ich!«

Am nächsten Morgen rief Jims Tante schon früh an und sagte, dass Jim heute auch nicht kommen würde, also machten Elena und Rick sich direkt zur Schule auf. Elena war sich selbst nicht sicher, ob sie Jim zutraute, einen Brand gelegt zu haben. Schließlich hatte sie gesehen, dass er durchaus aggressiv werden konnte – er hätte die Typen, die sie überfallen hatten, beinahe zu Kleinholz verarbeitet –, aber das war noch mal was anderes. Rick schien jedoch überzeugt von Jims Unschuld zu sein. Das beeindruckte Elena, wo doch alles gegen Jim sprach.

Die Gerüchteküche in der Schule brodelte natürlich und es schien kein anderes Thema als den Brand zu geben.

Als Elena sich neben Jaci auf ihren Platz setzte, erzählte ihre Sitznachbarin gerade, dass sie gehört habe, Jim hätte in Chicago schon einmal einen Brand gelegt.

»Mein Cousin ist auf die gleiche Schule gegangen wie Jim und der hat erzählt, dass der letzten Sommer auch was angesteckt haben soll.« Jaci machte eine bedeutungsvolle Pause. »Da soll wohl eine ganze Lagerhalle in Flammen aufgegangen sein.«

Brian pfiff leise. »Dann ist ja wohl klar, dass der das hier auch war. Einmal Brandstifter, immer Brandstifter!«

»Den sollten sie wegsperren, bevor er noch die ganze Schule in die Luft jagt.« Jaci strich ihre Haare zurück. »Ich frag mich ja sowieso, warum der noch frei rumlaufen darf.«

»Vielleicht weil er unschuldig ist?«, warf Rick von der anderen Seite des Raums ein.

»Dich hat keiner gefragt!«, schnauzte Brian. »Ist ja klar, dass du wieder was dagegen sagen musst. Hast du auch ’nen Bibelvers dazu parat?«

Jaci lachte am lautesten. »Also mein Cousin ist auf jeden Fall eine verlässliche Quelle, der hat mich schon von Anfang an vor Jim gewarnt.«

Brian sah sich Beifall heischend um. »Da haben wir es doch. Dann –«

»War dein Cousin dabei, Jaci?«, unterbrach Elena ihn. »Das würde mich mal interessieren.«

Jacis Grinsen gefror. »Natürlich nicht! Aber er kennt Jims Ruf und das war nicht die einzige Story, die er mir –«

»Ihr habt keinen einzigen Beweis, dass Jim das mit Bennings Hütte war.« Elena funkelte Brian an. »Du bist doch nur froh, ihn runtermachen zu können, weil er dich bloßgestellt hat!«

Einige johlten, als Brian sie wütend anstarrte, ohne ein Wort herauszubekommen.

Elena baute sich vor ihm auf. »Du bist so widerlich! Nur weil er dich nicht anhimmelt und nicht wie deine sogenannten Freunde um deine Aufmerksamkeit buhlt, suchst du einen Grund, ihn fertigzumachen. Aber ich kläre dich jetzt mal auf, Brian Cooper: Die Welt dreht sich nicht um dich! Und nur weil Jim keinen Bock hat, auf dein Niveau herunterzukommen, heißt das noch lange nicht, dass du seinen Namen so in den Dreck ziehen darfst!«

»Ich ziehe hier gar nichts!« Brian hatte endlich die Sprache wiedergefunden. »Ich wiederhole nur die Tatsachen!«

»Tatsachen?« Elena lachte trocken auf. »Falls das mit dem Feuer jemand aus unserem Kurs gewesen sein soll, warum nicht du? Schließlich hast du doch auch ’ne schlechte Note bekommen, genau wie Jim!«

Brian knirschte mit den Zähnen. »Weil ich nicht blöd bin.«

»Oh, wenn du auf die Schiene gehen willst, bitte. Wenn wir es an der Klugheit messen, ist Jim mit Abstand der Intelligentere von euch. Dann ist die Wahrscheinlichkeit wirklich höher, dass du es warst.«

»Und dass er schon vorher in Chicago Feuer gelegt hat?«, widersprach Jaci schnippisch. »Willst du das ignorieren?«

»Das ist ein Gerücht«, schnappte Elena. »Wäre das wahr, wäre Jim ja wohl nicht hier, sondern im Jugendknast!«

»So, die Herrschaften«, unterbrach Mr O'Neal ihre Diskussion, »das war's für heute. Alle auf ihre Plätze, jetzt ist Englisch dran.«

Als Elena zurück auf ihren Platz ging, fing sie einen Blick von Rick auf, der ihr stolz zunickte.

Als Rick bei den Dunlaps klingelte, öffnete Grace. Sie sah wesentlich entspannter aus als am Vortag und der Duft von frischen Schokoladenkeksen erfüllte das Haus. Die Müdigkeit war jedoch nicht aus ihren Augen gewichen.

»Hallo, Rick. Was führt dich denn hierher? Komm doch rein, ich habe gerade ein frisches Blech Kekse aus dem Ofen gezogen.«

Das ließ Rick sich bei Grace Dunlaps berühmten Keksen nicht zweimal sagen. »Ich wollte mit Jim lernen, wir sind verabredet.«

»Oh.« Sie runzelte die Stirn. »Er ist draußen bei Mr Bennings Hütte. Ich glaube nicht, dass er so bald wiederkommt.«

»Kein Problem, ich geh einfach hin und helfe ihm ein bisschen oder so.«

Grace' Blick wurde wehmütig und sie nickte. »Das wäre sehr nett von dir, Rick.« Sie holte eine Papiertüte aus der Schublade und packte ein paar der noch warmen Kekse ein. »Hier, sei so lieb und bring sie ihm mit.«

»Mach ich.« Auf dem Weg nach draußen sah Rick noch, wie Grace sich verstohlen mit einem Zipfel ihrer Schürze über die Augen wischte.

Bei der abgebrannten Gartenhütte angekommen, konnte er schon von Weitem hören, wie Holz auf Holz schlug. Der Pick-up der Dunlaps stand auf dem Parkplatz; auf der Ladefläche stapelten sich bereits verkohlte Holzbalken und einige undefinierbaren Dinge, die vom Feuer zerstört worden waren. Jim sah ihn zuerst nicht kommen; er hatte seine Kopfhörer auf und raffte das Holz mit solcher Energie zusammen, dass Rick sich unweigerlich fragte, ob er nicht lieber irgendwo Deckung suchen sollte, falls Jim diesmal etwas anderes als eine Getränkedose werfen würde. Stattdessen ging er immer näher, bis er neben dem Auto stand. Jim ließ das Holz fallen und zog sich die Kopfhörer herunter. Anstatt etwas zu sagen, starrte er ihn einfach nur stumm an.

Rick versuchte es mit einem Lächeln. »Kekse?« Er hielt die Tüte hoch, aus der es verführerisch nach den selbst gebackenen Köstlichkeiten duftete.

Langsam zog Jim die Arbeitshandschuhe aus und fischte einen der Kekse aus der hingehaltenen Tüte heraus. »Grace schickt dich?«

»Nein, nicht direkt. Ich bin zum Lernen gekommen, aber Grace sagte, du bist hier. Deswegen dachte ich, ich helfe dir und danach lernen wir.«

Der vertraute misstrauische Ausdruck trat auf Jims Gesicht.

Rick seufzte. »Jetzt guck nicht so. Iss lieber noch einen Keks.«

Jim rührte sich nicht. »Du solltest gehen.«

»Sagt wer?«

»Wenn dir dein Ruf lieb ist, dann solltest du nicht mit mir abhängen.«

»Wen interessiert bitte mein Ruf? Jim, wir sind Freunde und –«

»Sind wir das?« Jim sah ihm direkt in die Augen. »Geh. Ich sag es nicht noch einmal.« Er wandte sich ab und widmete sich wieder den Überresten der Hütte.

Entschlossen legte Rick die Tüte mit den Keksen auf den Vordersitz und zog ein paar Handschuhe an. Jims eiserner Blick traf ihn, als er den ersten Balken hinter sich herzerrte.

»Ist ein freies Land. Du kannst mich nicht zwingen, hier wegzugehen.«

Jim sagte nichts und arbeitete weiter. Für den Rest des Nachmittags und des Abends schwieg er beharrlich, wovon Rick sich nicht stören ließ. Er pfiff eine Melodie nach der anderen, bis Mr Dunlap kam und den Pick-up wegfuhr.

»Also«, Rick streckte den Rücken durch, »lernen wir jetzt noch?«

Jim ignorierte die Frage, schulterte seinen Rucksack und marschierte davon.

»Dann wohl nicht«, murmelte Rick. Aber immerhin, Jim hatte ihn nicht davongejagt. Das war doch ein Fortschritt. Er war jetzt fester denn je entschlossen, die Sache durchzuziehen. Egal was Jim morgen sagen würde oder auch nicht, er würde ihm wieder helfen.

13

Die Sorgen und Ängste, dass Brian und die anderen Jim in der Schule böse zusetzen würden, erwiesen sich als berechtigt. Ständig kamen Kommentare und Bemerkungen. Die einzig gute Sache an diesem Tag war, dass Mr Benning Jim eine Nachprüfung angeboten hatte. Jim hatte erleichtert zugesagt und war am Anfang der Mittagspause sofort zum Büro des Mathelehrers gegangen.

Rick saß mit Elena und ein paar Leuten aus der Teeny zusammen auf der Wiese und ließ sich sein mitgebrachtes Sandwich schmecken.

»Was ist los, Brüderchen?«, fragte Elena. »Du starrst dein Sandwich an, als würde es gleich lebendig werden!«

Rick grinste. »Ich würde es trotzdem essen, schließlich hat es der Master of Sandwiches kreiert.« Er biss hinein und sagte mit vollem Mund: »Ich mach mir nur Sorgen um Jim.«

»Ach, du weißt doch, wie krass gut er in Mathe ist. Der wird Mr Benning noch aus seinem Büro hinausmultiplizieren.«

Die Mädels kicherten.

»Das meine ich nicht, mehr wegen der ganzen Anschuldigungen.«

Ben sah ihn fragend an. »Du glaubst also nicht, dass er es war?«

»Warum sollte er so etwas tun? Außerdem wäre er bestimmt nicht in der Schule, wenn er eigentlich verhaftet werden sollte.«

»Aber«, sagte Ben und klang dabei fast wie ein Rechtsanwalt, »er könnte schuldig sein, nur die Beweise fehlen. Was meinst du, warum er sonst die letzten zwei Tage nicht in der Schule war, wenn sie ihn nicht verhört haben? Außerdem dauert es manchmal, bis so ein Verfahren in die Wege geleitet wird.«

»Okay, Herr Staatsanwalt, du denkst doch nicht wirklich, dass

Jim wegen der Spickzettelsache ein Feuer legt, oder?« Elena blitzte ihn herausfordernd an.

»Außerdem«, fuhr Ben unbeirrt fort, »kann es ja sein, dass sie wirklich Beweise für seine Schuld haben, aber für eine Anklage muss es eine Anzeige von Mr Benning geben. Wenn er keine aufgeben will, würde das erklären, warum Jim nicht verhaftet wurde.« Ben grinste triumphierend in die Runde, als hätte er gerade einen entscheidenden Beitrag zum Fall geleistet.

»Also wirklich, Ben!« Elena funkelte ihn genervt an. »Du schaust zu viele Krimis. Außerdem ergibt das alles keinen Sinn, was du sagst. Dass Mr Benning keine Anzeige aufgegeben hat, zeigt doch, dass er sich selbst nicht sicher ist, ob Jim es war. Wie wäre es, wenn du deinen tollen juristischen Spürsinn *für* Jim einsetzt statt gegen ihn?«

»Was meinst du?«

Rick setzte sich auf. »Ich bin Elenas Meinung. Ich glaube nicht, dass Jim so etwas machen würde, egal, was vielleicht gegen ihn spricht. Also, versetzt euch mal in seine Lage. Neu in der Stadt, in der Schule, weg von den Eltern, warum auch immer. Dann passiert etwas und alle glauben natürlich sofort, du wärst es gewesen. Was brauchst du jetzt am meisten?«

»Freunde.« Chelsea, die ansonsten Stillste aus der Gruppe, lächelte schüchtern.

»Genau. Was, wenn wir jetzt einfach entscheiden, ihm zu glauben?«

Ben sah nicht sehr überzeugt aus. »Und was, wenn er schuldig ist?«

Die anderen sahen Rick fragend an, auch Elena kaute nachdenklich auf ihrer Unterlippe herum.

»Dann werde ich ihm vergeben. Schluss jetzt damit. Jim ist mein Freund und ich werde nicht zulassen, dass er gerufmordet wird!«

Elena verdrehte die Augen. »Meinst du, dieses Wort gibt es überhaupt?«

»Da kommt er!«, flüsterte Chelsea.

Rick winkte und Jim kam langsam näher. »Setz dich zu uns!« Kurz dachte er, Jim würde doch noch einfach an ihnen vorbeigehen und so tun, als hätte er ihn nicht gehört, aber er steuerte direkt auf sie zu.

»Wie lief die Prüfung?« Elena rückte ein Stück zur Seite und Jim ließ sich ins Gras fallen.

»War okay.«

»Also hast du bestanden?«, fragte sie.

Jim nickte.

»Wow! Das muss gefeiert werden.« Rick schaute in die Runde. »Wie wär's, gleich heute Abend im *Barry's?*«

»Heute? Es ist Mittwoch und morgen ist Schule!«

»Ach, Chelsea.« Rick grinste sie schief an. »Wir können ja um sieben hingehen, dann sind wir um neun zu Hause. Übrigens, ich habe gehört, ihr habt neue Cocktails ausprobiert?«

Sie quatschten noch eine Weile über dies und das, aber Jim schwieg die meiste Zeit. Auch das Misstrauen verschwand nicht aus seinen Augen. Rick seufzte innerlich. Das würde ein langer Weg werden. Aber er war nicht allein, Jesus würde ihm helfen.

Gleich nach der Schule machten Jim und Rick sich zur Brandstelle auf, um weiter aufzuräumen. Jim hatte aufgehört, ihm diese giftigen Blicke zuzuwerfen, um ihn zum Gehen zu bewegen. Anscheinend hatte er seine Anwesenheit akzeptiert. Es war aber immer noch Rick, der redete. Jim hörte nur zu. Hoffentlich. Ab und zu erntete er ein Nicken oder einen knappen Kommentar, aber das war alles.

Rick hatte Muskelkater vom vielen Schleppen und sogar eine Blase an der rechten Hand, doch was machte das schon aus? Jedes Mal, wenn er zu Jim hinüberschaute, sah er den Schmerz in seinem Gesicht. Und der kam bestimmt nicht vom Trümmerschleppen. Rick hatte gesehen, wie Jim auf Distanz ging, sobald Walter aufgetaucht war, um eine Ladung wegzufahren. Er hatte mit knappem »Ja, Sir« und »Nein, Sir« auf Walters Fragen geantwortet, als wäre er ein Soldat.

Nach etwa eineinhalb Stunden setzten sie sich auf die Ladefläche und tranken etwas von der kalten Limonade, die Walter ihnen vorhin mit dem wieder leeren Pick-up vorbeigebracht hatte.

»Was meinst du, wie lange wir noch brauchen, bis wir fertig sind?«

Jim hob die Schultern. »Ich schätze, wenn wir heute noch eine Stunde machen und morgen den Nachmittag, dann sind wir durch. Vielleicht auch erst am Wochenende.«

»Cool. Sind noch Kekse übrig?«

»Klar.« Jim reichte ihm die Papiertüte mit den frischen Haselnusskeksen.

»Wahnsinn«, murmelte Rick kurz darauf, den Mund voller Krümel. »Ohne Müll, ich würde deine Tante allein wegen ihrer Backkünste heiraten, wenn sie vierzig Jahre jünger wäre.«

»Du bist ja leicht zufriedenzustellen.«

Rick grinste ihn an. »Liebe geht bekanntlich durch den Magen.«

Eine Weile saßen sie schweigend und kauend nebeneinander, dann fragte Jim: »Wieso hilfst du mir?«

Rick setzte zu einer Antwort an, doch da wurde eine andere Stimme laut: »Das würde ich auch gerne mal wissen!« Wie aus dem Nichts war Brian mit seinen Freunden Grant und Derek aufgetaucht.

Jim sprang von der Ladefläche. »Was willst du hier?«, fragte er angriffslustig.

Brian hatte ein hämisches Grinsen aufgesetzt. »Wollte mich nur persönlich davon überzeugen, dass unser lieber Rick hier wirklich einen auf guten Samariter macht.«

»Schnauze, Brian. Ich bin nicht derjenige, der hier gleich verarztet werden muss, wenn du nicht verschwindest.«

Rick gefiel der aggressive Unterton in Jims Stimme gar nicht; vorsichtig rutschte er von der Ladefläche.

»Weißt du, Jaci hat gehört, dass das nicht das erste Feuer ist, das du gelegt hast«, provozierte Brian Jim weiter. »Zu schade, dass Sheriff Dunlap nicht den Mumm hat, seinen eigenen kleinen kriminellen Neffen in den Knast zu bringen. Wahrscheinlich ist die alte Dunlap-Schachtel zu froh, dass ihr jemand den Einkauf ins Haus trägt, und will dich behalten.«

Rick konnte Jim gerade noch zurückhalten, bevor er sich auf Brian stürzen konnte.

»Jim, der ist es nicht wert!«, flüsterte er eindringlich.

Jim ignorierte seine Worte. »Ich sag dir eins, Brian: Du kannst Mist über mich erzählen, so viel du willst. Aber wenn du meine Familie in den Dreck ziehst, dann überlege ich es mir noch mal, ob ich nicht wirklich zum Kriminellen werde und dir die Fresse poliere. Hast du mich verstanden? Dann kann dein Vater deinen Collegefonds dafür benutzen, dir neue Zähne zu besorgen!«

Rick hatte alle Mühe, Jim am Arm festzuhalten.

Doch Brian wusste ja nicht, wann er es besser gut sein lassen sollte.

»Denkst du, ich habe Angst vor dir, Dunlap? Nur weil du den Killerblick draufhast? Das traust du dich nicht. Nicht jetzt, wo du unter Verdacht stehst. Da wird dich auch dein Rechtsanwaltsdaddy nicht rausholen. Aber wahrscheinlich wollen deine Eltern ja sowieso nichts mehr mit dir zu tun haben. Ich meine, warum sonst sollte man sein Kind zu seinen schrulligen Verwandten schicken?«

Jim brach Rick fast das Handgelenk, als er sich losriss und Brian einen so saftigen Kinnhaken verpasste, dass dieser zu Boden ging. Rick reagierte sofort und stürzte sich auf Jim, bevor der weiter auf Brian einschlagen konnte. Grant und Derek zerrten ihren Kumpel auf die Beine und die drei verschwanden Hals über Kopf die Straße hinunter.

Rick war froh, dass er mit einem älteren Bruder groß geworden war – er schaffte es, Jim zu Boden zu ringen. Im nächsten Moment bekam er einen Ellenbogen in die Rippen gerammt.

»Lass mich los, Rick! Lass mich los!« Die Wut schwang für den Bruchteil einer Sekunde in Panik um und Rick ließ von ihm ab.

Schwer atmend richteten sie sich auf. Jim sah voller Zorn den Jungs hinterher, die sich wie die Hunde davontrollten.

»Wieso hast du mich zurückgehalten?«, fragte Jim wütend.

Für einen kurzen Moment befürchtete Rick, dass Jim sich gleich auf ihn stürzen würde.

»Ich hab doch gesagt, er ist es nicht wert. Jetzt beruhig dich, das sind doch nur Worte. Hör da einfach nicht drauf!«

»Meine Familie wird nicht beschimpft!«

»Tja, ich glaube, sogar Brian hat das jetzt verstanden. Komm schon, wir arbeiten weiter.«

Jim warf ihm einen seltsamen Blick zu, dann folgte er ihm zurück zur Brandstelle.

Nach einer Viertelstunde wagte Rick, die Frage zu stellen, die ihm schon die ganze Zeit unter den Nägeln brannte: »Stimmt das, was Brian gesagt hat? Dass du schon mal ein Feuer gelegt hast?«

»Nein.« Jim wischte sich über die Stirn. »Okay, warte. Du hängst mit mir ab, also solltest du es wahrscheinlich wissen. Es gab da wirklich einen Brand. Ich war halt dabei, auch wenn ich ihn nicht gelegt habe. Wir hingen da alle mit drin. Will, also mein Vater, hat dann einen Deal ausgehandelt, damit ich nicht in den Knast komme. Musste ein paar Sozialstunden ableisten.«

»Ist jemand dabei … zu Schaden gekommen?«

»Du meinst gestorben? Nein, das war eine verlassene Lagerhalle. Da war keiner drin, auch keine Gegenstände. Der Sachschaden war also quasi minimal. Aber die Schuld wird immer da sein.«

»Jesus kann dich frei machen.« Rick war erschrocken, dass ihm dieser Satz so einfach herausgerutscht war. Doch Jim schien seine plötzliche Unsicherheit nicht weiter aufzufallen. Er sah ihn nur einen kurzen Moment lang an.

»Er kann aber die Vergangenheit nicht ungeschehen machen.«

Dass Jim überhaupt darauf einging, ermutigte ihn. »Nein, aber er kann dir die Schuld abnehmen.«

»Wie soll das denn gehen? Die Lagerhalle ist abgebrannt. Wie kann Jesus jetzt sagen, er nimmt die Schuld auf sich? Er hat kein Vorstrafenregister und er kann auch nicht zum Richter gehen und behaupten, dass *er* den Brand gelegt hat.«

»Ja, das ist weltliche Schuld. Aber es geht um die Schuld vor Gott.«

Jim lachte freudlos auf. »Du meinst, ich bin nicht nur vor der sogenannten Welt schuldig, sondern auch noch vor Gott?«

Rick überlegte, wie er es seinem Freund erklären konnte, ohne dass dieser es negativ aufnahm. Doch er durfte die Wahrheit auch nicht beschönigen. »Jeder Mensch ist vor Gott schuldig. Egal, was er getan hat. Aber deswegen hat Gott ja den Weg durch Jesus geschaffen – weil er uns liebt. Er will nicht, dass wir durch all die Lasten zerbrechen und kaputtgehen. Die Schuld in deinem weltlichen Strafregister wird bleiben, aber die Last auf deinem Herzen kann er dir nehmen. Und das Strafregister vor Gott wird komplett gelöscht. Du musst ihm nur dein Leben anvertrauen.«

Jim sah ihn prüfend von der Seite an. »Und das glaubst du?«

»Von ganzem Herzen.«

»Und was hat er dir abgenommen, dass du das so sicher sagen kannst?«

»Da gibt es vieles. Das mit Elena zum Beispiel hast du ja auch mitbekommen. Das hat mega wehgetan, dass sie nichts mehr mit Gott zu tun haben will und nach ›cooleren‹ Sachen gesucht hat. Und dann das mit unserer älteren Schwester. Ich hab dir ja schon mal erzählt, dass sie vor einem Jahr ohne ein Wort aus unserem Leben verschwunden ist. Sie ist mit einem Kerl durchgebrannt. Bei ihr hat es so angefangen wie bei Elena. Ich habe irgendwann gemerkt, wie wütend ich war. Auf Mari, dann auf Elena, dann auf meine Eltern, weil sie anders hätten reagieren sollen, und dann auf Gott, weil er nicht handelte. Ich habe diesen Zorn richtig in mir aufgestaut. Schließlich war ich nur noch wütend auf mich selbst. Weil ich alle um mich herum verurteilte.« Er sah Jim an. »Da hat Gott mir klargemacht, dass ich gar nichts tun kann. Ich bin hilflos, was die Entscheidungen anderer Menschen angeht. Aber Gott kann sie verändern. Also bleibt mir nichts anderes übrig, als sie ihm anzuvertrauen. Und als ich das getan habe, wurde ich plötzlich total ruhig. Es tut immer noch weh, wenn ich an meine Schwestern denke, immer wieder, besonders bei Mari. Manchmal frage ich mich, wo sie gerade ist, ob sie glücklich ist, ob sie uns vermisst.« Rick hatte plötzlich einen Kloß im Hals und musste schlucken. »Und weißt du, ich glaube, meine Eltern wären schon komplett vor Sorge durchgedreht, wenn sie nicht Gott vertrauen würden. Weil er meine Schwestern in seiner Hand hält und auf sie aufpasst. Sie sind seine Kinder, nur laufen sie davon. Aber Gott ist immer da, auch wenn sie es nicht wahrhaben wollen. Und ich kann meinen Schmerz und meine Verzweiflung immer an ihn abgeben. Weil ich auf seine Hilfe hoffen kann und ganz genau weiß, dass er es richtig machen wird.«

Jim sah nicht allzu überzeugt aus. »Woher willst du das wissen?«

»Na ja, erstens steht das so in der Bibel. Letzteres sogar fast wortwörtlich. Und zweitens erlebe ich es immer wieder. Wie eben das mit Elena. Wir kommen wieder besser miteinander klar und ich habe den Eindruck, dass sie auch mit Gott besser klarkommt. Bei Mari braucht es vielleicht einen anderen Weg, mehr Zeit, wir wissen es nicht. Aber Gott hält alles in der Hand. Wir müssen ihm nur vertrauen.«

Jim starrte in den Wald hinein. »Ich traue niemandem.«

Rick lächelte schwach. »Damit wirst du aber nicht leicht durchs Leben kommen.«

»Vertrauen ist gefährlich.«

»Weil man verletzt werden kann, ja. Ich weiß. Aber hör mal, mir vertraust du, sonst hättest du mir das jetzt nicht erzählt. Und Grace … Grace vertraust du doch auch?«

»Ihr seid Christen.«

Okay, mit dieser Antwort hatte Rick jetzt nicht gerechnet. »Du vertraust uns, *weil wir Christen sind?*«

»Ja, ihr müsst euch doch an Jesus und euren Glauben halten.«

»Aber warum vertraust du dann nicht Jesus selbst?«

»Wie gesagt, Vertrauen ist gefährlich.«

Rick rieb sich nachdenklich das Kinn. »Na ja, du hast schon recht. Sein Leben jemand anderem in die Hände zu geben, ist schon ein sehr großer Schritt. Den sollte man nicht leichtfertig machen. Wie wär's, ich besorg dir eine Bibel, da kannst du Jesus erst einmal kennenlernen.«

Jim lächelte leicht. »Das ist dir echt wichtig, oder?«

»Ja.«

»Warum?«

»Weil ich weiß, dass Jesus der einzige Weg ist, wahre Freiheit zu erfahren. Und na ja, du bist ein guter Freund und ich sehe, wie du leidest. Wenn man weiß, wo das Wasser in der Wüste ist, muss man es anderen mitteilen.«

»Wie bitte?«

»Schon gut, ist so ein Spruch, den mein Vater gerne bringt.«

»'ne Bibel brauchst du mir nicht besorgen, Grace hat mir schon eine gegeben.«

»Alles klar.« Rick stand auf. »So, dann lass uns endlich hier fertig werden. Walter kommt doch schon bald, oder? Kannst du dann eigentlich mit ins *Barry's*?«

»Muss ich noch fragen.«

»Gut, dann machen wir das mal klar hier.«

Eine halbe Stunde später kam Walter, um die letzte Ladung für diesen Tag wegzufahren. Da Jim keine Anstalten machte, fragte Rick, ob er sie bei *Barry's* absetzen könnte.

»Dich gern, aber Jim wird diese Woche nicht mitkommen können.«

Jim blickte stur geradeaus, als er sagte: »Wir sehen uns dann morgen, Rick.«

»Oh!« Rick schlug sich gegen die Stirn. »Mensch Jim, wir wollten doch Englisch lernen! Wie konnte ich das denn vergessen?! Machen wir das heute bei dir?«

Jim schwieg.

»Du kannst gerne vorbeikommen, Rick«, antwortete Walter an seiner Stelle. »Soweit ich weiß, hat Grace genug Lasagne für uns alle.«

»Super! Ich rufe nur schnell zu Hause an.« Rick hatte Schwierigkeiten, Jims Verhalten zu verstehen. Aber als sie nach dem Essen im Wohnzimmer der Dunlaps saßen und für die Englischarbeit übten, schien er einigermaßen entspannt zu sein. Er wirkte regelrecht erleichtert, als Walter noch mal wegfuhr.

Rick nahm sich vor, dafür zu beten, dass Jim sich besser mit seinem Onkel verstand.

Rick schreckte aus einem Dämmerzustand auf. Das Licht der Nachttischlampe blendete ihn und seine Bibel rutschte ihm aus den Händen. Sein Handy vibrierte unter seinem Kissen. Er zog es hervor und musste erst einen Moment darauf starren, um zu realisieren, wer ihn anrief.

»Hey, Jim. Alles klar?« Er versuchte, nicht verschlafen zu klingen.

»Glasklar!«

War das ein Kichern? Ricks Blick flog zur Uhr. Zwanzig vor zwei. Er runzelte die Stirn. »Was gibt's denn?«

»Gar nichts, ich habe nur grad gesehen, dass bei dir noch Licht brennt.«

Rick setzte sich auf. »Was meinst du? Bist du etwa draußen?« Er schwang die Beine aus dem Bett und ging zum Fenster.

»Joa, irgendwie schon.«

Da entdeckte er ihn, Jim stand tatsächlich vor dem Haus. Er winkte wie wild.

»Hier, siehst du mich?«

Rick hielt erschreckt das Handy vom Ohr weg. »Pst, Jim, nicht so laut! Warte kurz, ich komme gleich runter.«

»Ja, okay. Wenn du meinst.«

Rick warf sein Handy aufs Bett, schlüpfte in Jeans und T-Shirt und schlich sich dann mit dem Handy am Ohr die Treppe hinunter. »So, bin sofort da, rühr dich nicht von der Stelle! Und sei bitte leise, ja?«

»Klaaar.«

Rick warf sich die Jacke über, zog seine Schuhe an und schnappte den Schlüssel. Hoffentlich hatte er niemanden geweckt.

Jim stand grinsend auf der Straße. »Hi, Rick!«

»Nicht so laut, Mann! Willst du die ganze Nachbarschaft wecken? Komm schon!« Rick packte Jim am Arm und zog ihn von der Straße ums Haus in den Garten. Dabei versuchte er, die Alkoholfahne zu ignorieren, die Jim umgab.

Jim stolperte hinter ihm her. »Eeeey, hey nicht so schnell!«

»Ruhig!«

Jim brummelte etwas, das er nicht verstand. Rick blieb erst stehen, als sie am Ende des Gartens angelangt waren.

Jim ließ sich auf den Boden fallen. »Meeensch, Nachtsport. Mein Lieblingssport.« Wieder ein Kichern.

Ungläubig stemmte Rick die Hände in die Seiten. »Du bist betrunken?«

Das Grinsen aus Jims Gesicht verschwand. Mühsam rappelte er sich wieder auf. »Rick, so ein Blödsinn. Ich geb mir doch nicht die Kante, Mann!« Er schwankte.

»Also ist das kein Alkohol, den ich da rieche?«

Gleichgültig starrte Jim ihn an. »Bist du meine Mama? Nein. Auch nicht mein Babysitter.« Er ließ sich wieder auf dem Boden nieder.

Rick wusste nicht so recht, was er jetzt tun sollte. Also setzte er sich neben Jim ins feuchte Gras. Jim zerrte am Reißverschluss seines Rucksacks. Eine Weile sah Rick ihm zu, wie er vergeblich versuchte, ihn aufzuziehen, dann schob er Jims Hände weg. »Lass mich das machen.«

Jim grinste ihn wieder an. »Rucksack-Profi?« Er ließ sich nach hinten fallen. »Rick, Rick … Ich entdecke immer mehr Fähigkeiten in dir. Wooah. Was kannst du sonst noch so?«

Rick öffnete den Rucksack und spähte hinein. Er zog eine einzelne Whiskeyflasche heraus. »Wolltest du die hier?« Er hielt sie Jim übers Gesicht.

»Ja, nee. Ich glaub, die ist schon leer.«

»Jup, da ist nichts mehr drin.«

Jim stöhnte. »Hab ich nicht noch irgendwas dabei, irgendwas Brauchbares?«

Rick ließ seine Hand über ein paar Gegenstände fahren. Bei etwas Kaltem, Metallenem hielt er kurz inne und zog es so weit heraus, dass er es betrachten konnte. Ein schwarzes Klappmesser. Wieso nur wunderte ihn das nicht?

»Nein, Jim. Hier ist nichts mehr. Aber hey, du hast doch schon die ganze Flasche intus, oder nicht?«

»Ach Quatsch, Rick. Die war nicht komplett voll. Hab ich aus Walters Schrank.«

Rick legte sich ebenfalls auf den Rücken und verschränkte die Arme hinter dem Kopf. »Machst du das öfter? Die Hausbar plündern?«

»Nee, Rick. Eigentlich war das heute sogar das erste Mal. – Lüge.« Er erhob seine Stimme. »Es ist eine Lüge!« Dann drehte er den Kopf zu Rick. »Weißt du, was ich meine? Alle sagen immer, dass der Alkohol einem die Probleme nimmt. Aber das stimmt überhaupt nicht. Sie sind ja immer noch da …«

Rick zog die Stirn kraus. »Probleme?«

»Jaa, Probleme, Rick. Weißt du, das ist schon frustrierend alles zusammen. Erst meine Eltern, Will und Shakira, und jetzt auch noch Walter und Grace.«

»Was meinst du denn?«

Jim starrte zum Himmel hinauf. »Ach, gar nichts. Das Leben nervt.«

»Oh ja.«

Jim richtete sich halb auf. »Was meinst du? Deins etwa auch?

Moooooment mal. Du hast doch voll das perfekte Leben, oder nicht? Ich meine, du hast Eltern, die dich lieben und die auch mal Zeit für dich haben. Und 'ne richtig süße Schwester hast du auch. Sie scheint nett zu sein, wenn auch ein bisschen abgedreht. Also, warum nervt denn dein Leben? Weißt du, wenn ich meins anschaue, dann sitz ich in 'nem gottverlassenen Kaff bei Verwandten, die ich kaum kenne, wovon auch noch mein Onkel der Sheriff ist und ständig aufpasst, dass ich nix Illegales anstelle. Und dann jetzt auch noch das Feuer. Wer ist jetzt wieder schuld? Ach, der böse Großstadtjunge mit dem Vorstrafenregister. Super. Von wegen neue Chance. Es ist wohl nicht genug, dass mich alle tot sehen wollen.«

Rick runzelte die Stirn. Tot sehen? Jetzt übertrieb er aber!

Auf einmal zerrte Jim seinen linken Ärmel hoch. »Guck.«

Im schwachen Mondlicht konnte Rick ein paar Narben erkennen. »Was ist das?«, fragte er, Böses ahnend.

»Weißt du, das kommt, wenn man so Zigaretten nimmt«, Jim fuchtelte mit den Händen herum, als würde Rick dadurch besser verstehen, was er meinte, »und dann da so ausdrückt. Hat auch wehgetan. Und weiß nicht. So was halt. Hast du nicht, oder?«

Natürlich gab es Eltern, die ihre Kinder misshandelten, aber Rick konnte nicht glauben, dass die Dunlaps so etwas Grausiges getan haben sollten. Er kannte Will und Shakira zwar nicht, aber er kannte Walter und Grace.

»Nein, Mann. Das war nicht Will. Keine Angst. Da gab es noch andere.« Jim hatte seine Gedanken also erraten.

»Und was ist das für eine?« Rick zeigte auf Jims rechtes Handgelenk, wo eine weiße Narbe fast schnurgerade quer über den Arm ging.

Jim grinste herausfordernd. »Traust du mir zu, dass ich mir die Pulsadern aufgeschnitten hab?« Er winkte ab. »Nein, Mann. Da wurde mir nur was weggemacht.«

Rick betrachtete seinen Freund eine Weile.

»Weißt du, du hast schon recht. Ich hab super Eltern und eine coole Schwester – interessant übrigens, dass du sie süß findest.«

Er grinste, wurde jedoch gleich wieder ernst. »Aber auch wir haben Probleme in der Familie. Ganz ehrlich, ich will mich jetzt hier nicht mit dir batteln, wer mehr Probleme hat. Aber manchmal habe ich auch keine Lust mehr.«

Jim starrte ihn an, dann meinte er verständnislos: »Ich dachte, du bist Christ?«

»Das heißt nicht, dass ich keine Probleme habe.«

Jim setzte sich jetzt ganz auf und Rick folgte seinem Beispiel.

»Ja, aber die drei Male, wo ich jetzt mit im Gottesdienst war, hatte ich es jetzt schon so verstanden, dass man als Christ seine Sorgen abgeben kann. Ich dachte, man hat es dann irgendwie leichter, weil man nicht ständig vor seinen Problemen steht. Weil Gott die doch wegnehmen kann. Oder nicht? Das hast du selbst gestern gesagt.«

Rick wusste nicht so recht, was er darauf antworten sollte. Wieso wusste Jim, der gerade betrunken neben ihm saß und nur ein paarmal im Gottesdienst gewesen war, mehr über den Glauben als er? Er sah es so einfach. Und war es das nicht auch?

»Und außerdem … ich kannte da mal einen. Der hieß Rico.« Jim kicherte wieder. »Fast wie du. Und der … der hat's echt nicht leicht gehabt. Wurde von allen fertiggemacht. Und er hat trotzdem noch …« Er stockte kurz und es war, als würden Gewitterwolken über sein Gesicht ziehen. »Er … er hatte immer diese … Freude. Obwohl er von uns allen so … so runtergemacht wurde. Und dann …« Jim verstummte und starrte ins Leere.

Rick wartete, ob er vielleicht weiterreden würde, doch er schwieg. Rick atmete tief durch.

»Jim, du hast recht. Ich hab nur ein bisschen Vertrauensprobleme, weißt du? Wie du. Obwohl ich glaube.«

Jim grinste ihn wieder an, als hätten sie gerade nicht über den Sinn des Lebens gesprochen. »Nicht schlimm, Mann.« Er stand auf, wobei er sich am nächstbesten Baum abstützen musste.

Rick erhob sich ebenfalls. »Ab nach Hause?«, fragte er.

Jim nickte und schwang seinen Rucksack über die Schulter. »Jup, auf geht's.«

»Aber leise!«

»Gut.«

»Weißt du was, ich begleite dich besser noch. Nicht dass Walter wach wird oder so.«

Jim grinste ihn wieder an und legte seinen Arm freundschaftlich um ihn. »Find ich super, Rick. Du bist ein wahrer Freund, glaub ich. Genau wie Rico damals.« Er blieb stehen und starrte ihn an. »Aber … aber ende nicht so wie er, okay?«

Rick nickte, auch wenn er keine Ahnung hatte, was Jim meinte.

Als sie am Bungalow ankamen, schlichen sie sich ums Haus herum in den Garten.

»Ich hab das Fenster offen gelassen, durch den Flur wäre das zu laut, weißt du?«

Rick nickte zustimmend, fragte sich aber gerade, wie Jim in seinem Zustand leise ins Zimmer klettern wollte.

»Weißt du was? Ich klettere vor und du kommst nach.« Ohne auf seine Antwort zu warten, stieg Rick ins Zimmer ein. »Gib mir jetzt erst einmal deinen Rucksack, dann klappt das alles.«

Jim gehorchte.

Leise stellte Rick den Rucksack auf den Boden, dann half er Jim, ins Zimmer zu kommen. »Du gehst jetzt schlafen, ja?«

»Ja, klar.« Jim sank aufs Bett.

Rick nahm ihm die Jacke ab und zog ihm die Schuhe von den Füßen. Jim schien schon im Sitzen eingeschlafen zu sein. Rick zog leise die Flasche aus dem Rucksack. Am besten er entsorgte sie unterwegs, sonst würde Jim morgen wahrscheinlich gewaltigen Ärger bekommen. Na ja – würde er wahrscheinlich sowieso.

Er versuchte, möglichst keinen Lärm zu machen, als er zurück in den Garten kletterte.

Auf dem Heimweg wurde ihm klar, wie viel Jim ihm heute von sich offenbart hatte. Rick hatte seinen Schmerz gesehen und die

Bitterkeit. Einfach so hätte Jim das bestimmt nicht gemacht. Vielleicht war es dann sogar gut, dass er ihn betrunken aus dem Bett geholt hatte. Ob er sich morgen noch daran erinnern würde?

Er sollte wirklich mehr für ihn beten. Jim schien auf der Suche zu sein. Nach Bestätigung, nach Liebe. Rick freute sich, dass er anscheinend sonntags in der Kirche wirklich zuhörte.

Er sollte ihn gleich morgen noch mal zur Teeny einladen. Dann würde Jim vielleicht besser Anschluss finden können. Rick hoffte nur, dass die anderen ihn nicht verurteilen würden, gerade wegen des Brandstiftungsverdachts.

Rick blieb fest bei seinem Entschluss, ihm zu glauben. Und er wollte das für ihn sein, als was Jim ihn bezeichnet hatte: ein wahrer Freund.

Als er das Licht in seinem Zimmer anmachte, saß Elena auf seinem Bett und jagte ihm einen Mordsschrecken ein. Offenbar hatte sie auf ihn gewartet.

»Was machst du denn hier?«, fragte er überrascht.

»Ich konnte nicht schlafen.«

»Und?«

Sie zog die Schultern hoch und setzte eine entschuldigende Miene auf. »Und da bin ich ein bisschen in den Garten auf die Hängematte gegangen.«

Elena hatte fast das ganze Gespräch der beiden mit angehört. Eigentlich hatte sie auf sich aufmerksam machen und dann verschwinden wollen, aber irgendwie hatte sie sich nicht getraut, die beiden zu stören. Nun ja, und um ehrlich zu sein, war sie auch neugierig gewesen …

Rick sah sie unschlüssig an, so als wisse er nicht, ob er jetzt sauer sein sollte oder nicht.

»Es tut mir leid«, beeilte sich Elena zu sagen. »Es war nicht meine Absicht, euch zu belauschen.«

Rick hob die Schultern. »Du konntest ja nicht wissen, dass wir mitten in der Nacht daherspazieren würden.«

Elena nickte und schlang die Arme um ihre Knie. »Ich ... ich hätte echt nicht gedacht, dass Jim so kaputt ist. Er hat sich so hoffnungslos angehört.«

Rick nickte schweigend.

»Ich, hm, ich glaube, ich verstehe jetzt, was er letztens gesagt hat.«

»Was hat er denn gesagt?«

»Eigentlich genau das Gleiche wie ihr immer: dass der Unterschied im Inneren liegt. Nach außen hin kann man super und cool drauf sein, aber innen drin leer und ausgebrannt.« Sie strich sich die Haare aus dem Gesicht. »Dass alle auf der Suche wären. Und dass ich doch schon längst einen Schritt weiter sein müsste, weil ich an Gott glaube.«

»Er muss da ein echt gutes Vorbild gehabt haben. Bestimmt diesen Rico, den er erwähnt hat.« Rick setzte sich vor dem Bett auf den Boden. »Aber irgendwas hält ihn davon ab, selbst dran zu glauben.«

Elena nickte gedankenverloren. »Genau wie mich.«

Rick schüttelte den Kopf. »Nein, Elena. Jim wurde als Kind misshandelt, und du? Du bist so wohlbehütet aufgewachsen, wie man es sich nur wünschen kann.« Er atmete tief durch. »Das mit Mari hat uns alle getroffen, aber du weigerst dich zu akzeptieren, dass Gott immer noch gut ist und immer noch alles in der Hand hat.«

»Vielleicht ist genau das mein Problem«, sagte sie leise. »Ich verstehe nicht, warum er das zulässt, obwohl er doch die Macht hätte ...« Sie brach ab. Mari war in einer Nacht-und-Nebel-Aktion mit ihrem Freund durchgebrannt und hatte sogar ihre Handynummer geändert, sodass sie von heute auf morgen nichts mehr von ihr gehört hatten. Als hätte sie ihre Familie einfach aus ihrem Leben gestrichen. Sheriff Dunlap hatte ihnen erklärt, dass sie Mari nicht als vermisst melden und zurückholen konnten, weil sie volljährig war und damit ihre eigenen Entscheidungen treffen konnte. Ihre Eltern hatten das irgendwann einfach akzeptiert und gesagt, dass sie in Gottes Hand sei. Elena verstand nicht, wie sie so leicht darüber hinwegkommen konnten. Mari gehörte doch zu ihnen; sie war ihre *Schwester*, ein Teil von ihr, der jetzt fehlte.

»Ich verstehe das doch auch nicht, Elena.« Rick seufzte tief. »Denkst du, mich macht das nicht fertig?«

»Weiß nicht.« Sie sah zum Fenster. »Irgendwie dachte ich, ihr kommt damit klar und nehmt das einfach so hin.«

»Na ja, hinnehmen im Sinne von ›es Gott überlassen‹. Wir können ja eh nichts anderes tun, oder?«

Elena sagte nichts. Eigentlich wusste sie, dass er recht hatte. Genau wie Jim. Und ihre Eltern. »Gute Nacht, Rick.« Sie stand auf und verließ sein Zimmer. An der Tür drehte sie sich noch einmal um. »Ach, hey … Ich finde, du machst das richtig gut mit Jim. Dass du so für ihn da bist und so. Dass du ihm zuhörst und ihn nicht verurteilst.« Sie lächelte ihrem Bruder zu, dann schlich sie über den Flur zurück in ihr eigenes Zimmer.

14

Am Donnerstagmorgen kam Rick kaum aus dem Bett. In der Nacht mit Jim in der Gegend umhergestreift zu sein, forderte nun seinen Tribut. Gähnend saß er am Frühstückstisch und rührte in seinem Kakao.

Elena grinste ihn an. »Na, immer noch Muskelkater vom Trümmerschleppen?«

Rick brummte. »Wenn es nur das wäre. Nur gut, dass heute Sport ausfällt. Jim hat es gut, der hat erst zur zweiten Stunde.«

»Nicht, dass du in Kunst gleich einschläfst. Das wird Kunstwerke geben! Aber ich glaube, Mrs Pettigrew würde es dir verzeihen. Sie mag dich.«

»Beeilt euch, es ist schon spät!« Ihre Mutter scheuchte die Zwillinge auf und packte jedem das Lunchpaket ein.

Auf dem Weg zur Schule kamen sie wieder auf den Kunstwettbewerb zu sprechen.

Elena strampelte begeistert auf ihrem Fahrrad neben Rick her. »Vielleicht gewinnst du sogar! Oh Mann, stell dir vor, dann wirst du berühmt! Hehe, dann kann ich mit dir angeben.« Sie schlug einen gespielt überheblichen Ton an: »Hey, Leute, seht mal. Der Süße da mit der blonden Strubbelfrisur. Das ist mein Bruder. Er ist Künstler. Und seine Werke kosten mehr als euer Haus plus Auto!«

Rick musste lachen. »Schön wär's. Das Beste wäre, wenn ich ein Stipendium bekommen könnte!«

Durch die schnelle Fahrt hatte Rick es geschafft, doch noch ein bisschen wacher zu werden. Im Kunstunterricht konnte er sich sogar konzentrieren, obwohl Mrs Pettigrew eine Theorieeinheit mit ihnen machte.

In der zweiten Stunde kam Jim völlig verschlafen und verkatert in den Englischraum gestolpert. Zum Glück lasen sie heute nur in ihrer Lektüre weiter und Mr O'Neal erklärte ihnen einiges über den Hintergrund des Autors. Jim war innerhalb von fünf Minuten eingeschlafen. Glücklicherweise war Mr O'Neal zu sehr in seine Ausführung über Charles Dickens' Leben und Wirken vertieft, um es zu bemerken.

Als das schrille Pausenklingeln ertönte, zuckte Jim noch nicht einmal mit der Wimper.

Rick musste ihn an der Schulter rütteln, bis er sich stöhnend aufrichtete. »Komm, du kannst in der Mensa weiterschlafen!«

Schlaftrunken trottete Jim ohne ein Wort hinter ihm her.

Rick setzte sich mit ihm an einen freien Tisch, wo Jim tatsächlich gleich wieder den Kopf auf die Arme legte. Kopfschüttelnd holte Rick einen Schokoriegel aus der Tasche. Suchend sah er sich nach seinen Freunden um. Wo blieb Elena mit Chelsea und Ben? Hatte Mr Stein mal wieder das Klingeln geflissentlich überhört? Wäre nicht das erste Mal, dass er den Kurs zur Strafe nicht in die Pause entließ, wenn sie sich nicht benommen hatten.

Rick sah Brian mit seinem Gefolge in die Mensa kommen. Brian hatte eine ordentliche blau-lila Färbung am Kiefer, die wirklich böse aussah. Was er wohl seinem Vater erzählt hatte?

Er schoss Rick und Jim giftige Blicke zu, doch ließ sie ansonsten in Ruhe. Ob er wohl jetzt endlich verstanden hatte, dass er sich besser nicht mit Jim anlegen sollte? Rick war sich nicht sicher, ob Brian wusste, wer hinter dem Hackerangriff steckte. Aber er vermutete stark, dass der Spickzettel ein Racheakt gewesen war.

Neben ihm rührte Jim sich ein wenig, dann schrak er hoch. Rick grinste ihn an, woraufhin Jim sich mit der Hand über die Augen fuhr.

»Ist ja grausam. Wir sind in der Schule? Wie spät ist es denn?«

»Wir haben gerade die erste Pause, gleich fängt die dritte Stunde an, Geschichte.«

»Ich kann mich nicht an die erste Stunde erinnern.«

»Die hattest du auch frei. Und gerade in Englisch hast du durchgeschlafen.«

»Und wie bin ich in die Mensa gekommen?«

Rick musste lachen. »Wahnsinn. Du kannst dich an nichts erinnern? Hast du geschlafwandelt?«

Jim hob die Schultern und stützte sein Kinn auf die Hände. »Was haben wir gleich?«

Rick verkniff sich ein Grinsen. »Geschichte. Doppelstunde.«

Elena betrat die Mensa, gefolgt von den anderen aus der Teeny. Rick winkte und die Truppe setzte sich zu ihnen.

»Mr Stein sollte mal unsere Rechte vorgelesen bekommen. Hallo?! Die Pause steht uns zu!«, beschwerte sich Ben. »Wenn er uns nicht in den Griff bekommt, ist das seine Sache. Er kann uns nicht die Pause entziehen, das ist unser gutes Recht als Schüler!« Er rückte seinen Kragen zurecht, als würde er eine Krawatte tragen.

»Schuldig im Sinne der Anklage!« Elena knallte ihre Faust als provisorischen Hammer auf den Tisch.

Jim schreckte auf und sah sie missbilligend an.

Ben grinste. »Schlafmütze. So fertig, wie du aussiehst, und so müde, wie Rick heute Morgen war, könnte man meinen, ihr habt gemeinsam die Nacht durchgemacht!«

Elena unterdrückte erfolgreich ein Lachen, indem sie herzhaft in ihren Apfel biss. »Also, wie ist es? Wann seid ihr endlich fertig mit dem Abriss der Hütte? Ich will mal wieder ein gutes Autorennspiel mit Rick spielen, nur kommt der immer so todmüde nach Hause. Der geht doch ernsthaft um neun ins Bett!«

»Petze.«

»Ist doch wahr.«

Chelsea lächelte und Ben musste ebenfalls lachen. »Wow, Anderson. Wer hätte gedacht, dass dich so ein bisschen körperliche Arbeit so fertigmacht?«

»Ach, Klappe, Ben!«, sagte Rick amüsiert. »Ich will dich mal nach der Holzhackaktion nächste Woche sehen.«

»Die ist schon nächste Woche?«, fragte Chelsea überrascht.

Elena nickte und kaute schneller, um zu Wort zu kommen. »Weißt du, Jim, das machen wir zweimal im Jahr. Alle Teens helfen in der Gemeinde reihum, Fenster zu putzen, Autos zu waschen und Holz zu hacken. Meistens dauert das nur einen Samstag, aber dann von frühmorgens bis spätabends. Cool, oder?«

Jim hatte immer noch die Augen geschlossen. »Cool«, murmelte er.

Elena stieß ihn mit der Schulter an. »Kannst ja mitmachen.«

Jim blinzelte. »Mhm.«

In Geschichte bekam Jim ordentlich Ärger von Mr Jenkins, weil er auch dort ständig einschlief. Als ihr Lehrer drohte, ihn nachsitzen zu lassen, lächelte Jim nur matt. »Sie wissen schon, dass ich da genauso weiterschlafen werde?«

Bei dem folgenden Gekicher zog Mr Jenkins die Augenbrauen in die Höhe, bis sie fast seinen hohen Haaransatz erreichten. »Ich erwarte einen zweiseitigen Aufsatz über den Angriff der Japaner auf Pearl Harbor – bis morgen. Ob du das in der Schulbibliothek machst oder zu Hause, ist mir egal.«

»Kann ich dann jetzt weiterschlafen?«

Mr Jenkins lief rot an. »Drei Seiten. Und wenn du es wagst, auch nur zu blinzeln, werden es vier!«

Jim verdrehte die Augen und fing an, auf seinem Block herumzukritzeln.

Rick konnte den Rest der zwei Stunden beobachten, wie sehr er darum kämpfen musste, wach zu bleiben. Als es zur großen Pause klingelte, verschwand er einfach.

»Was ist denn mit dem los?«, fragte Chelsea verwundert, als sie sich draußen in der Sonne einen Platz suchten.

»Übermüdet, würde ich sagen«, sagte Elena.

»Ach was«, meinte Ben ironisch. »Den Eindruck hatte ich jetzt nicht.«

»Sei nicht so fies.« Elena warf ihm einen tadelnden Blick zu.

»Ich meine es doch gar nicht böse.« Er zwinkerte ihr zu und sie verdrehte die Augen.

»Na, hat Jim vor eurer Heiligkeit schon die Flucht ergriffen?« Brian war hämisch grinsend stehen geblieben und sah sie abschätzig an. »Wahrscheinlich betet ihr ihm zu viel.«

Elena setzte zu einer saftigen Bemerkung an, doch Rick brachte sie mit einem leichten Kopfschütteln zum Schweigen.

Keiner sagte etwas, was Brian anscheinend noch mehr anstachelte.

»Hey, Rick, wie ist es so, mit einem Kriminellen abzuhängen? ’ne ganz neue Erfahrung für dich, was? Pass lieber auf, bevor er dir noch ein Messer in den Rücken rammt.«

Rick musste an das Klappmesser in Jims Rucksack denken.

»Brian, ich dachte, Jim hat klargemacht, was er von dir hält.« Er tippte sich ans Kinn, um auf Brians Prellung anzuspielen. »Ich würde ihn ja nicht noch einmal herausfordern. Lass ihn einfach in Ruhe, okay?«

Brian lachte verblüfft. »Verteidigst du ihn etwa?«

»Ich will dir nur nahelegen, dass er wahrscheinlich der Stärkere von euch beiden ist. Und er hat keine Angst zuzuschlagen, selbst wenn er in der Unterzahl ist. Lass ihn lieber nicht herausfinden, dass du derjenige warst, der ihm den Spicker untergeschoben hat.«

Brians Augen verengten sich zu Schlitzen. »Was willst du damit andeuten?«

Rick starrte ihn einfach nur an.

Brian grinste. »Du weißt gar nichts! Du hast keinen Beweis. Also laber nicht so viel.«

Er wandte sich zum Gehen, da sagte Rick in schneidendem Ton: »Lass ihn in Ruhe, verstanden? Jim ist nicht eines deiner Mobbingopfer, die sich nicht wehren!«

Brian senkte drohend die Stimme: »Pass bloß auf, Anderson, dass du nicht der Nächste bist!« Er stapfte davon.

Elena starrte ihren Bruder mit offenem Mund an. »Klasse,

Brüderchen! Wusste gar nicht, dass du so einen auf Ernst machen kannst.«

»Das war Jim, der Brian eine verpasst hat?« Anerkennend blickte Ben Brian hinterher. »Nicht schlecht. Wurde auch mal Zeit, dass dem mal jemand die Meinung sagt. In Chemie hat Brian herumerzählt, er hätte einen kleinen Unfall beim Mountainbiking gehabt.«

Rick sagte nichts weiter dazu, denn in dem Moment sah er Jim, der gerade wieder auf den Schulhof kam, einen Energydrink in der Hand. Schweigend wie immer ließ er sich zu ihnen ins Gras fallen.

Da sie nicht weiter über den Streit reden wollten, lenkte Elena das Gespräch wieder auf die Geburtstagsplanungen.

Rick fragte sich im Stillen, ob er bei Brian nicht zu weit gegangen war. Aber ihm hatte es schon lange auf der Seele gebrannt, etwas gegen seine fiesen Angriffe zu sagen. Und es hatte richtig gutgetan.

Für Jim verging der Tag einfach nicht schnell genug. Die Zeit zog sich wie ein zähes Kaugummi länger und länger. Zum Glück fiel Sport aus. Das hieß, dass er früher zur Hütte konnte. Vielleicht würde er heute fertig werden.

Walter hatte im Laufe der Woche nicht viel mit ihm geredet. Aber das war auch besser so. Jim konnte den Zorn kaum zurückhalten, der in ihm brodelte. Hätte Rick ihn gestern nicht gebremst, hätte er Brian grün und blau geschlagen. Wäre nicht das erste Mal gewesen, dass jemand wegen ihm ins Krankenhaus musste …

Als es in der letzten Schulstunde endlich klingelte, konnte Jim es kaum erwarten, nach draußen zu kommen.

Er rannte fast nach Hause, wo er Grace kurz Hallo sagte und seine Schulsachen abstellte, bevor er sich mit Rick bei der Brandstelle traf.

Nach vier Stunden harter Arbeit und einem halben Dutzend

von Grace' leckeren Zimtschnecken waren sie tatsächlich so gut wie fertig. Nur noch ein paar Kleinteile waren wegzuräumen, die sie mit Rechen, Harke und Kehrblech beseitigten. Sie gönnten sich gerade die letzten Gebäckstücke und ein paar Schlucke Eistee, als Grace in ihrem kleinen Ford auftauchte.

Mit einem breiten, strahlenden Lächeln stieg sie aus. »Ihr seid schon fertig! Dann haben wir ja doppelten Grund zu feiern!«

Jim hob eine Augenbraue. »Wieso denn doppelt?«

»Wir haben soeben die erste offizielle Buchung über die neu eingerichtete Seite bekommen! Zwei Familien haben das Camp gebucht, und zwar gleich für eine ganze Woche! Und das noch in diesem Jahr!«

»Wow!« Rick boxte Jim begeistert gegen den Arm. »Wahnsinn! Wer hätte gedacht, dass so schnell Reaktionen kommen?«

»Und das ist noch nicht alles! Jim, du hast ja die Besucherzahl-Anzeige installiert. Es werden mit jedem Tag mehr! Und ein paar allgemeine Fragen wurden auch schon gestellt. Das Forum war wirklich eine gute Idee!«

Jim lächelte verlegen und winkte ab. »Ach, das … das war doch nichts … Ricks Fotos haben 'ne Menge beigetragen.«

»Na, na, junger Mann, ich weiß genau, wie viele Nächte du am Computer verbracht hast, um die Seite fertig zu bekommen! Du darfst ruhig stolz darauf sein. Also, wir gehen das auf jeden Fall feiern. Wie wäre es, wenn wir gleich zu *Barry's* fahren? Bessere Burger hast du bestimmt noch nicht gegessen. Rick, hast du Zeit?«

»Sicher! Ich würde aber gern vorher noch duschen …«

»Natürlich. Ich setze dich zu Hause ab und dann holen wir dich, sagen wir … in einer halben Stunde ab, reicht das?«

Rick nickte und Jim schien sich auch zu freuen.

»Also dann, auf! Walter kommt gleich und holt die letzte Ladung ab. Er kann leider nicht mitkommen, aber das geht in Ordnung.« Grace schob die beiden Jungen zum Auto und sie fuhren Richtung Dorf.

»Hey Mom, hast du mein T-Shirt –« Elena brach ab, als ihr Blick auf ihre Mutter fiel. Sie saß im Arbeitszimmer auf dem Fußboden und hatte ein aufgeschlagenes Fotoalbum auf dem Schoß. Ein Familienalbum.

Ihre Mutter wischte sich mit der Hand übers Gesicht und lächelte Elena irgendwie wehmütig an.

Elena durchfuhr ein kalter Stich, als sie die Tränen in den Augen ihrer Mama sah. »Mom, was ist los?« Sie trat ins Zimmer und wusste nicht recht, ob sie sich zu ihrer Mutter setzen sollte.

Mom seufzte tief. Ihr Lächeln wackelte. »Heute ist es ein Jahr her …«

Plötzlich fiel es ihr ein. Heute vor einem Jahr war Mari gegangen.

Elena kniete sich neben ihre Mutter.

Neue Tränen flossen ihr über die Wangen. »Ich wünsche mir einfach –«, Mom zuckte hilflos mit den Schultern. »Ich wünsche mir einfach, wir könnten ihr sagen, wie sehr wir sie lieben. Sie …« Ihre Stimme brach. »Sie ist einfach mitten in der Nacht gegangen. Und als Abschied lag nur dieser Zettel auf dem Küchentisch, dass sie nun ihr eigenes Leben leben und endlich glücklich werden will …«

Elena schlang die Arme um sie und drückte sie fest, während ihre Mom ihren Tränen freien Lauf ließ. Sollte sie irgendetwas sagen? Aber was denn? Irgendwelche Bibelverse oder Sprüche darüber, dass alles gut werden würde? Daran glaubte sie doch gerade selbst nicht so richtig.

Also hielt sie ihre Mutter einfach nur fest.

Es war lange her, dass sie Mom so weinen gesehen hatte. Sie hatte ihr in der letzten Zeit gar nicht mehr angemerkt, dass diese Sache sie noch so bedrückte. Sie war schließlich erwachsen und Erwachsene wussten doch, wie man mit Schwierigkeiten umging.

War doch so, oder?

Und außerdem waren ihre Eltern Christen. Sie vertrauten darauf, dass Gott ihnen half.

Ein wehmütiges Gefühl befiel sie. Wann hatte sie sich das letzte Mal geborgen im Vertrauen auf Gottes Hilfe gefühlt? Damals, als alles noch gut gewesen war.

Elena stutzte. War vielleicht genau *das* ihr Problem? Dass sie Gott nur vertraute, wenn alles super lief und sie seine Liebe fühlen konnte?

Langsam beruhigte sich ihre Mutter. »Danke, Schatz«, flüsterte sie und schniefte. »Ich bin heute nur ein wenig emotional.«

Etwas unbeholfen strich Elena ihr über den Rücken. Ihre Mutter würde sich schnell wieder gefasst haben und mit dem Alltag fortfahren, als wäre nichts gewesen. So hatten ihre Eltern es das ganze Jahr über gemacht. Zu Beginn hatte sie ihre Mutter noch oft abends weinen hören, aber am nächsten Morgen hatte sie gelächelt wie immer.

Wie konnten ihre Eltern so leben, als wäre nichts passiert? Als hätte ihre Tochter nicht aus heiterem Himmel beschlossen, die Familie auseinanderzureißen?

Glaubten ihre Eltern denn wirklich, dass Gott alles wieder gut machen würde?

Sie rang einen Augenblick mit sich. Dann brach es aus ihr heraus: »Mom, wie schafft ihr das? Wie könnt ihr immer noch auf Gott vertrauen?«

Es fühlte sich wie ein Verrat an, Zweifel an Gott zu äußern, aber ihre Mutter sah sie nur liebevoll an. Sie legte eine Hand an Elenas Wange. »Du meinst, auch wenn er die Dinge nicht sofort in Ordnung bringt?«

Sie zuckte mit den Schultern. »Ja.«

Mom nickte ernst. »Das ist eine gute Frage. Die Antwort ist simpel: Das ist das Geheimnis des Glaubens.« Sie strich sich mit der Hand durch die Haare und klappte das Album zu, das von ihrem Schoß gerutscht war. Dann schaute sie Elena wieder an. »Wenn ich mich dafür entscheide, Jesus nachzufolgen, werden früher oder später Schwierigkeiten kommen. Das hat er vorausgesagt. Die Frage ist dann, ob ich bereit bin, daran zu glauben, dass Gott mich immer noch liebt. Dass er gut ist. Und dass er mir helfen wird.«

Das Geheimnis des Glaubens … Elena dachte an Elia, der mit seinem großen Glauben gegen die Baal-Propheten angetreten war. Wie bekam man einen solchen Glauben?

»Elena, es spielt keine Rolle, ob ich Gottes Liebe spüre oder nicht. Ich entscheide mich einfach, an diese Liebe zu glauben. Und dann entscheide ich mich, ihm zu vertrauen. Weil ich weiß, dass er vertrauenswürdig ist.« Sie lächelte. »Auch wenn ich es nicht immer fühle.«

Als Elena später in ihrem Bett lag, drehten sich diese Gedanken in ihrem Kopf. *»Das Geheimnis des Glaubens …«*

»Gott«, flüsterte sie in die Dunkelheit. »Bitte schenk mir Glauben.«

Jim lag abends lange wach. Seine Gefühle spielten verrückt. Warum hatte Rick ihm bis zum Ende geholfen? Wieso um alles in der Welt wollte er ausgerechnet mit ihm befreundet sein?

Das Essen im *Barry's* war super gewesen. Sie hatten sich entspannt über Schule, das Camp, die Website und über die wahnsinnig guten Burger unterhalten.

Doch das Überraschendste an diesem Abend war passiert, nachdem Walter an seine Zimmertür geklopft hatte.

»Ich bin sehr stolz auf dich«, hatte er Jim gelobt. »Du hast deine Aufgabe gewissenhaft und gründlich erledigt, obwohl du wütend auf mich warst. Das ist eine Charaktereigenschaft, die dich sehr positiv auszeichnet.«

»Aber du glaubst mir trotzdem nicht.«

»Du wurdest noch nicht offiziell für schuldig befunden. Grace hat sich entschieden, dir zu glauben. Bei mir als Sheriff geht das leider nicht so einfach. Aber ich sehe keinen Grund, warum du es hättest tun sollen.« Walter hatte in seine Tasche gegriffen. Seufzend hatte er Jims Klappmesser zutage gefördert. »Hier, du kannst es wiederhaben. Aber bitte nimm es nicht mit in die Schule oder an sonstige verbotene Orte. Ich habe noch einmal mit meinem Bruder gesprochen. Er meinte, dass du zwar die eine oder andere Schlägerei gehabt, aber dabei niemals das Messer gezogen hast.«

Jim hatte ihn misstrauisch angesehen. »Ist das dein Ernst?«

»Mein voller Ernst. Die letzten Wochen haben mir gezeigt, dass du verantwortungsbewusst und gewissenhaft bist. Du wirst keinen Mist damit anstellen, habe ich recht?«

Jim hatte genickt und Walter war daraufhin mit einem »Gute Nacht« aus dem Zimmer gegangen. Er wusste nicht, ob das jetzt eine Falle war oder ob Walter einfach versuchte, eine Brücke zu schlagen. Aber das würde sich in den nächsten Tagen zeigen.

Ein bisschen hatte er ein schlechtes Gewissen, weil er Walters Konto benutzt hatte, um sich neue Messer zu besorgen. Doch er schob die lästigen Gedanken gleich zur Seite. Seine Arbeit für ihn würde das irgendwie ausgleichen.

Gerade als Jim im Begriff war einzuschlafen, fuhr er erschrocken hoch. Der Aufsatz! Er musste doch noch die Strafarbeit für Geschichte machen! Stöhnend schlug er die Bettdecke zurück und schlich ins Wohnzimmer, um den Computer einzuschalten. Das würde eine lange Nacht werden.

15

Jim hatte zwar gehört, dass Kleinstädte nachtragend waren, aber so extrem hatte er es dann doch nicht erwartet. Obwohl seine Schuld am Brand nicht bewiesen worden war, scheuten die Einwohner sich nicht, ihn spüren zu lassen, was sie von ihm hielten. Gut, nicht alle. Aber als er heute mit Grace einkaufen gefahren war, hatte er die Blicke und Tuscheleien wahrgenommen. Eine Mutter hatte sogar ihr Kind an der Hand von ihm weggezogen. Das hatte er schon seit Jahren nicht mehr erlebt. Doch Grace ignorierte das alles einfach und dafür bewunderte er sie. Auf seinen fragenden Blick hin hatte sie abgewinkt und gesagt: »Wenn die Leute nichts Besseres zu tun haben, sollen sie doch reden. Uns schaden sie damit nicht unbedingt.« Sie hatte gelächelt. »Ob sie dir damit wehtun oder nicht, kannst du selbst bestimmen. Ist es dir wichtig, was Fremde über dich denken? Du kannst dich jetzt nicht ständig versteckt halten und darauf warten, dass die Einwohner vergessen, was passiert ist, denn das werden sie so schnell nicht. Du musst immer daran denken, dass es auch Menschen gibt, die an dich glauben. Das sind meistens nicht sehr viele, aber das macht sie umso wertvoller.«

Schweigend betrachtete Jim die Landschaft, die am Auto vorbeiflog. Grace war so ein Mensch. Rick auch. Und Walter ... doch. Walter vertraute ihm. Oder? Elena und die Eltern der Zwillinge schienen auch auf seiner Seite zu sein, aber vielleicht lag das daran, dass sie Christen waren.

»Wirst du heute zur Teeny gehen?« Grace fuhr fast gegen die Leitplanke, als sie den Blick auf ihn richtete.

»Nein«, antwortete Jim schnell, in der Hoffnung, dass seine Tante ihre Aufmerksamkeit wieder auf die Straße lenkte.

Sie riss das Lenkrad abrupt herum. »Warum nicht?«

»Hm, hab ich nicht Hausarrest?«

»Oh?« Grace lachte. »So eine alberne Erfindung! Außerdem war das doch vor zwei Wochen, das ist doch längst Geschichte.«

»Ach so.«

»Hat der kleine Anderson dich etwa nicht eingeladen?«

»Doch.«

»Na, du wirst mir nicht zu Hause versauern! Außerdem kommt heute der Gemeindenähkreis zu uns.«

Jim konnte ein Grinsen nicht unterdrücken. »Willst du mich etwa loswerden?«

»Oh ja! Sonst verschwinden die Kekse alle vom Blech, noch bevor sie abgekühlt sind!« Die Lachfältchen um ihre Augen vertieften sich. »Aber nein, Jim. Wenn du lieber zu Hause bleiben willst, ist das auch in Ordnung. Aber ich glaube, es würde dir guttun, ein wenig unter Leute zu kommen.« Sie seufzte. »Ich hoffe, du wirst mit der Zeit offener, Schätzchen. Das würde für uns alle leichter sein. Manchmal weiß ich gar nicht, warum du so reagierst, wie du reagierst. Du darfst deinen Gefühlen ruhig Ausdruck verleihen.«

Jim nickte und Grace schwieg daraufhin, worüber er froh war. Sie würde niemals verstehen, warum er so war. Warum er nicht über Gefühle sprechen würde. Warum er überhaupt so wenig reden wollte.

Warum er es nicht konnte.

Zu Hause angekommen, half er Grace, die vollen Tüten ins Haus zu tragen, und schleppte die Getränke in die Garage, wo Walter an seiner Werkbank an einem alten Videogerät herumschraubte.

Grace hatte eigentlich recht. Der Brand war jetzt genau zwei Wochen her und seitdem war er nur zur Schule und zum Arbeiten draußen gewesen. Aber sonst … Ihm war wirklich langweilig. Am Computer hatte er schon sämtliche Firewalls installiert, die Website war perfekt. Sogar einen Alarm hatte er programmiert: Sollte jemand von außerhalb auf den PC zugreifen wollen, würde er eine Nachricht auf sein Handy bekommen. Er hatte sogar überlegt, sich noch einmal bei Brian einzuhacken, doch der Trottel war ihm die Mühe eigentlich nicht wert.

Vielleicht sollte er wirklich zur Teeny gehen.

Grace war dabei, Spaghetti zu kochen, als er sich etwas zu trinken holte.

Sie lächelte. »Danke fürs Auspacken. Deckst du noch den Tisch?«

Jim nickte und hörte Grace zu, wie sie ein Lied summte. Es weckte Erinnerungen. Gute Erinnerungen an seine Schwester. Sie hatte auch manchmal gesungen, damals am Strand. Wie oft hatte sie ihn im Duett mit dem Meeresrauschen in den Schlaf gewiegt … Ein Lächeln stahl sich auf sein Gesicht, als er an ihr helles Lachen dachte, das Glitzern in ihren dunklen Augen … Der Schmerz des Verlustes krampfte sich um sein Herz. Er hatte sich nicht einmal von ihr verabschieden können. Sein Lächeln erstarb und er versuchte, die Gefühle wieder zurück in die hinterste Ecke seines Herzens zu stopfen.

Sein Handy vibrierte und er erkannte Ricks Nummer. Er ging dran.

»Hey, Jim. Ich wollte noch mal fragen, ob du heute kommst. Du hast in der Schule nicht wirklich geantwortet …«

»Wieder um halb sechs?«

»Ja, also um halb gehen wir auf jeden Fall los.«

»Okay.«

»Heißt das, du kommst?« Rick klang erfreut.

»Ja, denke schon.«

»Alles klar, wir treffen uns einfach bei der Bank. Die vor dem Waldstück, okay?«

»Gut.«

»Bis später!«

Er steckte das Handy zurück in seine Hosentasche.

Walter kam durch die Verbindungstür zur Garage herein, schnupperte, grinste und eilte in sein Zimmer, um den Arbeitsoverall loszuwerden.

Grace' Freude über Jims Entscheidung war nicht zu übersehen. Fröhlich schaufelte sie einen riesigen Löffel Spaghetti auf seinen Teller und kippte eine ordentliche Kelle Bolognese-Soße darüber. Grace betete vor dem Essen und wenig später unterhielt sich das Geschwisterpaar angeregt über die Gäste, die schon nächste Woche Mittwoch anreisen würden.

»Walter, du solltest noch einmal runter ins Camp fahren und nachsehen, ob alles in Ordnung ist.«

»Das wollte ich gleich morgen früh machen. Kommst du mit, Jim? Der Generator muss aufgetankt, die Blockhütte sollte aufgeräumt –«

»Nicht nur aufgeräumt, geputzt! Ich komme dann auf jeden Fall auch mit!« Grace blinzelte Jim verschwörerisch zu. »Das Putzen sollte von einer Frau überwacht werden.«

Walter schmunzelte. »Ich dachte, du meinst *übernommen* werden.«

Jim genoss die harmlosen Plänkeleien. Ein normaler Ton, freundlicher Umgang, gekochtes Essen. Keine Hinterhältigkeit, keine Boshaftigkeit. Er musste nicht aufpassen, was er sagte. Bei Will und Shakira hatte es selten geklappt, als ganze Familie zusammen zu essen. Und wenn, war es meist angespannt und schweigsam verlaufen.

Nach dem Essen beeilte Jim sich, sich fertig zu machen und zur Bank zu kommen, nicht ohne dass Grace ihm vorher noch ein paar Kekse zusteckte.

Als Rick und Elena zur Bank kamen, wartete Jim bereits auf sie.

Auf dem Weg redete Elena fast ununterbrochen über den bevorstehenden Geburtstag: wer alles zugesagt hatte, was es zu essen geben würde, dass sie hoffte, dass das Wetter sich gut halten würde.

»Ich hoffe nur, ich komme bei der Schnitzeljagd mit Ben in

eine Gruppe. Da hat man quasi schon gewonnen!« Sie wandte sich an Jim. »Er war nämlich bei den Pfadfindern. Er schämt sich dafür, aber jetzt hat er die besten Skills zum Überleben! Na ja, das kommt davon, wenn man in der Schule deswegen gemobbt wird. Dann will man das loswerden …« Sie schwieg für einen Moment, bevor sie leise hinzufügte: »Was man nicht alles tut, um sein Image zu verändern …« Sie lachte freudlos und kickte einen Stein weg.

Rick wusste nicht, was er sagen sollte; zu seiner Überraschung antwortete Jim.

»Sein Image wird man nicht so leicht los. Wenn man einmal abgestempelt wurde, ist es schwierig, den Eindruck zu verändern. Aber Grace sagt, dass einen nicht kümmern sollte, was andere über einen denken. Übrigens, Elena … Auf Brians Party habe ich gleich gesehen, dass dieses Umfeld nicht deine Welt ist.«

»Echt?!« Elena sah aus, als wisse sie nicht recht, ob sie das als Kompliment oder als Beleidigung auffassen sollte.

Jim zuckte mit den Schultern. »Dein Tanzen. Megaunschuldig. Die meisten Mädels versuchen ja, möglichst heiß dabei auszusehen. Aber du …« Er lächelte amüsiert. »Du bist einfach nur fröhlich umhergehüpft. Da hab ich gleich gedacht: Was hat die denn hier verloren?«

Elena errötete leicht und Rick musste über Jims Beschreibung lachen.

»Das trifft es richtig gut! Genau so tanzt sie immer durchs Haus! Und dabei singt sie auch noch lautstark!«

»Rick!«, knirschte Elena verlegen.

»Ist doch okay, du gibst dich wenigstens so, wie du bist, und ziehst keine Maske auf.« Jim lächelte sie an und Rick fragte sich unwillkürlich, was diesen Kerl davon abhielt, sämtliche Mädels der Schule zu erobern; es war ihm nämlich tatsächlich gelungen, Elena die Sprache zu verschlagen. Er beschloss, seine Schwester zu retten und das Thema zu wechseln: »Kommst du eigentlich morgen mit, Jim? Da ist diese Aktion mit der Teeny, von der wir dir erzählt haben.«

»Ach, du meinst dieses Holzhacken?«

»Genau.«

»Hm, tut mir leid. Ich bin morgen mit Walter und Grace unterwegs, zum Camp runter. Die Gäste kommen doch nächste Woche und da muss noch einiges getan werden.«

»Schade. Aber Sonntag bist du doch da, oder?«

»Auf eurem Geburtstag? Klar.«

Sie waren beim Gemeindehaus angelangt und Rick konnte sehen, dass Jim für einen winzigen Moment zögerte. Doch Elena gab ihm keine Gelegenheit zur Flucht, sondern schob ihn einfach ins Innere. Rick war gespannt, welches Thema Nathan vorbereitet hatte. Vielleicht würde es heute besser passen als das letzte Mal?

Zu seiner Erleichterung behandelten die anderen Jim völlig normal und er wurde gleich in ein Dart-Duell verwickelt. Rick schloss sich beim Kickern mit Ben gegen Nathan zusammen, und als Jim ein wenig später vom Dartspielen dazukam, forderte Nathan ihn auf, ihn zu unterstützen. Nach einem erbitterten Kampf, aus dem Nathan und Jim nur knapp als Sieger hervorgingen, begaben sie sich in die Sofaecke und nach Gebet und Liedern griff Nathan nach seiner Bibel.

»Wir haben letztes Mal mit Elia abgeschlossen. Heute werden wir bei seinem Nachfolger weitermachen, bei Elisa.«

Rick versuchte, seine Verzweiflung zu verbergen. Elisa? Der Prophet, der Kinder durch wilde Bären töten ließ, weil sie ihn Glatzkopf genannt hatten?! Wieso musste Jim jedes Mal *so was* zu hören bekommen? Er hob den Blick und sah, dass Nathan ihn anlächelte, als wisse er genau, was Rick dachte.

»Die Geschichte aus 2. Könige 5 fängt aber nicht direkt bei Elisa an, sondern bei einem aramäischen Feldherrn namens Naeman. Zu der Zeit, in der die Ereignisse geschahen, war das Land Israel von den Aramäern besetzt. Genau genommen war Naeman damit ein großer Feind des Volkes Israel. Er litt an einer unheilbaren Krankheit, Aussatz genannt. Dabei verrottet der Körper, während man noch am Leben ist.«

Die Teens tauschten angeekelte Blicke aus.

Nathan nickte bedeutungsvoll. »Dazu ist sie auch noch hochgradig ansteckend, sodass die Erkrankten aus der Gesellschaft ausgeschlossen und somit zu Bettlern und Obdachlosen wurden, die in Höhlen und Schluchten mit anderen Aussätzigen Zuflucht suchten. Wir wissen nicht, ob Naeman weiter zu Hause lebte oder seine Krankheit zu verstecken versuchte. Aber er muss ein angesehener Mann gewesen sein. Der aramäische König selbst setzte alle Hebel in Bewegung, um eine eventuelle Heilung zu ermöglichen.« Er beugte sich vor. »Sie hatten durch ein kleines israelisches Sklavenmädchen von Elisa gehört und so schrieb der König an den König von Israel einen Brief mit der Aufforderung, seinen Feldherrn zu heilen. Der hat sich natürlich erst einmal erschrocken und gedacht, dass der aramäische König Grund für einen neuen Krieg suchte, denn es steht natürlich nicht in der Macht eines Menschen, einen Aussätzigen zu heilen. Doch Elisa hörte davon und schickte nach ihm. Schließlich stand Naeman vor seinem Haus und erwartete, dass Elisa herauskommen und vielleicht ein Gebet sprechen würde, um ihn zu heilen. Stattdessen kam ein Bote und richtete ihm aus, dass er zum Jordan fahren und sich sieben Mal untertauchen solle.«

Nathan lächelte in die Runde. »Ihr könnt euch vorstellen, dass Naeman, der große Feldherr, durch den Gott den Aramäern den Sieg geschenkt hatte, ganz schön sauer war, mit einer einfachen Nachricht abgespeist zu werden. Er hatte eine lange Reise zu Pferd oder zu Wagen hinter sich und sollte jetzt in einem verdreckten Fluss baden? Er wollte schon wieder abziehen, als seine Knechte etwas sehr Interessantes zu ihm sagten. Rick, würdest du bitte einmal den dreizehnten Vers vorlesen?«

»Da traten seine Knechte zu ihm, redeten mit ihm und sprachen: Mein Vater, wenn dir der Prophet etwas Großes befohlen hätte, würdest du es nicht tun? Wie viel mehr denn, da er zu dir gesagt hat: Wasche dich, so wirst du rein!«

»Ist das bei uns nicht ähnlich?«, fuhr Nathan fort. »Wir haben Probleme, für die wir beten. Und wir wissen auch ganz genau, wie Gott jetzt handeln sollte, schlagen es ihm sogar vor. Als ich vor einem Jahr meine Ausbildung abgeschlossen habe und in der Firma nicht übernommen wurde, konnte ich das absolut nicht verstehen. Ich hatte doch so dafür gebetet! Ich war mir so sicher, dass das der Weg war, für den Gott mich bestimmt hatte. Warum saß ich jetzt ohne Job da?« Sein Blick streifte Rick. »Ich weiß, dass es einigen von euch genauso geht. Aber jedes Mal, wenn ich die Bibel lese, entdecke ich, dass Gottes Wege so ganz anders sind, als die betroffenen Menschen es erwarten. Gottes Logik ist ganz anders als unsere. Das lesen wir auch in Jesaja 55,8-9. Chelsea, würdest du das für uns lesen?«

Das Blättergeraschel wurde von Chelseas heller Stimme durchbrochen: »Denn meine Gedanken sind nicht eure Gedanken und eure Wege sind nicht meine Wege, so spricht der Herr; sondern so hoch der Himmel über der Erde ist, so viel höher sind meine Wege als eure Wege und meine Gedanken als eure Gedanken.«

»Danke. Wir sehen: Überall, wo Gott wirkt, macht er das auf seine Art. Und die ist viel besser, denn Gott sieht das ganze Bild, während wir nur einen winzigen Ausschnitt darauf erhaschen. Wer die Geschichte von Naeman bereits kennt, weiß, dass dieser sich umstimmen lässt und sich im Jordan sieben Mal untertaucht. Und tatsächlich wurde dieser Mann von der unheilbaren Krankheit erlöst und erkannte, dass der Herr der einzig wahre Gott ist. Auch bei mir hat Gott den Weg geebnet und jetzt habe ich eine Stelle bei einem Bekannten annehmen können.« Nathan klappte seine Bibel zu. »Ich will euch ermutigen, auf die Hilfe des Herrn zu warten. Wenn etwas nicht so läuft, wie ihr es euch vorstellt … Denkt daran, Gott hat immer einen Plan! Auch wenn wir ihn mit unserem kleinen Menschenverstand nicht erfassen können.«

Rick bekam den Austausch kaum mit. Was Nathan gesagt hatte, hatte ihn voll und ganz getroffen. So, als hätte Nathan das Thema nur für ihn ausgesucht.

Warum fiel es ihm so schwer, Gott zu vertrauen?

Elena verlor haushoch beim Kartenspiel, wozu Ben und Chelsea sie nach dem inhaltlichen Teil eingeladen hatten. Nicht, weil sie das Spiel nicht kannte oder vielleicht einfach schlechte Karten hatte, sondern weil ihre Gedanken ganz woanders waren. Hatte Nathan gewusst, was in ihrem Inneren vor sich ging? Dass sie Probleme hatte, auf Gott zu vertrauen? Hatte sie sich nicht selbst tausendmal ausgemalt, was Gott alles hätte anders machen – oder überhaupt tun können?

Aber war sie auch bereit, Gott den Plan selbst ausdenken und ausführen zu lassen? Es ging ihr eigentlich ganz ähnlich wie Naeman. Der hätte auch lieber eine andere Vorgehensweise gewählt, vielleicht eine, die viel logischer war. Aber Gottes Art war eben anders. Ob sie sich auch darauf einlassen konnte? Oder würde sie stur sein wie Naeman und nichts von dem Plan hören wollen, obwohl es doch der richtige war ...?

Sie schüttelte den Kopf, um die Gedanken loszuwerden, und versuchte, sich wieder aufs Spiel zu konzentrieren. Darüber konnte sie später immer noch nachdenken.

»Elena?« Chelsea legte ihre Karte und sah sie dann fast scheu an. »Willst du vielleicht demnächst mal wieder im *Barry's* aushelfen?«

Elena sah sich ihre Karten an und entschied sich dazu, Ben neben sich aussetzen zu lassen. »Du meinst wie letztes Jahr?«

Chelsea nickte. »Wahrscheinlich müssen wir meinen Eltern vor allem in der Spülküche helfen, aber dafür dürfen wir auch den ganzen Abend umsonst essen und Milchshakes trinken.« »Das nenne ich doch 'nen Deal!« Elena grinste. »Klar! Ich bin dabei! Sag mir nur Bescheid, wann ich kommen soll.«

»Cool!« Chelsea lächelte breit. Sie half ihren Eltern öfter aus, denen das beliebte Lokal gleich neben der Kirche gehörte.

Elena lächelte still. Vielleicht würde es nicht ganz so schwierig werden, ihre alten Freunde wieder für sich zu gewinnen, wie sie befürchtet hatte.

»Ich kann mich kaum bewegen!«

Elena grinste Rick an, als er am Sonntagmorgen die Treppe heruntergehinkt kam.

Stöhnend ließ er sich auf den Küchenstuhl fallen. »Aaah. Möbel geschleppt haben wir auch. Bei den Bakers. Ich spüre jeden einzelnen Knochen!«

»Heul nicht rum. Ich hab auch Muskelkater in den Armen, so wie Nathan es vorausgesagt hat.«

»Ja, aber ihr habt nur Fenster geputzt. Wir mussten bei Dr. Garden auch noch die Hecke schneiden. Hast du gesehen, wie lang die ist?«

»Willst du dich jetzt mit mir batteln, wer mehr Arbeit erledigt hat? Darum geht es doch gar nicht – hat Nathan gestern vor dem Einsatz ausdrücklich betont.«

»Hast ja recht.«

Ihre Mutter kam mit einer heißen Kanne Kakao an den Tisch. »Ich bin so stolz auf euch! Ich hoffe, ihr könnt eure Feier heute genießen!« Sie drückte erst Elena und dann Rick fest an sich. »Alles Gute zum Geburtstag, meine Süßen! Ich wünsche euch, dass ihr dieses Jahr näher zu Gott kommt, seine Wege bewusst sucht und mehr von ihm und über ihn lernt.«

Ihr Vater kam mit einem Thermo-Kaffeebecher von seinem Morgenspaziergang und lächelte. »Wo sind meine Geburtstagskinder?«, dröhnte er durchs Wohnzimmer und kam mit offenen Armen auf sie zu.

Rick konnte sich gerade noch rechtzeitig erheben, um in eine bärenartige Umarmung gezogen zu werden.

Als sie sich ans Frühstücken machten, fragte ihr Dad: »Also bleibt es bei elf Leuten?«

»Ja, die ganze Teeny wird da sein und Jim hat auch versprochen zu kommen.«

»Das ist doch super! Fühlt er sich wohl in der Teeny?«

Rick hob die Schultern. »Keine Ahnung. Er redet ja nicht viel. Aber dass er kommt, spricht schon mal dafür …«

Mom lächelte »Das freut mich.« Sie wandte sich an ihren Mann. »Shawn, hast du den Grill schon aufgebaut?« Sie fuhr fort, die Liste der Dinge durchzugehen, die sie vorbereiten wollte. Irgendwann fiel ihr Blick auf die Küchenuhr. »So, jetzt müsst ihr euch beeilen, wir fahren in einer Viertelstunde los.«

Im Gottesdienst sah Rick sich vergeblich nach Jim um, doch er konnte nur Grace entdecken. Nach der Predigt fragte er sie nach ihrem Neffen.

»Er ist mit Walter ins Camp runtergefahren. Da war mehr zu tun, als wir erwartet haben, na ja, und Jim kann am Montag nicht helfen, weil er zu Doktor … weil er einen Termin hat. Aber er kommt auf jeden Fall zu eurer Feier. Um drei, oder?«

»Ja, genau. Ach, und ich habe vergessen, ihm zu sagen, dass er bitte festes Schuhwerk mitbringen soll. Wir werden ein paar Stunden im Wald sein.«

»Danke, Ricky.«

Auf dem Weg nach Hause musste Rick wieder an Nathans Teeny-Thema denken; die Predigt heute hatte gut dazu gepasst. War es wirklich so, dass er glaubte, Gott handle nicht, nur weil er es anders machte, als Rick erwartete? Was Jim betraf, war es so; Rick hatte gedacht, dass er ihn durch Nathans Gedankenanstöße und seinen Versuch, ihm Jesu Liebe zu zeigen, Gott näherbringen konnte. Aber vielleicht hatte Gott einen ganz anderen Plan, Jim auf sich aufmerksam zu machen.

Und auch Mari.

Rick vermisste seine Schwester schrecklich, obwohl sie in den letzten Monaten ihrer Zeit zu Hause ziemlich abweisend und gemein gewesen war. Ständig hatte es Streit wegen Kleinigkeiten gegeben, genau wie bei Elena im letzten halben Jahr. Rick hatte gedacht, dass Gott sie doch einfach verändern konnte. Natürlich war er dazu in der Lage, aber wahrscheinlich sah Gottes Plan das noch nicht vor. So hatte es Nathan ihm einmal erklärt und Naemans Geschichte hatte es wieder auf den Punkt gebracht. Vielleicht sollte er Gott mehr Vertrauen schenken.

Definitiv.

Traditionsgemäß durfte Elena das Mittagessen und Rick das Abendessen des Geburtstages bestimmen. Elena hatte sich für Gyrospizza entschieden; abends würden sie mit der Teeny grillen.

Nach dem Mittagessen begann Elena, Luftballons aufzupusten und überall im Haus Luftschlangen zu verteilen. Rick half seinem Vater, im Garten die Feuerstelle herzurichten und Sitzgelegenheiten anzuschleppen.

Pünktlich um drei klingelte es und innerhalb der ersten zehn Minuten waren die meisten Gäste eingetrudelt.

Die Mädels hatten sich bereits um den Esszimmertisch geschart und waren bereit, sich in eine wilde Uno-Schlacht zu stürzen. Ben und Eric wollten gleich die Playstation anschalten; Rick gesellte sich mit Nathan dazu und sie lieferten sich ein heißes Autorennen. Erst um kurz nach halb vier klingelte es ein weiteres Mal und Jim kam ins Wohnzimmer.

»Sorry, waren bis gerade eben unterwegs. Oh, und alles Gute und so.« Er nickte Elena zu, dann ließ er sich neben Rick auf dem Sofa nieder.

»Hey, Jim, willst du mein Auto übernehmen? Ich glaube, ich gehe mal beim Kartenspiel mitmischen.« Nathan reichte den Controller an Jim weiter und verließ die Runde.

Eine weitere halbe Stunde verging, bevor Elena verkündete, dass es Zeit sei, sich in den Wald zu begeben.

Sie losten zwei Gruppen aus und schickten die mit Elena voran.

Sie grinste siegessicher, als sie Ben zog. »Damit hätten wir dann schon mal gewonnen.«

»Ha! Noch ist das Spiel nicht gespielt!«

Rick kam mit Jim in eine Gruppe, und als sie endlich loszogen, fragte er ihn: »Grace meinte, du warst heute noch im Camp?«

»Ja, da war noch einiges zu reparieren. Sind nicht ganz fertig geworden, aber Walter wollte auch ’ne Mittagspause. Hat gemeint, es wäre okay, wenn ich heute Nachmittag freihabe.«

»Cool, dass du kommen konntest!«

»Und ihr? Ihr seht alle so aus, als könntet ihr euch kaum bewegen.«

Rick musste lachen. »Ja, haben alle Muskelkater.«

»Ach ja, vom Holzhacken.«

»Nee, nicht nur. Da waren noch ein paar mehr Sachen. Ein Umzug mit Möbelschleppen und Tapeten abkratzen und ein paar Gartenarbeiten.«

»Und was bekommt ihr dafür?«

»Hm, gar nichts. Also, es gab danach ein fettes Essen, aber das war nur so der Abschluss. Du meintest doch jetzt eher Geld, oder?«

Jim sah ihn skeptisch von der Seite an. »Du willst mir doch nicht erzählen, dass ihr das umsonst gemacht habt?!«

»Jeden Herbst und Frühling!«, warf Eric von hinten ein und grinste.

»So was macht doch kein Mensch!«

»Was meinst du?«

»Na ja, keiner macht was einfach so für nichts. Eine Hand wäscht die andere, oder nicht? Tu ich dir einen Gefallen, schuldest du mir auch einen und so weiter.«

»Hm, nee. Jim, Gemeinde ist wie eine Familie. Und in einer Familie tut man sich nun mal Gutes. Weil man sich liebt. Das ist doch normal.«

»In einer Familie vielleicht, da würde ich es noch verstehen.

Aber in der Gemeinde? Das ist doch wie ein Verein, oder nicht? Wie könnt ihr dann sagen, ihr seid eine Familie?«

»Na ja, wir sind alle Kinder Gottes. Gott ist unser himmlischer Vater und so sind wir dann alle Geschwister.«

»Hm.« Jim schien nicht überzeugt zu sein.

»Hey, ich hab die erste Spur entdeckt!«, rief Lauren und damit war das Thema beendet.

Zurück zu Hause konnte Elena es immer noch nicht fassen, dass sie trotz Ben verloren hatten, aber das nahm ihr nicht die Freude an der Party.

Sie brauchte etwas länger, um aus ihren Chucks zu kommen, sodass sie als Letzte der kleinen Gruppe ins Wohnzimmer gehen wollte, als Jim ihr entgegenkam.

»Ich habe noch was für dich.« Jim zog sie zurück in den Flur und warf einen prüfenden Blick ins Wohnzimmer, dann holte er ein in grünes Geschenkpapier gewickeltes Päckchen aus seiner Jackentasche.

Überrascht nahm Elena das in viel zu viel Tesafilm umhüllte, unförmige Ding entgegen. Es war für die Größe ziemlich schwer. »Aber du hast doch beim Sammelgeschenk mitgemacht!«

Er lächelte etwas verlegen, was ihr Herz hüpfen ließ. »Ja, schon, aber ich dachte, dass du das gebrauchen könntest.«

Elena wusste nicht, was sie sagen sollte, und richtete ihre Aufmerksamkeit wieder auf das Päckchen. Sie drehte es in ihren Händen, um einen Anfang zu finden. Vergeblich.

»Ich bin nicht so ein Meister im Einpacken.« Jim vergrub seine Hände in den Taschen. »Und es wäre vielleicht besser, wenn du das irgendwo auspackst, wo es keiner sieht.« Wieder sah er sich um. »Ich weiß nicht, wie deine Familie so drauf ist bei so was, und … na ja … wie legal das ist.« Er grinste schief und deutete auf das Geschenk. »Ist zu deiner Sicherheit. Aber lass es am besten in deiner Jackentasche und zeig das nicht so rum, okay?«

»Okay.« Sie lächelte zaghaft. »Danke!«

»Kein Ding. Weißt du … Rick und ich können nicht immer da sein, um auf dich aufzupassen. Und selbst wenn du das dabeihast …« Seine blauen Augen funkelten ernst. »Versuch bitte, so wenig wie möglich allein im Dunkeln herumzulaufen, ja? Ich hab mich umgehört. So ungefährlich ist es hier bei euch gar nicht. Vor allem wegen der Meth-Touristen.«

Elena hob die Augenbrauen. »*Was* für Touristen?«

Ein halb unsicheres, halb spöttisches Lächeln umspielte Jims Lippen. »Mann, du bist echt behütet aufgewachsen. Ist dir nie aufgefallen, dass ihr ungewöhnlich viele Fremde in der Gegend habt, die sich aber kaum auf den Straßen blicken lassen, sondern irgendwo im Wald verschwinden?«

Elena riss die Augen auf. »Du meinst, die kommen extra her, um Drogen zu nehmen?«

Jim sah sie einen Augenblick lang an und sein Blick wechselte vom Spöttischen hin zu etwas, das sie beinahe als sehnsüchtig bezeichnet hätte. »Du bist wirklich in einer guten Familie groß geworden. Sei dankbar dafür.« Er schenkte ihr noch ein Lächeln, dann verschwand er wieder im Wohnzimmer.

Elena blieb ein wenig perplex zurück, dann sah sie auf das Päckchen in ihren Händen. Die Neugier überwog und sie lief nach oben in ihr Zimmer, um es ungestört zu öffnen. Das war gar nicht so einfach; Jim hatte wirklich nicht an Tesafilm gespart. Grinsend bemerkte sie erst jetzt, dass das Papier mit Tannenzweigen und Weihnachtskugeln bedruckt war. Wahrscheinlich hatte er das erstbeste genommen, das er bei Grace gefunden hatte. Sie nahm die Schere zu Hilfe und nach einigen Versuchen schaffte sie es, das Papier zu entfernen.

Was herauspurzelte, hatte sie am wenigsten erwartet. Ein Lippenstift??? Dafür war das Ding aber viel zu groß und zu schwer. Elena drehte den zylinderförmigen Gegenstand in ihren Händen und schnappte dann nach Luft, als ihr klar wurde, was das war: ein Taser!

Und zwar so einer, der zwei Pfeile abschoss und den Gegner auch in einigen Metern Entfernung elektroschockte. Das hieß, sollte sie jemand angreifen, musste er nicht erst in ihre Reichweite kommen, wie bei anderen Modellen.

Verzückt lächelte sie. Er sorgte sich um ihre Sicherheit! Das Kribbeln in ihrem Bauch breitete sich in ihrem ganzen Körper aus.

Vorsichtig strich sie über das schwarze Gehäuse. Da wären ihre Eltern wahrscheinlich wirklich nicht sehr begeistert von. Am besten sie versteckte ihn gleich.

Zurück im Wohnzimmer, suchte sie Jims Blick und strahlte ihn an.

Er lächelte leicht und nickte ihr zu, als sie ein tonloses »Dankeschön« in seine Richtung schickte.

Chelsea und Lauren konnten es nicht lassen, Elena immer wieder mit ihrer Schnitzeljagd-Niederlage aufzuziehen. Jim stand vom Tisch auf und gesellte sich zu Rick und seinem Vater an den Grill im Garten.

»Auf dein nächstes Steak musst du noch ein bisschen warten, Jim. Es sei denn, du willst es blutig.« Mr Anderson grinste ihn an. »Ich hab es nämlich am liebsten noch quiekend.«

»Dad, das ist eklig!« Rick schüttelte sich. »Sei froh, dass Mrs Pettigrew nicht hier ist, sonst hättest du dir jetzt einen Vortrag zum Thema Tierschutz anhören müssen.«

Ricks Vater lachte. »Da bin ich in der Tat froh drüber. Hier, übernimm mal kurz, ich hole einen Topf für die fertigen Steaks.« Er reichte Rick die Grillzange und verschwand im Haus.

Rick wendete eines der Steaks und drehte es daraufhin wieder um, da es noch ziemlich *blutig* aussah. »Reden die dort drin immer noch über die Schnitzeljagd?«, fragte er.

Jim nickte. »Elena war sich echt sicher zu gewinnen, oder?«
Rick grinste. »Umso witziger ist es, dass wir gewonnen haben. Aber sie wird sich schon wieder beruhigen.«

Jim zweifelte nicht daran. Eine Frohnatur wie Elena blieb nie lange beleidigt und er hatte das Gefühl, dass sein Geschenk für sie ihre Laune möglicherweise zusätzlich ein bisschen gehoben hatte.

Die Terrassentür öffnete sich und eine ältere, muskulösere Version von Rick trat grinsend zu ihnen nach draußen.

»Danny!« Rick drückte Jim die Grillzange in die Hand und ließ sich von dem Schrank von einem Mann in eine kräftige Umarmung ziehen. Das musste also der große Bruder sein.

»Happy Birthday, Rick! Ich hoffe, du lässt meine Steaks nicht anbrennen.«

Rick nahm die Zange wieder an sich und wandte sich dem Grill zu. »Ach was, ich bin Profi.«

Ohne aufzuschauen, stellte er sie einander vor: »Jim, das ist mein Bruder Danny. Und Danny, das ist mein Kumpel Jim.«

Danny reichte ihm die Hand und Jim schlug ein. »Schön, dich kennenzulernen. Ich bin froh, dass du darauf achtest, wie der vermeintliche Profi hier mit meinen Steaks umgeht.«

Jim grinste und warf einen kritischen Blick auf das Fleisch. »Quiekt immerhin nicht mehr.«

Danny lachte schallend und schlug ihm auf die Schulter, was Jim zusammenzucken und fast in die Knie gehen ließ.

»Der war gut, Mann!« Danny grinste und Jim musste unwillkürlich an Rico denken. Er wäre jetzt etwa so alt wie Danny.

»Was machst du so in deiner Freizeit, Jim?«, fragte er und bedeutete Rick, das Fleisch zu wenden.

»Ich programmiere oder mache Sport.«

»Wow! Also hast du Ahnung von Informatik und so?«

»Kann man so sagen.«

Rick schnaubte. »*Kann man so sagen*. Der Junge ist unglaublich, Danny, das sage ich dir! Jim kann sich locker irgendwo reinhacken und hinterlässt dabei überhaupt keine Spuren. Weißt du, was er einmal mit Brians Handy gemacht hat?«

»Rick!« Jim schoss ihm einen warnenden Blick zu. »Das muss nicht jeder wissen.«

»Ach, komm schon. Das war echt beeindruckend! Nicht ganz legal vielleicht, keine Ahnung, aber auf jeden Fall waren Elena und ich dir sehr dankbar.«

Danny schaute von einem zum anderen und schüttelte den Kopf. »Ich weiß ja nicht, worum genau es geht, aber ich hoffe, ihr bringt euch nicht in Schwierigkeiten damit.«

»Mach dir keine Sorgen, Bruderherz. Da passiert schon nichts.«

Rick und Danny alberten noch etwas herum, bevor ihr Vater herauskam und den Posten am Grill wieder einnahm.

Jim folgte den Brüdern ins Haus und beobachtete die Leute um sich herum. Fröhliche Feiernde, die keinen Alkohol und keine Drogen brauchten, um Spaß zu haben. Eine Familie, die halbwegs funktionierte und sich liebte. Freundschaften, die nicht auf dem *»do ut des«-Prinzip* basierten, bei dem man dem anderen nur Gutes tat, wenn man ihm etwas schuldete. Nein, diese Freundschaften waren bedingungslos.

Jim dachte daran, wie Rick in den letzten Wochen zu ihm gehalten hatte und ihm ein Freund geworden war, obwohl er versucht hatte, sich dagegen zu wehren. Unwillkürlich musste er lächeln. Gegen so einen sturen Freund kam man nicht an. Vielleicht war es mit solchen Menschen ja wirklich möglich, einen Neuanfang zu machen.

16

Das *Barry's* war an diesem Donnerstagabend voller als gewöhnlich.

Elena kam grinsend zu Rick und Jim an den Stehtisch. »Na, was darf's denn bei euch sein?«

»Das Übliche«, grinste Rick zurück. »Die Schürze steht dir übrigens gut.«

Sie drehte sich einmal im Kreis. »Ich weiß, danke! Ich habe den Job hier auch echt vermisst. Du könntest aber mal neue Cocktails ausprobieren. Es gibt tausend bessere als deinen geliebten Virgin Colada! Außerdem ist der so einfach, dass du den auch zu Hause machen könntest!«

Rick hob die Hände. »Wenn du mir einen zu Hause machst, dann nehme ich heute mal was anderes! Was gibt es denn noch so?«

Elena verdrehte die Augen, schnappte sich die Getränkekarte mit den alkoholfreien Drinks, die vor den Jungen auf dem Tisch stand, und hielt sie Rick unter die Nase. »Und du, Jim?«

Er starrte auf die Tischplatte, ohne zu reagieren.

Rick winkte vor seinem Gesicht hin und her. »Der ist ganz woanders!«

Jim sah auf. Als er die wartende Elena sah, biss er sich auf die Unterlippe. »Ähm, ich … weiß nicht.«

»Kein Problem, ich komme einfach in ein paar Minuten wieder.« Elena verschwand in der Menge.

Rick wandte sich an Jim. »Ist irgendetwas nicht in Ordnung? Du wirkst so … abgelenkt.«

Jim hob eine Augenbraue und warf ihm diesen missbilligenden Blick zu. »Was soll das denn heißen?«

Rick zwang sich, nicht auszuweichen. »Na ja, so neben der Spur. Als ob irgendwas passiert ist. Du warst schon heute in der Schule nicht richtig da. Was ist denn los?« Als Jim ihn nur anstarrte, seufzte Rick. »Komm schon, Mann. Ich kenne dich schon ziemlich gut, und –«

»Rick, jetzt mach mal keinen auf Psychologen, klar? Du kennst mich nicht, du kennst mich nicht einmal *annähernd*. Tu nicht so, als würdest du mich verstehen, okay?«

Rick öffnete den Mund, um noch etwas zu sagen, aber Jim wandte sich genervt ab. Da war er ihm wohl wieder zu nahegetreten. Aber das war doch eine ganz normale Frage gewesen, oder nicht? Er beobachtete Jim aus den Augenwinkeln. Er sah sichtlich nervös aus, schaute sich immer wieder um und trommelte mit den Fingern auf die Tischplatte.

Rick atmete tief durch und richtete seinen Blick auf die Speisekarte.

Als Elena kam und ihre Bestellung aufnahm, hatte er sich einen fruchtigen Shake mit Himbeeren und Minze ausgesucht. Jim lächelte Elena nur an und sagte, sie solle ihn überraschen; dann fing er an, auf seinem Handy herumzutippen. Rick hielt es für das Beste, ihn einfach in Ruhe zu lassen. Ganz offensichtlich wollte er nicht darüber reden.

Elena kam kurz darauf mit den Getränken und sah fragend von einem zum anderen. Rick hob leicht die Schultern und sie ging wieder, ohne weiter nachzufragen.

Plötzlich fegte Jim seinen Cocktail in einer ungeschickten Handbewegung zu Boden. Erschrocken bückte er sich. »Oh, oh Mann, Mist, tut mir leid!« Er begann, die Scherben aus der Pfütze zu sammeln. Rick hockte sich neben ihn; Jims Blick streifte ihn flüchtig. War es Panik, die darin aufgeblitzt war?

»Hey, kein Ding. Passiert doch jedem mal. Warte, gib mir die Scherben, dann hol ich gleich etwas zum Aufwischen.«

Rick ließ Jim am Boden kniend zurück und bahnte sich einen Weg zur Küche. Als er die Scherben entsorgt hatte, rief er nach seiner Schwester. Sie kam und drückte ihm eine Rolle Papiertücher in die Hand.

»Ich komme gleich mit einem Lappen!«, rief sie ihm hinterher.

Als Rick zum Platz zurückkam, war Jim verschwunden. Verwirrt sah Rick sich um, konnte ihn in dem Gedränge jedoch nicht entdecken. Er runzelte die Stirn. Was war nur los mit diesem Kerl? Rick machte sich daran, den verschütteten Cocktail aufzuwischen.

»Wo ist Jim denn hin?«, fragte Elena, als sie zu ihm stieß.

»Du, ich hab keine Ahnung, was der heute Abend hat. Der ist schon die ganze Zeit voll abwesend gewesen und irgendwie nervös.«

Schnell war das Getränk aufgewischt. Rick folgte seiner Schwester und setzte sich an einen frei gewordenen Platz an der Theke. Elena verschwand in der Küche und Rick holte sein Handy hervor. Er überlegte, ob er Jim eine Nachricht senden sollte.

Aber vielleicht wollte er auch einfach in Ruhe gelassen werden.

Eine Meldung zog Ricks Aufmerksamkeit auf sich – eine E-Mail mit dem Betreff »dringende Terminanfrage« befand sich in seinem Posteingang. Er zog die Stirn kraus und tippte darauf.

Sehr geehrter Mr Anderson,
wir bitten um Rückmeldung, ob das Treffen für ein Interview heute um 18 Uhr stattfinden kann.
In Ihrer Wettbewerbsbewerbung erwähnten Sie, dass der Wasserfall der inspirierendste Ort für Sie war. Gerne wollen wir dort das Interview durchführen, das Sie in die nächste Runde des Wettbewerbs bringen kann.
Mit freundlichen Grüßen
R. Smith, Vorsitzender des Wettbewerbskomitees

Ricks Augen waren beim Lesen immer größer geworden. Interview? Ja, er erinnerte sich, dass diejenigen Kandidaten, die in die engere Auswahl für den Kunstwettbewerb gezogen wurden, interviewt werden sollten. Ein aufgeregtes Kribbeln breitete sich in ihm aus. Zählte er also zu den Besten? Hatte er eine E-Mail verpasst? Er scrollte weiter runter. Tatsächlich! In seinem Posteingang befand sich eine Nachricht von gestern mit dem gleichen Absender. Er öffnete und überflog sie. Darin stand, dass einige Mitarbeiter des Wettbewerbs gerade in der Gegend waren und sich überlegt hatten, die Gelegenheit für das Interview zu nutzen, da sein Beitrag sehr vielversprechend sei.

Sein Herz klopfte wie wild. Wann wollten die kommen? 18 Uhr? Ein Blick auf die Uhr und der Schock machte sich breit. Es war bereits 17:47 Uhr! Er brauchte mindestens zwanzig Minuten bis nach Hause und von da noch einmal knappe zehn zum Wasserfall! Er sprang auf und verließ überstürzt das Gebäude. Wieso hatte er ausgerechnet heute seine Inliner nicht dabei?

Draußen blieb er stehen und wählte mit zitternden Fingern die angegebene Handynummer. Nach dem dritten Klingen meldete sich jemand.

»Ja, hier Rick Anderson. Ich habe Ihre E-Mail gerade erst gelesen. Ich kann aber in einer halben Stunde am Wasserfall sein! Wäre das in Ordnung, wenn ich … wenn Sie kurz warten würden?«

»Aber sicher doch!«, meinte die sympathische Männerstimme am anderen Ende der Leitung. »Mein Team und ich sind bereits am Wasserfall und genießen die herrliche Aussicht. Bleiben Sie ganz ruhig, wir haben den ganzen Abend Zeit.«

Rick bedankte sich stammelnd und machte sich, so schnell es ging, auf den Weg.

Ihm fiel ein, dass er niemandem gesagt hatte, wo er hinging, vor allem nicht Elena. Zu Hause angekommen, kritzelte er daher schnell eine Nachricht auf den Block neben dem Telefon, rannte in sein Zimmer und schnappte sich sowohl seine Kamera als auch seinen Zeichenblock. Die Uhr unten im Flur zeigte 18:11 Uhr. Er griff nach seiner Windjacke und eilte aus dem Haus.

Auf dem Waldweg fingen seine Gedanken an zu kreisen. Was

würden sie ihn fragen? Jetzt hatte er sich gar nicht vorbereitet. Er seufzte innerlich. Heute lief aber auch wirklich alles schief! Konnte es überhaupt noch schlimmer werden? Vielleicht könnte er etwas über Gott sagen, über seine wunderbare Schöpfung und dass er ihm das Talent gegeben hatte.

Rick hörte schon das Wasser rauschen und bald darauf lichtete sich der Wald.

Er erblickte drei Männer, die sich bei einer kleinen Felsengruppe niedergelassen hatten und rauchten. Rick blieb stehen. Die drei waren wohl nicht viel älter als sein Bruder Danny, allerhöchstens fünfundzwanzig. Sie trugen ausgewaschene Jeans und abgetragene, dunkle Jacken. Die muskulösen Arme des einen waren komplett mit Tattoos übersät.

Verwirrt tastete Rick nach seinem Handy. Hatte er etwas falsch verstanden? Hier sollte er die Interviewer doch treffen?! Oder waren sie schon längst fort und er hatte alles verpasst? Aber er hatte doch gerade noch mit einem von ihnen telefoniert!

Plötzlich löste sich einer der Männer von der Gruppe, warf seine Kippe auf den Boden und kam auf ihn zu. »Rick Anderson, nehme ich an?«

Rick war überrascht, die Stimme aus dem Telefonat wiederzuerkennen. »Ja genau, der bin ich.«

Der Mann nickte freundlich. »Ich bin Mr Smith und das sind meine Kollegen.«

Die anderen beiden nickten zur Begrüßung, standen aber nicht auf.

Der eine zeigte auf die Mappe. »Darf ich mir die mal ansehen?«

»Klar doch.« Rick händigte ihm seine Bilder aus. Das oberste zeigte Elena; es war eine Skizze, die er an ihrem Geburtstag angefangen hatte.

Mit seinen langen Fingern blätterte der dürre Typ durch die Zeichnungen. »Deine Schwester, oder?«

Rick nickte verwundert.

»Elena, richtig?«

Verblüfft sah Rick zu Mr Smith. »Ja, genau. Woher wissen Sie …?«

»Wir waren sehr gründlich bei den Nachforschungen.« Er holte eine neue Zigarette aus der Jackentasche und zündete sie an. »Liebst du sie?«

»Natürlich liebe ich sie! Sie ist meine Schwester!« Etwas unsicher sah er von einem zum anderen. »Gehört das zum Interview?« Rick fühlte sich immer unwohler. Das war wirklich ganz und gar nicht das Gespräch, das er erwartet hatte.

Mr Smith lächelte nur und zog an seiner Zigarette.

Rick bekam eine Gänsehaut. Was ging hier ab?

Plötzlich klappte der andere Mann die Mappe zu und ließ sie achtlos zu Boden fallen.

»Was soll das?« Rick bückte sich und hob seine Mappe wieder auf, dabei fiel sein Blick auf den dritten Mann. War das eine Waffe hinten in seinem Hosenbund? Er erstarrte mitten in der Bewegung. Wer waren diese Typen?

»Gib mir dein Handy«, sagte Mr Smith plötzlich.

Rick hatte das Bedürfnis, einfach loszurennen. Der Mann schien seinen Blick zum Waldweg richtig zu deuten; in einer schnellen Bewegung ließ er seine Zigarette fallen und schlug ihm in die Magengegend. Rick klappte nach Luft schnappend zusammen und im nächsten Moment wurden ihm die Arme auf den Rücken gedreht. Was passierte hier? Was wollten diese Typen von ihm?

»Ray, check sein Handy.« Mr Smiths Stimme war nun ganz und gar nicht mehr freundlich.

Der Mann, der sich Ricks Bilder angesehen hatte, zog ihm das Handy aus der Hosentasche, presste Ricks Finger darauf, um es zu entsperren, und tippte dann auf dem Display herum. Rick überlegte, ob er um Hilfe rufen sollte, doch im nächsten Augenblick spürte er die Pistole, die er gerade noch gesehen hatte, an seinem Hals.

»Ein Mucks und du bist tot«, flüsterte der Dritte heiser. Er stank so wie Brian, wenn der mal wieder vor der Schule gekifft hatte.

Panik machte sich in Rick breit. In was war er hier hineingeraten? Es musste alles geplant gewesen sein. Die kurzfristigen E-Mails. Die »Nachforschungen«. Keiner würde nach ihm suchen. Keiner wusste, dass er sich mit dem angeblichen Interviewteam treffen wollte, und auf den Zettel für seine Familie hatte er bloß geschrieben, dass er kurz wegmusste. Er hatte ihnen die guten Neuigkeiten später persönlich erzählen wollen.

»Sam, ich hab die Nummer!«, sagte Ray, Triumph schwang in seiner Stimme mit.

Der Schmerz in Ricks Bauch ebbte gerade ein wenig ab, da zerrte der dritte Mann ihn wieder auf die Füße.

»Ray, übernimm hier!«

Ray gab Mr Smith, der wohl Sam hieß, das Handy und packte Ricks Arme. Sam tippte auf Ricks Handy herum, hielt es sich ans Ohr und starrte dann wie gebannt zum Waldweg hinüber.

»Chase, pack die Waffe erst mal weg.«

Der dritte Mann sah Ray finster an, ohne auf die Bemerkung einzugehen. Dann fing er an, ungeduldig auf und ab zu gehen, wobei er die Pistole achtlos hin und her schwang, was Rick noch nervöser machte.

Sonst bewegte sich nichts. Nur das Wasser rauschte unaufhaltsam an ihnen vorbei und stürzte einige Meter weiter in die Tiefe. Im Westen ging die Sonne unter und tauchte die Schlucht in ein orangefarbenes Licht. Diese Szene und das Zwitschern der Vögel passten einfach nicht zusammen.

Ich muss träumen, dachte Rick. *Das ist einfach nicht real. Das ist nicht echt.*

Doch der Schmerz in seinen Armen sagte ihm etwas anderes. Dies war bitterer Ernst. Und er war mittendrin.

Er fing an zu beten.

Panik durchströmte ihn, aber Jim versuchte, einen kühlen Kopf zu bewahren. Vielleicht war die Sache ja nicht so dramatisch, wie er dachte. Sein Bauchgefühl sagte ihm jedoch etwas ganz anderes.

Er fühlte sein Herz hart gegen die Brust schlagen, seine Lungen schrien nach Sauerstoff. Doch er dachte nicht einmal daran, stehen zu bleiben, um Atem zu schöpfen.

Der Abend hatte schon so komisch angefangen. Irgendwie war er den ganzen Tag nervös gewesen und ihm war klar, dass Rick sich deswegen schon wieder Sorgen machte. Aber seit die App auf seinem Handy ihn darüber informiert hatte, dass es einen Zugriff auf seinen PC gegeben hatte, war das flaue Gefühl in seinem Magen stärker geworden. Das war alles andere als gut. Es bedeutete womöglich, dass sie ihn gefunden hatten.

Die Siedlung tauchte auf und Jim bremste ein wenig ab. Vorsichtig sah er sich um, als er durch die Straßen joggte, konnte aber nichts Ungewöhnliches entdecken. Er fand das Haus der Dunlaps leer vor und erinnerte sich, dass Walter und Grace zum Essen eingeladen waren.

Eilig setzte er sich an den Computer und schaltete das Gerät ein. Ungeduldig wartete er, bis der Rechner hochgefahren war. Er war viel schneller, seit Jim ein neues Betriebssystem installiert hatte, aber heute war er ihm immer noch zu langsam.

Hatte er die Haustür gerade abgeschlossen? Jim hastete zurück und drehte den Schlüssel herum.

Dann setzte er sich an die Tastatur und begann, auf ihr herumzuhämmern. Er musste unbedingt herausfinden, wer sich da Zugang zu seinem Computer verschafft hatte. Mit jeder Spur, die er fand, wuchs seine Panik. Er kannte diese Handschrift. Der Typ war gut darin, seine Spuren zu verwischen, aber Jim bekam mehr und mehr das Gefühl, dass derjenige am anderen Ende sogar wollte, dass Jim ihn erkannte. Es fiel ihm nicht schwer. Die Tricks, die der Typ benutzte, waren die, die er Jim beigebracht hatte.

Ray.

Von einer Minute auf die andere brach seine Welt in sich zusammen – schon wieder. Darauf war er nicht vorbereitet gewesen. Nicht jetzt, wo er angefangen hatte, ein normales Leben zu führen.

Jim sprang auf und rannte in sein Zimmer, wo er eilig begann, seine persönlichen Sachen in seinen Rucksack zu stopfen. Seine Gedanken rasten. Wo konnte er hin? Waren sie schon hier, in der Stadt? Wusste Alec etwas darüber? Alec! Er musste ihn informieren! Jim hatte die Nummer schon in sein Handy getippt, als er sich an den Kopf fasste und verhalten fluchte. Wenn er einen Anruf tätigte, würden sie ihn sofort haben. Aber vielleicht konnte er eine Textnachricht riskieren … eine ganz unverbindliche, aber deutliche.

Ich muss weg, schrieb er und schaltete das Gerät sofort aus, nachdem die Nachricht versandt war. Ihm wurde klar, dass er jetzt nicht mehr erreichbar war, aber Alec war klug. Er würde schon wissen, wo er Jim finden würde.

Er durfte bloß nicht nachdenken. Nein. Wenn er darüber nachdachte, was jetzt alles passieren konnte … Ungewollte Bilder schossen in seinen Kopf und er wünschte sich Grace' beruhigende Stimme herbei, die den Albtraum verscheuchen konnte.

Doch dies war kein Traum.

Jim zwang sich, ruhig zu atmen. Er musste ja nicht gleich das Schlimmste annehmen, oder? Der Zugriff hatte erst vor zwei oder drei Tagen stattgefunden. So schnell konnten sie nicht hier sein.

Oder?

Er verfluchte diese veraltete Technik, mit der er sich hier herumschlagen musste. Aber es lag auch an seinem Programm, dass die Meldung verspätet eingetroffen war. Daran musste er so bald wie möglich arbeiten.

Er lief in die Küche und packte ein paar Lebensmittel ein. Er konnte nicht im Haus bleiben. Er würde Grace und Walter nur in Gefahr bringen. Wo sollte er hin? Zum Steinbruch? Runter zum Camp? Nein, da waren ja die Urlauber. Vielleicht sollte er sich einfach irgendwo in den Wald schlagen, abseits der Wege.

Unschlüssig stand Jim vor dem offenen Kühlschrank. Sollte er nicht auf Grace und Walter warten? Er musste sich von ihnen verabschieden. Hier konnte ihm doch nichts passieren! Der Nachbar Mr Wilson mähte gerade seinen Rasen und seine Frau war am Blumenbeet zugange, außerdem war es früher Abend. Sie wären nicht so blöd, vor so vielen Zeugen …

Mit einem Knall schloss er den Kühlschrank. Er durfte die Gedanken, was alles passieren würde, wenn sie ihn hier erwischten, nicht zulassen. Er öffnete die Schublade, wo Grace Kochbücher und Notizzettel aufbewahrte. Er nahm einen Kugelschreiber und kritzelte eine Nachricht hin:

Liebe Grace, Walter,
es tut mir leid, dass es so kommen musste.
Aber ich muss hier weg.
Danke für alles.

Zögernd sah er auf die schwarzen Linien und überlegte, ob er noch etwas hinzufügen sollte, doch er wusste nicht, was. Also beließ er es dabei und unterschrieb mit einem J.

Ihm wurde plötzlich bewusst, dass er Traurigkeit fühlte, bei dem Gedanken, dass er sich nicht von Grace und Walter verabschieden konnte. War er nicht genug auf Abstand gegangen? Grace hatte sich einfach in sein Herz geschlichen. Und Walter … Walter war inzwischen dabei, das für ihn zu werden, was einem Vater am nächsten kam. So ähnlich hatte er sich immer eine Familie vorgestellt. So oder wie bei den Andersons.

Jim ging zurück in sein Zimmer und fing an, auf und ab zu laufen. Die Bilder drangen wieder in sein Bewusstsein: das Auto, das in die falsche Straße einbog und vor dem ihm sehr bekannten Club hielt. Das Geräusch der Zentralverriegelung, das ihm die letzte Möglichkeit zur Flucht nahm. Die drei Gestalten, die aus dem Zwielicht traten.

Jim schüttelte den Kopf, doch die Ereignisse liefen wie ein Film vor seinen Augen vorbei. Die unerwartete, winzige Chance, in den Park zu flüchten. Und trotzdem hatten sie ihn erwischt.

Er rammte seine Faust in den Boxsack. Er wusste, dass die Ärzte und Therapeuten vermuteten, dass er nicht alles wusste; dass sie annahmen, dass er nicht viele Erinnerungen an die Nacht hatte. Aber er erinnerte sich an jede einzelne Minute. An Ricos letzte Momente. Wie Sam ihm zugeflüstert hatte, dass Alysha tot war … Wie er selbst gehofft, ja sogar gebetet hatte, einfach nur sterben zu können. Doch der Tod war ihm in jener Nacht nicht vergönnt gewesen. Stattdessen war er zum Gejagten geworden.

Jim schloss die Augen, nur um sie erschrocken sofort wieder zu öffnen. Die Bilder waren zu real.

Er versuchte, sich zu sammeln. Was brauchte er noch? Ach so, seine Wurfmesser! Das Paket hatte er in Eile hinter den Kisten mit der Weihnachtsdekoration versteckt. Wieso hatte er nicht schon früher daran gedacht? Er lief in die Garage und zog das Päckchen hervor. Zurück in seinem Zimmer hielt er die glänzenden Klingen prüfend ins Licht. Doch, die Verarbeitung war gut, auch das Gewicht war richtig verteilt. Perfekt ausbalanciert. Er visierte eine leere Getränkedose auf seinem Schreibtisch an und warf. Mit einem lauten Scheppern landete sie auf dem Boden und Jim konnte sich ein Lächeln nicht verkneifen. Er konnte es immer noch! Er probierte es aus verschiedenen Distanzen und Winkeln und traf jedes Mal.

Gerade hatte er die Wurfmesser verstaut, da klingelte das Telefon. Jim warf einen unschlüssigen Blick darauf und fragte sich, ob er drangehen sollte. Vielleicht war es Alec, der ihn auf seinem Handy nicht erreichen konnte und deswegen den Festnetzanschluss anrief.

»Bei Dunlaps«, meldete er sich.

»Hey, Kleiner.«

Der Klang der nur allzu vertrauten Stimme entzog ihm schlagartig alle Kraft und er sank zu Boden.

Das konnte nicht sein.

»Du kommst besser zum Wasserfall. Wir haben noch eine Rechnung zu begleichen. Oder soll dein Freund hier zahlen?«

Bei diesen Worten hörte er Rick schmerzerfüllt aufstöhnen.

»Du hast zehn Minuten.« Dann wurde die Verbindung unterbrochen und das monotone Piepen erklang.

Jim starrte an die Wand, unfähig, sich zu bewegen, und wünschte sich, irgendjemand würde sich nur einen makabren Scherz erlauben. Doch er wusste es besser.

Er war da.

Und er hatte Rick in seiner Gewalt.

Die Verzweiflung und die Panik machten einem anderen, mächtigeren Gefühl Platz. Hass. Bodenlos, grenzenlos. Es jagte durch seine Venen und verstärkte sein Vorhaben, das in seinem Kopf Form annahm.

Er würde es nicht zulassen. Nicht noch einmal. Er war nicht mehr so hilflos, nein! Er würde ihn da rausholen. Rick würde nicht diesen Preis für seine Freundschaft zahlen!

Jim schalt sich selbst, dass er sich so sehr auf ihn eingelassen hatte. Aber hatte er sich nicht gewehrt, nicht um sich geschlagen? Doch Rick war davon völlig unbeeindruckt gewesen. Er hatte ihm immer wieder die Hand gereicht, bis er sie nicht mehr weggeschlagen, sondern ergriffen hatte.

Jim fluchte und knallte das Telefon zurück auf die Ladestation. Er hätte wissen müssen, dass so etwas passieren würde.

Hastig zog er sich seine Lederjacke über, schulterte seinen Rucksack und nahm seinen privaten Hinterausgang durch das Fenster. Er rannte auf den Waldweg, den er schon öfter mit Rick gegangen war.

Als er das Rauschen der Wassermassen vernahm, schlug er sich ins Unterholz. Er durfte jetzt nicht den Kopf verlieren. Langsam näherte er sich dem Fluss und beobachtete aufmerksam die Gegend. Es dämmerte bereits und besonders unter den Bäumen war es schon ziemlich dunkel.

Da! Stimmen waren zu hören. Jim meinte, Rick zu erkennen. Er schob seinen Rucksack unter einen Busch. Nach kurzer Überlegung ließ er die Jacke von seinen Schultern gleiten und breitete sie darüber. Sie würde ihn nur in seiner Bewegungsfreiheit einschränken. Langsam schlich er zur Lichtung. Jetzt konnte er deutlicher hören, was gesagt wurde.

»Und wenn er nicht kommt?«

»Er kommt.«

Die Stimme jagte ihm eine Gänsehaut über den Rücken und seine Nackenhaare stellten sich auf. Nur mühsam unterdrückte er die Panik, während er sich langsam vorwärtsschob.

Der Wald lichtete sich langsam; er sah eine Gestalt, die suchend an dessen Rand auf und ab ging und in das düstere Dickicht starrte.

Chase.

Hätte er doch das Jagdgewehr von Walter mitgenommen! Er hätte die drei locker aus dem schützenden Wald heraus erledigen können. Wenn er denn schießen könnte.

Da stand Sam. Regungslos zum Waldweg starrend, ausharrend. Ray hielt Rick fest umklammert, der vergeblich versuchte, seine Angst zu verbergen. Es schien, als hätten sie sich kaum verändert, doch er wusste, dass besonders die Jahre im Gefängnis ihre Spuren an ihnen hinterlassen hatten.

Es war Zeit. Jim atmete tief durch und tastete nach seinen Messern.

Dann erhob er sich.

Rick fühlte sich, als wäre er in eine Rolle in einem schlechten Film geschlüpft. Er war wie ein kopfloses Huhn losgerannt, ohne darüber nachzudenken, jemandem Bescheid zu geben. Wenn er jetzt an die seltsamen Umstände der Nachrichten dachte, war es doch so klar, dass da etwas nicht gestimmt hatte!

Der Griff von dem Typen namens Ray war trotz seiner hageren Gestalt unerwartet eisern; Rick hatte seine Fluchtversuche aufgegeben. Seine Angst wuchs. Was wollten die von Jim? Woher wussten sie, dass sie befreundet waren?

Sam stand bewegungslos da; mit unbeweglicher Miene starrte er zum Wald.

Das flaue Gefühl in Ricks Magen steigerte sich mit jeder Minute, die verstrich, so sehr, dass ihm schon richtig schlecht war.

Chase fing an, nervös an der Waffe herumzunesteln.

Rick betete, dass irgendjemand seinen überstürzten Aufbruch aus dem *Barry's* bemerkt und Elena Bescheid gegeben hatte. Doch das war ziemlich unwahrscheinlich, so voll, wie es heute gewesen war. Er bemerkte, wie seine Knie zu zittern anfingen. Warum hatten die eine Pistole dabei? Sicher doch nur zur Abschreckung, oder? Sie würden doch nicht …? Und warum hatten sie ihn hierhergelockt und geschnappt? Wollten sie etwa einen Zeugen, bei was auch immer sie vorhatten? Er versuchte, nicht daran zu denken, was mit all den Zeugen in den Krimis passierte, die seine Mutter so gerne schaute.

Da tauchte er auf. Von einem Moment auf den anderen schoss Jim aus dem Gebüsch und trat dem vollkommen überraschten Chase die Waffe aus der Hand. Er schlug ihm in die Magengegend, gegen den Kehlkopf und dann, mit einer schnellen Drehung mit dem Fuß, gegen den Kiefer.

Chase klappte stöhnend und röchelnd in sich zusammen. Rick hörte Ray hinter sich fluchen und der Griff um ihn verstärkte sich.

Ein Lächeln erschien auf Sams stahlhartem Gesicht, als Jim sich langsam aus seiner geduckten Position erhob.

»Da ist er ja.«

Jim trat langsam aus dem Wald auf die Lichtung, sein Blick flackerte zwischen Sam, Chase und Rick hin und her.

»Du bist aber groß geworden.«

Das Lächeln auf Sams Gesicht verwirrte Rick. Er redete, als wäre er Jims lieber, lang verschollener Cousin. Dieser jedoch starrte Sam mit einem Hass an, der Rick einen Schauer über den Rücken jagte.

Ohne den Blick von Sam zu lösen, sagte Jim: »Ray, lass ihn los.«

Tatsächlich spürte Rick, wie Rays Griff sich lockerte. Aber nur kurz. Jetzt sah Jim zu ihnen herüber und ihre Blicke kreuzten sich flüchtig. Ricks Angst spiegelte sich in Jims Augen wider.

»Lass ihn gehen!«

»Nicht in diesem Ton, Kleiner.«

Jims Kopf fuhr herum. »Du hast keine Macht mehr über mich«, zischte er.

Sams Lächeln verzog sich zu einer undefinierbaren Grimasse. »Beweis es.«

Etwas blitzte in Jims Hand auf und mit einem unheimlichen Schrei stürzte er sich auf Sam. Rick brauchte einen Moment, um zu verstehen, was Jim da in der Hand hatte. Erschrocken sog er die Luft ein. Er würde doch nicht …?

Sam schien nur einen kurzen Augenblick aus der Fassung geraten zu sein, dann fing er Jims Messerhand ab. Jim reagierte blitzschnell und rammte seine Faust gegen Sams Rippen. In der darauffolgenden Schlagabfolge konnte Rick kaum erkennen, wer die Überhand gewann. Ray schien es auch so zu gehen, denn er wurde immer nervöser und seine Hände krampften sich schmerzhaft um Ricks Handgelenke.

Etwas regte sich am Waldrand; Chase hatte sich stöhnend und fluchend aufgerappelt und suchte jetzt im dichten Buschwerk nach der Waffe. Ein Warnruf formte sich in Ricks Lunge, doch was, wenn er Jim dadurch ablenkte und Sam das ausnutzen würde?

Dann geschahen mehrere Dinge fast gleichzeitig. Chase hatte die Pistole gefunden und stürzte damit aus dem Gebüsch. Sam war für einen winzigen Moment abgelenkt; Jim nutzte die Gelegenheit und riss seine Hand hoch. Ein blutiger Schnitt zog sich durch Sams Gesicht, vom Mundwinkel hoch bis fast zum Haaransatz. Sam schrie gequält auf, taumelte zurück und hielt sich die Wange.

Ein Schuss zerriss die Luft.

Die Szene erstarrte.

Ein dunkler Fleck zeichnete sich auf Jims Pullover ab. Er sackte auf die Knie und rang nach Luft. Sam drehte sich zu Chase um, der die Waffe immer noch ausgestreckt auf Jim gerichtet hielt.

»Was soll das?«, brüllte Sam ihn an.

Die Selbstsicherheit wich aus Chase' Gesicht und er ließ die Pistole sinken. »Er hätte dir gerade fast das Messer in den Hals gerammt!«

Der Schock, der Rick lähmte, ließ keinen Verzweiflungsschrei zu. Wie gebannt starrte er auf Jim, der mit schmerzverzerrtem Gesicht versuchte, wieder auf die Beine zu kommen. Der dunkle Fleck wurde schnell größer und Jim presste eine Hand auf seine Seite.

Ihre Blicke trafen sich. Eine Entschuldigung lag darin, eine Bitte um Vergebung. Rick wollte etwas sagen, irgendetwas. Dass er ihn nicht beschuldigte. Dass schon alles gut werden würde.

Jims Blick veränderte sich, erneut las Rick Entschlossenheit und Hass darin. Mit einem Ruck kämpfte Jim sich hoch und fixierte Sam, der die Waffe an sich genommen hatte und Chase immer noch zusammenbrüllte.

Mit dem Messer in der Linken holte Jim zum Wurf aus.

»Sam, pass auf!«

Sam reagierte auf Chase' Ausruf, entsicherte im Umdrehen die Waffe und drückte ab.

Elena zog sich müde die Schürze über den Kopf und streckte den Rücken durch.

»Genug für heute«, sagte sie lächelnd zu Chelsea, die gerade die Geschirrtücher zum Trocknen aufhängte. »Bin ich froh, dass unsere Schicht zu Ende ist!«

»Ja, es war wirklich anstrengend. Aber es war auch schon lange nicht mehr so voll.«

»Hat aber echt Spaß gemacht! Ich habe das irgendwie auch vermisst.«

»Und wir haben dich vermisst.« Chelsea lächelte sie warm an. »Ich bin froh, dass du wieder zur Teeny kommst, Elena. Weißt du, ich habe jeden Tag für dich gebetet.«

»Oh«, machte Elena. »Danke …« Wie sollte sie darauf reagieren?

Chelsea lächelte wieder, nahm ihr die Schürze ab und warf sie zusammen mit ihrer eigenen in den Wäschekorb. »Komm, gehen wir zu den anderen.«

Die Mädels traten aus der Küche in den Gastraum, wo es immer noch ziemlich voll war. Einige aus der Teeny spielten Karten, andere Dart, Billard oder Tischtennis.

Suchend blickte Elena sich um. »Ich sehe Rick und Jim gar nicht. Ich dachte, die wollten auf mich warten!« Sie ging zu dem Tisch, an dem Nathan und Ben saßen. »Weiß jemand von euch, ob Rick schon gegangen ist?«

»Ich habe ihn nicht gesehen, seit ich da bin.«

»Ich auch nicht.«

»Ich glaube, er ist so kurz vor sechs schon weg gewesen. Auf jeden Fall hat er sich beeilt.«

Etwas verärgert zerrte Elena ihr Handy aus der Hosentasche. Keine Nachrichten oder Anrufe. Was sollte das? Sie ging vor die Tür und wählte Ricks Nummer.

Der gewünschte Gesprächspartner ist zurzeit nicht erreichbar. Bitte hinterlassen Sie eine Nachricht nach dem Signalton.

Elena legte auf, bevor das *Piep* ertönte. Na toll. Wie sollte sie nach Hause kommen? Ihre Eltern waren doch auch unterwegs. Und Jim? Wieso war der schon weg? Ach, der war doch heute sowieso komisch drauf gewesen. Besser, sie ging einfach zu Fuß. Aber es war bereits dunkel und die schwarzen Wolken verkündeten Regen.

Verdrießlich ging sie wieder hinein und gesellte sich zu Chelsea, die sich an einen der Tische gesetzt hatte. »Wie kommst du nach Hause?«

»Meine Schwester holt mich später ab, aber erst in einer Stunde oder so.« Sie deutete auf ihre Tasche. »Ich habe extra Hausaufgaben mitgenommen.«

»Ach, okay.« Elena ging noch mal zum Spieltisch. »Kann mich jemand von euch mitnehmen, wenn er später nach Hause fährt?«

»Klar, kann ich machen!« Nathan lächelte sie an. »Wenn du möchtest, kann ich dich auch jetzt sofort bringen.«

Elena warf einen Blick auf die Uhr. »Ach nein, ich kann warten. Darf ich dann mitspielen?«

Sie zog einen Stuhl heran. In ihrem Kopf formte sich schon eine kleine Schimpftirade für Rick. Er konnte sie doch nicht einfach so sitzen lassen!

Andererseits hatte Jim wirklich zerstreut gewirkt heute. Vielleicht redeten die beiden irgendwo und würden gleich wiederkommen.

Als die Zeiger der Uhr sich auf halb zehn bewegten, wurde Elena unruhig.

Nathan war ihrem Blick gefolgt. »Komm, Elena, ich fahre dich nach Hause. Wenn Rick später noch mal hier auftaucht, sag ich ihm Bescheid.«

Elena lächelte dankbar und erhob sich, da öffnete sich die Tür und Sheriff Dunlap trat ein. Sein Blick schweifte durch den Raum und traf Elenas. Sie lächelte zaghaft, während sie ihre Jacke anzog.

Da schritt er auf sie zu. »Hallo Elena. Hast du Jim gesehen?« Der Ernst in seinen Augen beunruhigte sie.

»Ja, der war heute hier. Jetzt ist er aber schon weg, ich glaub, der ist mit meinem Bruder unterwegs.«

Eine buschige Augenbraue hob sich. »Mit Rick?«

Elena nickte.

»Weißt du, wann die beiden von hier weggegangen sind?«

»Hm, nicht genau.«

»Bitte, Elena.« Der Sheriff trat noch einen Schritt auf sie zu. »Es ist wichtig.«

»Ich … ich weiß nicht.« Hilfe suchend sah sie zu Nathan, der sich jetzt dazugestellte.

»Mr Dunlap, was ist denn los?«

Jims Onkel seufzte und schob seinen Hut zurück. »Wir haben Grund zu der Annahme, dass Jim abgehauen ist.«

»Was?« Elena schnappte erschrocken nach Luft.

»Ja, wir haben zu Hause einen Zettel vorgefunden und sein Rucksack ist auch weg. Mit all seinen persönlichen Sachen.«

»Also«, setzte Nathan an, »Ben meinte, er hätte Rick um kurz vor sechs hier rausgehen sehen, aber allein. Jim war zu dem Zeitpunkt schon nicht mehr da.«

»Aber um halb sechs habe ich den beiden noch Getränke gebracht.« Elena biss auf ihre Unterlippe. »Jim war ziemlich nervös, aber ich dachte nicht, dass er abhauen würde.«

»Die beiden sind also getrennt aufgebrochen?« Sheriff Dunlap sah von einem zum anderen.

Zweifelnd hob Nathan die Hände. »Ich kann es nicht mit Sicherheit sagen, Sie könnten Ben fragen.«

»Das werde ich. Danke für eure Hilfe. Elena, du weißt ja, wenn dir noch etwas einfällt, kannst du mich einfach anrufen.«

Sie nickte und sah Mr Dunlap besorgt hinterher. Dann folgte sie Nathan zu seinem Minivan.

Mittlerweile hatte es stark zu regnen begonnen.

»Hast du mal versucht, Rick anzurufen?«

Elena nickte. »Ja, er geht nicht ran. Sein Handy ist sogar ausgeschaltet.«

Nathan sah sie erstaunt an. »Was? Der schaltet das doch nie aus!«

»Vielleicht ist ja der Akku leer.«

Die Fahrt dauerte nicht lange und Elena starrte gedankenverloren aus dem Fenster. Gerade als sie in ihre Straße einbogen, klingelte ihr Handy. Ihre Mutter war dran.

»Was ist denn los, Mom?«

»Ist Rick bei dir?«

»Nein. Ich bin gleich zu Hause.«

Nathan sah sie fragend an, nachdem sie aufgelegt hatte.

»Rick ist nicht da, aber das dachte ich mir schon.«

»Wieso?«

»Na ja, ich nehme an, die sind irgendwo zusammen unterwegs, er und Jim.«

Nathan parkte den Wagen und sie stiegen beide aus.

Ihre Mutter kam ihnen entgegen, sichtlich aufgeregt. »Wo kann er denn nur stecken?«

»Bis kurz vor sechs war er im *Barry's*. Danach hab ich ihn auch nicht mehr gesehen.«

»Mrs Anderson, kann ich bei irgendetwas behilflich sein?«

Erst jetzt schien ihre Mutter Nathan zu bemerken, der vor den Stufen stehen geblieben war. »Oh, hallo Nathan! Hast du Elena nach Hause gefahren? Das ist nett. Komm doch rein.«

Elena streifte ihre Jacke ab und blieb perplex im Flur stehen, als sie Grace Dunlap unruhig im Wohnzimmer auf und ab gehen sah. »Was ist denn los? Warum sind alle so aufgeregt?« Sie versuchte, ihr eigenes mulmiges Gefühl abzuschütteln.

Ihre Mutter kam aus der Küche und drückte Nathan einen Kaffee in die Hand, der ihn dankend annahm.

»Den hier hat Rick geschrieben.«

Elena sah sich den Zettel an, den ihre Mutter ihr hinhielt.

Bin kurz weg, komme gleich wieder. Macht Euch keine Sorgen! R.

»Was ist so ungewöhnlich daran?«

Grace fuhr sich durch die Haare. »Jim hat einen Abschiedsbrief geschrieben. Und jetzt sind beide Jungen verschwunden. Walter hat mich gerade angerufen und gesagt, dass die beiden zuletzt vor dreieinhalb Stunden gesehen wurden.«

Elena hatte Schwierigkeiten, die Informationen zusammenzufügen. »Heißt das, Jim ist ausgerissen und Rick hinterher, oder was?«

»Das vermuten wir.«

»Sollen wir die beiden suchen gehen? Ich kann ein paar Leute anrufen, die dabei helfen.« Nathan sah fragend in die Runde.

Da erschien Elenas Vater auf dem Treppenabsatz. »Das wird immer seltsamer. Ricks Zeichenmappe ist weg!« Mit schnellen Schritten kam er die Stufen herunter. »Das ergibt alles keinen Sinn!«

»Und sein Handy ist ausgeschaltet«, fügte Nathan hinzu. »Das hat mich sofort irritiert.« Er zog sein eigenes hervor. »Soll ich die Jugendlichen aus der Gemeinde verständigen?«

»Warte damit noch.« Shawn Anderson führte alle ins Wohnzimmer. »Vielleicht machen wir uns wirklich zu viele Sorgen und die beiden sind schon auf dem Weg nach Hause.«

Grace schüttelte den Kopf. »Das glaube ich nicht«, flüsterte sie und Elenas schlechtes Gefühl verstärkte sich. Wusste Grace noch etwas, das sie verschwieg? Elena hielt die Spannung im Raum nicht aus und huschte hoch in ihr Zimmer. Es musste so sein. Sicher wussten Grace und Walter etwas, was sie nicht sagen wollten. Sonst wären sie doch nicht so aufgeregt, dass Rick und Jim nicht da waren! Das passierte in letzter Zeit doch ständig.

Aber der Abschiedsbrief von Jim ergab keinen Sinn. Frustriert ließ sie sich aufs Bett fallen. Rein gar nichts ergab hier einen Sinn!

Als die Türklingel läutete, rannte sie nach unten. Es war Sheriff Dunlap.

»Am besten wir teilen uns in Suchtrupps auf.«

Elena wollte unbedingt helfen und nach kurzer Überredung erlaubte ihr Vater es.

Kurz darauf zogen sie mit Regenzeug, Gummistiefeln und Taschenlampen los; Nathan hatte sich etwas von Dannys alten Sachen geborgt.

Mr Dunlap machte sich mit seinem Hund in Richtung des alten Steinbruchs auf, Nathan wollte den Fußweg zwischen den beiden Städtchen ablaufen und Elena und ihr Vater würden Richtung Wasserfall gehen. Elenas Mutter hatte sich bereit erklärt, sämtliche Leute durchzutelefonieren und nachzuforschen, ob jemand die beiden gesehen hatte oder Näheres wusste. Grace würde nach Hause gehen, falls Jim mit oder ohne Rick wieder dort auftauchte.

Elena und ihr Vater gingen schweigend in den Wald hinein. Nach kürzester Zeit lief das Wasser in Bächen an ihnen herab;

Elena war froh, dass ihre Jacke sie schützte. Ein paar Haarsträhnen klebten nass an ihrer Stirn.

»Dad?«

»Ja, Mäuschen, was ist?«

»Was glaubst du, was passiert ist?«

Ihr Vater warf ihr einen Seitenblick zu. »Was meinst du?«

Elena hob die Schultern. »Sonst war es doch nie ein Problem, wenn die Jungs mal länger weg waren. Und jetzt tauchen zwei komische Nachrichten auf und alle spielen verrückt.«

Ihr Papa stieß hörbar die Luft aus. »Ehrlich gesagt, weiß ich es auch nicht so genau. Aber die Dunlaps sind sehr nervös.«

»Ich wette, die verschweigen uns was.«

Ihr Papa lachte leise. »Du witterst eine Verschwörung?« Dann wurde er wieder ernst. »Ich weiß es wirklich nicht. Wenn sie etwas verschweigen, dann mit gutem Grund, denke ich. Immerhin ist Mr Dunlap dem Gesetz verpflichtet.«

»Und was denkst du dazu, dass Jim abgehauen sein soll?«

Ihr Vater schwieg einen Augenblick lang. Dann antwortete er: »Es würde mich, ehrlich gesagt, nicht wundern. Jim ist ein verletzter, verbitterter Junge, der von seinen Eltern quasi ins Exil geschickt wurde. Und gerade, als er beginnt, sich hier einzuleben, wird er der Brandstiftung beschuldigt. Wie würdest du dich an seiner Stelle fühlen?«

»Hm«, machte Elena. Natürlich hatte sie es für ungerecht befunden, dass Jim beschuldigt wurde, wo doch die eindeutigen Beweise fehlten. Aber wie er sich dabei fühlen musste … Darüber hatte sie sich kaum Gedanken gemacht.

»Und Rick«, fuhr ihr Dad fort, »will ihm ein guter Freund sein. Wenn er herausgefunden hat, dass Jim abhauen will, ist er ihm vielleicht wirklich nachgegangen.«

»Aber das wäre doch gut, oder nicht?«

»Nun ja.« Ihr Vater rieb sich die Nase. »Anscheinend haben die Dunlaps Angst, dass … Jim gewalttätig werden könnte, wenn er sich in die Enge getrieben fühlt.«

»Wie bitte?!« Elena sah ihren Vater entsetzt an. »Jim ist nicht gewalttätig!«

»Elena, denk mal nach. Jim hat sich nicht nur einmal mit den Jungs in der Schule geprügelt.«

»Aber er würde doch niemals Rick etwas antun!«

»Das will ich auch nicht glauben, Elena. Grace hat jedoch auch mal erwähnt, dass er seine Ausbrüche hat, wenn er nicht weiß, wie er mit einer Situation umgehen soll.«

Elena wollte nicht glauben, was sie da gerade hörte. Jim? Gewalttätig? Na gut, er konnte kämpfen. Das hatte sie gesehen. Und er war stark. Aber dass er Rick wehtun würde? Das wollte sie nicht glauben. Ihnen gegenüber war er doch nie so gewesen.

Der Wald lichtete sich langsam und sie hörte die Wassermassen, die in die Tiefe stürzten.

»Dad, wie lange wollen wir eigentlich suchen? Wollen wir den ganzen Wald –«

»Ruhig!«

Erstaunt sah sie ihren Vater an; dieser schien angestrengt zu lauschen.

»Was ist denn? Hast du was gehört?«, flüsterte Elena und ihr Vater nickte zur Antwort.

Suchend ließ er den Strahl der Taschenlampe über die Wiese gleiten. Elena hatte wieder dieses unglaublich seltsame Gefühl im Bauch. Ihr war unheimlich zumute.

Der Lichtstrahl erfasste ein nasses Bündel.

»Dad, was ist das?«

Vorsichtig gingen sie näher.

»Rick!« Die letzten paar Meter rannte ihr Vater und ließ sich neben seinem Sohn auf die Knie fallen. Zusammengekrümmt lag er im hohen Gras; eine blutverkrustete Schramme war unter seinem rechten Auge zu sehen. Bleich und wie im Schlaf bewegte er sich unruhig. Sein Vater packte ihn vorsichtig an den Armen und drehte ihn auf den Rücken.

»Rick! Rick, hörst du mich?« Sanft schüttelte er ihn.

Elena stand zitternd da und ihr schossen Tränen in die Augen. Rick stöhnte auf, als ihr Vater ihn aufrichtete. Als wolle er sich schützen, hob er die Arme vor sein Gesicht.

»Rick, schon gut! Ich bin es, dein Dad!«

Elena konnte ein Schluchzen nicht unterdrücken und presste sich eine Hand auf den Mund.

Endlich schlug Rick die Augen auf und blinzelte ins helle Licht. Ihr Dad gab Elena die Lampe zum Halten. Dann zog er Rick den durchnässten Pullover aus und legte ihm seine Regenjacke über die Schultern.

»Dad?«, krächzte er leise.

Ihr Vater nahm ihn in den Arm. »Schon gut. Alles ist okay. Du bist jetzt in Sicherheit.« Er wiegte den zitternden Jungen hin und her. »Bist du verletzt, Rick?«

Völlig benommen starrte Rick umher.

Dad wiederholte seine Frage. »Tut dir was weh?«

»Alles.« Seine Stimme hörte sich ganz elend an.

Verzweifelt stand Elena daneben und wusste nicht, was sie denken oder tun sollte.

»Versuch mal, dich zu bewegen.« Ihr Vater warf Elena einen Blick zu. »Ruf deine Mom an. Und Walter.«

»Nein!« Rick sah sich panisch um. »Nicht den Sheriff!«

»Warum nicht, Rick?« War das eine Träne, die Rick über die Wange lief? »Ist das Jims Werk? Hat er dich zusammengeschlagen?«

Rick zuckte zurück. Sein Kinn zitterte.

Elena hatte inzwischen mit klammen Fingern ihre Festnetznummer gewählt. Mit stockenden Worten erklärte sie ihrer Mutter, dass sie Rick gefunden hatten und in welchem Zustand er sich befand. Dann suchte sie die Nummer von Walter heraus. Doch wahrscheinlich befand er sich mitten im Wald und hatte ebenfalls kaum Empfang.

»Da geht keiner ran, Dad.«

»Na dann, lass uns nach Hause gehen.« Besorgt sah ihr Dad

zu Rick. »Wirst du laufen können?« Vorsichtig zog er ihn auf die Füße und legte den Arm um ihn.

Rick versuchte ein paar Schritte, doch seine Beine gaben unter ihm nach. Kurzerhand hob Dad ihn auf seine Arme. »Elena, du gehst nebenher und hältst die Lampe. Versuch bitte weiter, Walter zu erreichen.«

Rick hatte den Kopf auf die Schulter seines Vaters sinken lassen und rührte sich kaum noch. Elena musste sich beherrschen, nicht laut loszuweinen. So hatte sie ihren Bruder noch nie gesehen, so hilflos. So schwach. Hatte wirklich Jim das getan? Sie wollte es nicht glauben. Aber andererseits … wer sonst? Brian fiel ihr ein. Aber der war eher auf Jim wütend als auf Rick. Und Jim hatte sich wirklich seltsam verhalten an diesem Abend. Doch er würde doch niemals so aggressiv und brutal werden, dass er ihren Bruder bis zur Bewusstlosigkeit prügeln würde!

Ihr Handy vibrierte und sie schrak zusammen. Sheriff Dunlaps Nummer erschien auf dem Display.

»Habt ihr sie gefunden?«, fragte er atemlos.

»Nur Rick.« Ihre Stimme war heiser.

»Geht es ihm gut?«

Elena stockte kurz. »Nein.« In kurzen Worten erklärte sie, wo sie ihn gefunden hatten und dass sie jetzt auf dem Weg nach Hause waren. Sheriff Dunlap versprach, so schnell wie möglich zu kommen.

Als sie auf dem Waldweg waren, kam ein Paar Scheinwerfer auf sie zu. Mom stieg aus und lief ihnen entgegen. Erschüttert starrte sie Rick an, der immer noch vollkommen benommen war.

»Wie konnte das nur passieren?«, fragte sie fassungslos. Schnell stieß sie die hintere Autotür auf und Dad verfrachtete Rick vorsichtig auf den Rücksitz. Mom setzte sich zu ihm und hüllte ihn in Decken, während sich Dad hinters Lenkrad setzte. Elena rutschte auf den Beifahrersitz und so fuhren sie den dunklen Weg zurück.

Niemand sagte etwas. Elena starrte in den finsteren, nassen

Wald und fragte sich, ob Jim vielleicht irgendwo unter einer Tanne hockte und darauf wartete, dass der Regen aufhörte.

»Elena, Schatz.« Die Stimme ihrer Mutter riss sie aus ihren Gedanken. »Ruf Dr. Garden an und bitte ihn, zu uns nach Hause zu kommen.«

Elena zog ihr Handy wieder hervor und ihre Mutter diktierte ihr die Nummer.

Sie brauchte ein paar Anläufe, bis sie dem Hausarzt erklärt hatte, worum es ging. Er versprach, sofort loszufahren.

Fast gleichzeitig kamen sie an ihrem Haus an. Ihr Vater trug Rick hoch in sein Zimmer, wo Dr. Garden ihn untersuchen wollte. Elena wurde unter die heiße Dusche geschickt. Im Bad drehte sie das Wasser auf und ließ ihren Tränen freien Lauf.

Als Elena aus dem Bad und in ihr Zimmer kam, saß ihre Mutter auf ihrer Bettkante. Sie lächelte Elena traurig an.

»Alles in Ordnung, Schatz?«

Elena drehte ihrer Mutter den Rücken zu, öffnete ihre Schranktür und tat, als würde sie fieberhaft nach einem sauberen Pullover suchen. Mom sollte ihr verweintes Gesicht nicht sehen.

»Ja«, antwortete sie, doch ihre zitternde Stimme strafte sie Lügen. Sie hörte, wie ihre Mutter aufstand und hinter sie trat.

»Das war ein sehr schwieriger Tag für uns alle heute.« Mom seufzte schwer und drehte sie sanft zu sich herum. »Bis auf einige Prellungen und Schrammen scheint Rick unverletzt zu sein. Dr. Garden hat ihm ein Schlafmittel gegeben und wird morgen noch einmal vorbeikommen.« Sie musste Elenas zweifelnden Blick gesehen haben, denn sie zog sie mit zur Tür. »Schau ruhig bei ihm rein.«

Ricks Zimmertür war nur angelehnt und ihre Mutter öffnete sie einen Spaltbreit. Rick sah immer noch sehr blass aus und ein paar feuchte Strähnen hingen ihm in die Stirn. Seine Lippe war ein wenig geschwollen und auch sein rechtes Auge, unter dem ein dickes Pflaster klebte.

Elena musste schlucken.

»Mom, denkst du wirklich, dass … dass Jim das gewesen ist?«

»Ich will es nicht denken, aber es gibt keine andere logische Erklärung.« Ihre Mutter zog die Tür wieder zu und dirigierte ihre Tochter zurück in ihr Zimmer. »Ich hoffe immer noch, dass Rick morgen ansprechbar ist. Der Arzt meinte, dass er vielleicht noch eine Erkältung bekommen könnte; je nachdem, wie lange er da draußen in der Kälte gelegen hat.«

Elena ließ sich resigniert auf ihren Stuhl fallen. »Ich verstehe das alles nicht, Mom.«

»Ich auch nicht, mein Schatz. Aber du kannst jetzt nichts anderes mehr tun, als abzuwarten. Elena, ich weiß, dass du viele Fragen hast. Aber so leid es mir tut, ich kann sie dir nicht beantworten. Morgen werden wir sicher mehr wissen.«

»Ich werde bestimmt nicht schlafen können.«

Ihre Mutter stand auf und gab Elena einen Kuss auf die Stirn. »Versuch es wenigstens.«

Elena wollte nicht zugeben, dass sie wirklich müde war. Sie wollte etwas tun – irgendetwas! Sie wollte alles in Ordnung bringen. Sie wollte, dass Rick keine Schmerzen mehr hatte und dass alles nur ein großes Missverständnis war. Dass Jim einfach wieder auftauchte und Rick nicht angegriffen hatte. Nur sprach alles gegen ihn. Würde Rick morgen erzählen können, was passiert war?

17

Alec Hyde hatte einen langen Arbeitstag im Büro hinter sich und schwamm jetzt im Schwimmbad des hauseigenen Fitnessstudios seine Bahnen. Es tat gut, jeden einzelnen Muskel einzusetzen und endlich mal Bewegung zu bekommen. Nie hätte er gedacht, dass seine Arbeit mit so viel Papierkram verbunden sein würde, aber eigentlich wollte er sich nicht darüber beschweren. Genaue, präzise Büroarbeit erleichterte die Ausführung seiner praktischen Aufgaben.

Nach fünfzig Runden zog er sich am Rand des Beckens hoch und überlegte, ob er noch aufs Laufband gehen sollte.

Er schnappte sich sein Handy und erstarrte, als er eine neue Nachricht darauf vorfand:

Ich muss weg.

Drei einfache Worte, die alles bedeuten konnten. Sofort wählte er die Nummer, doch nur die Mailbox sprang an. Er unterdrückte ein Fluchen und wartete, bis der Signalton erklang.

»Was ist los, Jay? Bist du in Gefahr? Ruf mich bitte sofort an. Ich bin schon unterwegs.«

Er schnappte sich sein Handtuch und beeilte sich, in die Umkleidekabine zu kommen. Jay hatte ihn noch nie kontaktiert. Zwar war er schon mehrere Male von zu Hause ausgerissen, doch jedes Mal hatten ihn seine Eltern benachrichtigt, nie Jay selbst. Wenn Jay ihn kontaktierte, konnte das zweierlei bedeuten: Entweder er wollte ganz weg von seiner Familie oder es bestand echte Gefahr. Vor der zweiten Möglichkeit graute es ihm, doch die konnte er eigentlich ausschließen. Denn dann hätte der Agent, der für die Überwachung der Kamney-Kids zuständig war, Alarm geschlagen.

Kurz entschlossen wählte Alec seine Nummer. Nach dreimaligem Tuten wurde abgenommen.

»Buckley«, meldete sich eine rauchige Stimme.

»Buckley, hier Hyde. Wie ist die Stellung?«

Kurzes Schweigen am anderen Ende. »Alles in Ordnung. Die drei haben keinen Kontakt untereinander und es gibt auch keine auffälligen Aktivitäten.«

»Wann haben Sie sie zuletzt gesehen? Persönlich, meine ich.«

»Sam war die ganze Woche über in seinem Stammlokal, jeden Abend. Ist denn etwas passiert?«

»Nein, nein. Ich wollte mich nur erkundigen. Vielen Dank, und bitte melden Sie sich, sobald sich etwas verändert.«

»Natürlich.« Es klickte in der Leitung und die Verbindung wurde unterbrochen.

Alec seufzte tief und starrte einen Augenblick lang auf das Handy in seiner Hand. Dass Sam sich seit seiner Entlassung aus dem Gefängnis vor einigen Monaten bedeckt hielt, konnte alles bedeuten. Alec glaubte jedoch nicht daran, dass er die Sache mit Jay ruhen lassen würde. Er konnte es nicht fassen, wie sehr Kamney mit seiner zerstörerischen Gewaltherrschaft immer noch das Leben dieser vier Jungs bestimmte, obwohl sie schon seit Jahren aus seinem Kinderheim raus waren. Alec brauchte endlich einen Durchbruch, um Sam endgültig festzunageln, damit Jay wieder ruhig schlafen konnte. Doch jetzt musste er erst mal herausfinden, was mit Jay los war.

Alec rief Jays Tante an, doch sie ging weder ans Handy noch ans Telefon.

Er verließ die Umkleide, eilte nach draußen zu seinem Wagen und gab die Adresse der Dunlaps ins Navi ein. Er würde die ganze Nacht durchfahren müssen. Die Erleichterung, dass die Kamney-Kids nichts damit zu tun hatten, nahm die Anspannung, die auf ihm gelegen hatte, seit die Textnachricht eingetroffen war. Doch ein seltsames Gefühl, dass da etwas ganz und gar nicht stimmte, blieb.

Die laute, sonore Stimme von Dr. Garden aus dem Nebenzimmer riss Elena aus dem Schlaf. Schlagartig fiel ihr alles wieder ein und sie schlüpfte schnell in ihre Kleider vom Vortag. Als sie in den Flur trat, kam der Arzt gerade wieder aus Ricks Zimmer, gefolgt von ihrer Mutter. Diese setzte gerade zu einer Bemerkung an, als sie Elena erblickte. Müde lächelte sie und sagte dann leise zu Dr. Garden: »Lass uns die Einzelheiten unten besprechen.« An Elena gewandt sagte sie: »Du kannst gleich runterkommen, das Frühstück ist schon fertig.«

Elena nickte und verschwand im Bad. Auf dem Weg nach unten zögerte sie und schlich noch einmal zu Ricks Zimmer. Durch den Spalt konnte sie ihren Bruder sehen, der im Bett lag und scheinbar schlief. Er sah noch schlimmer aus als gestern. Seine Blutergüsse, besonders ums Auge herum, hatten sich dunkel verfärbt und die Blässe in seinem Gesicht ließ ihn fast gespenstisch wirken.

Leise zog Elena sich wieder zurück und lief die Treppe nach unten. Im Wohnzimmer saßen ihre Eltern und Dr. Garden bei einer Tasse Kaffee zusammen. Alle drei Erwachsenen sahen besorgt aus.

»Elena, setz dich doch zu uns.« Ihr Vater klopfte neben sich auf das Sofa. »Rick wird heute nicht zur Schule gehen«, begann er. »Er hat über Nacht Fieber bekommen, wahrscheinlich bahnt sich eine dicke Erkältung an.«

»Und das macht euch solche Sorgen?«

»Nein, da ist noch etwas anderes.« Dr. Garden lehnte sich vor. »Er ist apathisch, das heißt, er reagiert kaum auf äußere Reize.« Er fuhr sich durch seine bereits ergrauenden Haare. »Ich hoffe wirklich, dass das vorbeigeht, wenn er sich erst einmal richtig ausgeschlafen hat. Wenn nicht, müssen wir wahrscheinlich Dr. Creighton hinzuziehen.«

»Erin Creighton? Du meinst die Psychologin?« Mom war aufgestanden und schritt nun unruhig auf und ab. »Kann es wirklich sein, dass er durch eine Schlägerei derart traumatisiert wurde?«

Dr. Garden runzelte die Stirn. »Ich kann nicht sagen, dass das noch nie vorgekommen ist; mir ist jedoch noch nie solch ein Fall begegnet. Andererseits leben unsere Kinder hier ja wirklich behütet und die einzigen Gewalttaten, mit denen sie zu kämpfen haben, sind harmlose Schulhofprügeleien. Bis auf einige wenige Ausnahmen natürlich, aber in die war euer Rick nicht verwickelt.« Er erhob sich nun ebenfalls. »Tja, also ich werde am Nachmittag noch einmal vorbeischauen. Lasst Rick einfach lange schlafen und schaut nach, dass das Fieber nicht steigt. Ich könnte Elena zur Schule mitnehmen, wenn sie möchte.«

Erschrocken warf Elena einen Blick auf die Uhr. Schon so spät! Auch ihre Eltern hatten nicht auf die Zeit geachtet.

»Oh, das wäre wirklich freundlich, Nobby. Elena, ich gebe dir ein wenig Geld für ein Frühstück aus der Cafeteria mit, in Ordnung?«

In Windeseile hatte Elena ihren Rucksack aus ihrem Zimmer geholt und schlüpfte jetzt in ihre Chucks. Eigentlich hatte sie überhaupt keine Lust, zur Schule zu gehen, aber hier zu Hause würde sie wahrscheinlich vor lauter Warten und Nichtstun durchdrehen.

Gut, dass heute Freitag war. Zum Mittagessen würde sie schon wieder zu Hause sein und dann war Wochenende.

Wenn Rick nur in Ordnung kam!

Kühle. Ein Piepen. Noch ein Piepen. Dann wieder Hitze. Entfernte, weit entfernte Stimmen. Das Piepen hörte nicht auf. Irgendwer berührte seine Hand, hob sie hoch. Dann wieder das Kühle, auf seiner Stirn. Jemand öffnete sein Auge und leuchtete mit einer kleinen Lampe hinein. Er zuckte zurück.

»Er kommt zu sich.«

Fremde Stimmen.

»Herzfrequenz noch niedrig, Sauerstoffgehalt normal.«

Fremde Geräusche. Und Schmerz. Jemand stöhnte leise. Oder war er das selbst?

Im nächsten Moment war es ruhig. Verwirrt öffnete er die Augen einen Spaltbreit. Grelles Licht erhellte den Raum und das stetige Piepen grub sich in sein Bewusstsein. Er konnte sich nicht bewegen.

Wo war er?

Langsam wurde sein Blick klar. Er erkannte verschiedene Krankenhausgeräte. Eine Nadel steckte in seinem linken Arm; in seiner rechten Hand befand sich der Klingelknopf für die Schwestern. Seine Schulter schmerzte. Ebenso die rechte Seite.

Und dann fiel ihm alles wieder ein.

Elena war auf dem Rückweg von der Schule. Sie war froh, dass niemand bei ihr war, an dem sie ihre Wut hätte auslassen können. Wie konnten jetzt schon Gerüchte durch die Schule gehen? Sie war mehrmals gefragt worden, warum Jim Rick zusammengeschlagen haben könnte.

Sie hätte am liebsten jemandem den Schädel eingehauen, wenn sie nur gewusst hätte, wem. Aber dass die Leute reden würden, war ja zu erwarten gewesen. Wieso konnten sie nicht einfach die Klappe halten?

Diese Idioten.

Sie hatte nicht gewusst, was sie antworten sollte, darum hatte sie geschwiegen. Was das Gerede nur noch schlimmer gemacht hatte.

Hat er Rick endlich die Frömmigkeit ausgeprügelt?, hatten sie gespottet. *Hat Jim sein wahres Gesicht gezeigt?*

Sie war unfähig gewesen zu antworten. Was hätte sie auch sagen sollen? Sie war sich ja selbst nicht sicher, was sie glauben sollte.

Jetzt würde zum Glück erst einmal das Wochenende kommen.

Vielleicht war Jim ja inzwischen zu Hause und Rick schon wieder auf den Beinen.

Doch als sie ein unbekanntes Auto in der Einfahrt sah, wuchs ihre Besorgnis. War das Mrs Creighton?

Sie hörte die Stimme ihrer Mutter und die eines fremden Mannes in der Küche. Lautlos trat sie an die einen Spalt offen stehende Küchentür.

»Wenn ich darf, Mrs Anderson, dann würde ich in ein paar Stunden noch einmal wiederkommen. Es ist sehr wichtig, dass ich mit Ihrem Sohn über die gestrigen Ereignisse spreche.«

»Wenn es bei der Aufklärung dieser ganzen Sache helfen kann …«

Elena schob sich näher an den Türspalt. Ein groß gewachsener dunkelhaariger Mann erhob sich gerade von seinem Platz am Küchentisch. Er gab ihrer Mutter die Hand. Ihr Blick war unglaublich verloren und resigniert. Elena hasste es, ihre Mutter so zu sehen.

Bevor der mysteriöse Fremde sie noch vor der Tür entdeckte, lief sie nach oben. Vor Ricks Zimmer blieb sie stehen. Waren das Schluchzer? Eine Weile stand sie an der Tür und lauschte. Sollte sie es wagen hineinzugehen?

Leise drückte sie die Türklinke herunter. Rick saß auf seinem Bett, das Gesicht in den Händen vergraben.

Elena trat zögernd ein. »Rick?«

Er zuckte erschrocken zusammen. Dann fuhr er sich verstohlen übers Gesicht.

»Wie geht es dir?«

Rick zuckte die Achseln und vermied es, sie anzusehen.

»Kann ich dir irgendwie helfen?«

Er saß einfach nur da und starrte auf seine Decke. Fast wollte sie noch einmal fragen, da sagte er leise: »Geh. Bitte. Lass mich in Ruhe.«

Elena fuhr ein Stich ins Herz. Ohne ein weiteres Wort ging sie aus dem Zimmer.

Sekunden später knallte sie ihre eigene Tür zu, sodass sie vibrierte, und trat dann noch mal dagegen.

Mühevoll versuchte sie, mit tiefen Atemzügen die Tränen zurückzudrängen, doch ihr Hals schnürte sich trotzdem zu und ihre Augen begannen zu brennen.

Schniefend ließ sie sich auf ihrem Bett nieder und suchte nach ihren Kopfhörern, um die Gefühle mit Musik zu betäuben.

Doch dann hielt sie inne.

Hatte sie nicht gerade erst mit ihrer Mutter darüber geredet, was es bedeutete, Gott zu vertrauen?

Sie legte ihre Kopfhörer weg und griff stattdessen zu ihrem Notizbuch, das auf dem Nachtschränkchen lag. Sie blätterte, bis sie zu einer leeren Doppelseite kam. Dann schrieb sie kreuz und quer alles auf, was ihr durch den Kopf schoss:

Angst. Leere. Trauer. Wut. Warum nur? Warum Rick? Warum Mari? Liebt Mari mich nicht mehr? Wertlos. Sieht Gott mich? Bin ich allein? Warum lässt er das zu? Warum antwortest du mir nicht, Jesus? Warum fühle ich deine Gegenwart nicht? Warum … Warum …

Lange starrte sie auf die schwarzen Buchstaben auf den Seiten und fragte sich, warum sie aufgehört hatte, ganz kindlich daran zu glauben, dass Gott eben alles konnte. Alles in der Hand hatte, alles lenkte, für seine Kinder alles zum Guten wendete. Auch wenn das Gute Schmerz bedeutete. Denn Schmerz konnte sie zurück zu Gott führen. Die Fragen konnten sie dazu bringen, dass sie die Antworten darauf in der Bibel suchte. Es war ihre Entscheidung, welche Richtung sie einschlug. Ob sie weglief und ihr kurzlebiges Glück woanders suchte oder ob sie das tiefergehende, sinnvolle und manchmal eben auch nicht ganz klare Leben mit Gott leben wollte.

Es war so einfach und doch so unglaublich schwierig.

Dabei hatte sie die letzten Wochen doch gesehen, dass ihr das Leben ohne Gott nicht viel Gutes brachte. So viel Leere hatte sie noch nie in sich gehabt wie in diesen Monaten, wo sie sich geweigert hatte, mit ihm zu leben. Sie hatte immer gedacht, dass sie einfach auf noch mehr Partys gehen, immer coolere Freunde haben und stets auf der Suche nach Spaß sein müsste, um das dumpfe Gefühl in ihrem Inneren zu übertünchen.

Und dabei war die Antwort doch die ganze Zeit direkt vor ihrer Nase gewesen.

»Wenn ich mich fürchte, so hoffe ich auf dich.«

»Befiehl dem Herrn deine Wege und hoffe auf ihn, er wird's wohlmachen.«

Wenn sie Gott glaubte, dass er alles in der Hand und nur Gutes für sie im Sinn hatte, dann konnte es ihr doch gar nicht schlecht ergehen, oder? Dann hatte es auch einen Sinn, dass Mari weggelaufen war. Und dann hatte es Sinn, dass Rick gerade im anderen Zimmer lag, mit Wunden, die ihm innerlich und äußerlich zugefügt worden waren. Auch wenn es vollkommen hoffnungslos und ausweglos erschien. Elena hatte ja keine Ahnung, wie Gott die Situation nutzen wollte. Vielleicht wollte er Rick dadurch etwas Bestimmtes zeigen.

Gott hatte ja auch den Überfall auf sie genutzt, um sie aufzurütteln. Er hatte ihr Jim in den Weg gestellt, der ihr diese kritischen Fragen gestellt hatte. Er hatte ihr ihre Eltern gegeben, die für sie da waren und ihr vorlebten, dass sie Gott auch in schlechten Zeiten vertrauten.

Das wollte Elena auch. Ganze Sache mit Gott. In allen Bereichen, nicht nur am Sonntagmorgen im Gottesdienst. In der Schule, bei ihren Freunden, bei dem, was ihrem Bruder passiert war, und bei ihren Verletzungen wegen Mari. Mit all ihren Zweifeln und Ängsten. Mit ihrer Freude und ihrem Glück. Einfach mit allem. Mit Haut und Haaren. Herz, Leib und Seele.

Elena wischte sich die Tränen weg.

Dann schloss sie die Augen und fing an zu beten.

Als Jim wach wurde, war das stetige Piepen verschwunden. Es war dämmrig im Krankenhauszimmer. Er wollte sich aufrichten und bereute es sofort. Der Schmerz schoss in seine Brust und ließ ihn zurück ins Kissen sinken. Seine Hand fuhr an die Stelle zwischen seinem Herz und der linken Schulter und ertastete einen dicken Verband.

Er musste wohl wieder eingenickt sein, denn die sich öffnende Tür weckte ihn. Herein trat eine brünette Schwester, die ihn freundlich anlächelte. »Oh, der junge Herr hat beschlossen aufzuwachen. Du hast uns allen einen ganz schönen Schreck eingejagt. Wie fühlst du dich? Hast du Schmerzen?«

Jim nickte.

Nachdem die Schwester seinen Puls gemessen hatte, sagte sie: »Gut, dann werden wir die Dosis an Schmerzmitteln ein wenig erhöhen. Ich bringe dir gleich etwas zu trinken und hole den Doktor.«

Sie verschwand und Jims Gedanken irrten umher. Wie kam er hierher? Wie hatte er überleben können? Vorsichtig tastete er nach seiner Schulter und zuckte zusammen, als er auf den Verband drückte. In seiner Seite pochte es im Rhythmus zu seinem Herzschlag.

Der Arzt kam, untersuchte ihn und stellte ihm einige Fragen. Jim wusste nicht, was er in Bezug auf seine Person preisgeben durfte. Er musste unbedingt Alec kontaktieren. Gerade als der Arzt fertig war, trat eine weitere Schwester ins Zimmer.

»Da sind zwei Polizisten, die den Jungen sprechen wollen.«

Nein. Alec. Er musste Alec holen! Sonst würde Sam ihn wieder finden! Oder war vielleicht Walter dabei? Nein, es waren Fremde, die da durch die Tür traten.

Der eine war ziemlich jung, dem anderen hing der Bauch über den Gürtel.

Letzterer schob seine Brille zurück und warf Jim einen kritischen Blick zu. »Ist er vernehmungsfähig?«, brummte er.

Der Arzt zuckte mit den Schultern. »Er ist noch nicht lange bei

Bewusstsein. Sie können es ja versuchen.« Er schob die Schwestern Anweisungen verteilend aus dem Raum.

»So, Junge. Du hast dir ja eine Menge Ärger eingehandelt.« Der ältere Polizist zog sich einen Stuhl heran und ließ sich ächzend darauf nieder. »Du wirst verdächtigt, mit Drogen gehandelt und zwei Teenager mit einem Messer angegriffen zu haben; einer davon erlag seinen Verletzungen, noch bevor die Rettungskräfte eintreffen konnten.« Er nickte dem jüngeren Polizisten zu, der eilfertig seinen Text aufsagte.

»Sie haben das Recht zu schweigen. Alles, was Sie sagen, kann und wird vor Gericht gegen Sie verwendet werden. Sie haben das Recht, zu jeder Vernehmung einen Verteidiger hinzuzuziehen. Wenn Sie sich keinen Verteidiger leisten können, wird Ihnen einer gestellt.« Er ratterte die Sätze herunter, die Jim schon lange nicht mehr unbekannt waren. Als er geendet hatte, strahlte er ein wenig, als hätte er gerade vor der Schulklasse ein Gedicht aufgesagt.

In Jims Kopf drehte sich alles. Wer war tot? Chase?

Rick. Es konnte nur Rick sein. Chase' Verletzungen waren nicht ernst gewesen, nur schmerzhaft. Aber wieso nur zwei Opfer? Was für Drogen? Und wo war Sam?

Panik stieg in ihm auf, die er zu verbergen versuchte. *Nein!* Wenn es um einen Mord ging, war die Presse nicht weit. Und Sam würde kommen, sobald er erfuhr, dass er hier war. Er durfte auf keinen Fall seinen –

»Fangen wir doch mit deinem Namen an.« Der dicke Polizist, *Raniero* stand auf seinem Hemd, zückte seinen Notizblock und sah ihn erwartungsvoll an.

Jim schüttelte leicht den Kopf, woraufhin der junge Polizist namens Murphy ihn empört ansah und meinte: »Du weißt schon, dass es nicht für dich spricht, wenn du nichts sagst?«

Bevor Jim antworten konnte, kam die Schwester herein und wechselte die Infusionsbeutel aus. Nachdem sie noch einmal seine Vitalwerte überprüft hatte, sagte sie mit strenger Miene zu den

Polizisten: »Der Patient braucht jetzt Ruhe. Sie regen ihn zu sehr auf. Kommen Sie am besten morgen früh wieder.«

Die beiden Polizisten rührten sich nicht; sie hob eine Augenbraue. »Anordnung vom Arzt.«

Raniero schnaubte, erhob sich aber und bedeutete seinem Partner, ihm zu folgen. »Murphy, du bleibst hier vor der Tür und passt auf.«

Jim bemerkte, dass die Müdigkeit ihn wieder in ihren endlos tiefen Strudel ziehen wollte. Er musste wach bleiben. Und unbedingt eine Möglichkeit finden, Alec zu kontaktieren.

Rick erwachte aus einem furchtbaren Traum. Schweißgebadet riss er die Augen auf und sah sich im lichtdurchfluteten Zimmer um. Alles in Ordnung. Alles okay. Er war zu Hause und in Sicherheit. So einen realen Albtraum hatte er noch nie gehabt. Die Angst saß ihm immer noch tief im Herzen. Die fremden Männer, Jims plötzliches Auftauchen, der Schuss.

Rick versuchte, sich zu erinnern, wo er gestern Abend gewesen war. Doch das war gar nicht so einfach. Das *Barry's,* richtig. Ach genau, mit Jim war er da gewesen. Und dann war er nach Hause gegangen. Und –

Da erkannte er die niederschmetternde Wahrheit.

Nein. Das konnte doch nicht wirklich passiert sein?! Sein Verstand musste ihm einen Streich spielen. So was kam in Krimis und Büchern vor, nicht im wahren Leben. Das war nicht, das konnte nicht … Doch der Schmerz, der von überall zu kommen schien, bewies ihm das Gegenteil. Er tastete sein Gesicht ab und spürte ein Pflaster, dort, wo ihn das kalte Metall von Sams Waffe getroffen hatte. War es ein Schlagring gewesen? Ihm fiel ein, dass ein paar Jungs aus der Schule im Technikunterricht solche Dinger aus Holz gemacht hatten. Und sich wahnsinnig cool gefühlt hatten.

Jim war tot.

Er konnte es nicht glauben, es durfte nicht sein. Warum? Wer war dieser Sam, dass er hier auftauchte und einfach eiskalt abgedrückt hatte? Rick hatte gesehen, wie er es genossen hatte, Jim sterben zu sehen. Wie er, nachdem der Fluss Jim verschlungen hatte, noch minutenlang dagestanden hatte. Der Ausdruck in seinen nahezu schwarzen Augen, als er sich zu Rick umgedreht hatte. Warum hasste der Typ Jim so? Woher kannten die beiden sich überhaupt?

Er dachte an den Blick, den Jim ihm zugeworfen hatte. Verzweiflung, Wut, Angst, Hass.

Rick wollte diese Gedanken nicht. Er wollte diese Realität nicht! Warum hatte Gott das geschehen lassen?

Ricks Zimmertür öffnete sich und sein Vater kam herein. Hastig wischte Rick sich über die Augen.

»Rick, du bist wach!« Schnellen Schrittes kam er an sein Bett und setzte sich. »Wie geht es dir?«

Rick unterdrückte ein Schluchzen, als sein Vater ihm liebevoll durch die Haare strich.

»Kannst du aufstehen? Da ist jemand, der mit dir reden will.«

Für einen lächerlichen, kurzen Augenblick dachte Rick, dass Jim gleich hereinspaziert käme und sich alles als gemeiner Scherz entpuppen würde. Doch den Mann, der jetzt in den Raum trat, hatte er noch nie in seinem Leben gesehen.

»Das ist Mr Hyde. Er hat einige Fragen an dich wegen … wegen gestern Abend.«

Rick konnte dem Blick des Mannes nicht lange standhalten und senkte die Augen.

»Mr Anderson, Sie als Erziehungsberechtigter dürfen gerne dabei bleiben. Ich glaube, das wäre Ihrem Sohn bestimmt lieber.«

Der Mann – er musste Anfang vierzig sein – zog sich den Schreibtischstuhl heran. Er lächelte ein wenig, was jedoch nicht die Härte aus seinen Augen nahm. »Also, Rick. Mein Name ist Alec Hyde, ich arbeite für das FBI und bin damit beauftragt worden, deinen Freund … Jim zu finden. Ich hatte schon in der Vergangenheit mit ihm zu tun und es ist nicht das erste Mal, dass er verschwunden ist. Wie wär's, wenn du einfach mal damit anfängst zu erzählen, an was du dich noch erinnern kannst.«

Fragend sah Rick zu seinem Vater, der ihm ermutigend zunickte.

»Wir –« Rick musste sich räuspern. »Wir waren gestern im *Barry's*.«

»Präzisiere bitte das Wir.«

»Meine Schwester, Jim und ich. Wir sind zusammen hingegangen. Aber die meisten anderen dort kannte ich auch.«

»Jim ist also ein Freund von dir?« Warum sah der Mann ihn so misstrauisch an?

»Ja. Irgendwie schon. Wir sind noch nicht lange befreundet; er ist ja auch erst seit ein paar Wochen hier.«

»Und ihr habt euch sofort angefreundet?« Das klang fast wie eine Anschuldigung.

»Nein, nicht sofort. Es sind ein paar Dinge geschehen … Also, er hat meine Schwester vor ein paar Kerlen gerettet.« Er presste erschrocken die Lippen zusammen und schaute zu seinem Vater, der ihn mit hochgezogenen Augenbrauen ansah. Schnell sprach er weiter: »Und drei Wochen später gab es einen Brand. Danach dachten alle, dass Jim das war. Und ich weiß nicht … ich hab das nicht geglaubt. Und deswegen hingen wir zusammen ab. Da sind wir wohl irgendwie Freunde geworden.«

War da jetzt doch wieder ein Lächeln auf dem Gesicht des Mannes? Rick war verwirrt.

»Wann habt ihr das *Barry's* verlassen?«

»Jim ist vor mir gegangen.« Seine Gedanken fuhren Karussell. Er durfte nicht sagen, was passiert war. Zu deutlich spürte er noch den Lauf der Waffe an seinem Hals, hörte die Worte, die Sam ihm zuflüsterte: *Wenn du redest, komme ich wieder. Dann töte ich deine süße Schwester. Deine Eltern. Jeden, den du liebst. Hast du mich verstanden?* Dabei hatte er ihm die halbfertige Zeichnung von Elena vors Gesicht gehalten.

Es war so falsch, dass alle davon ausgingen, dass Jim ihn angegriffen hatte, aber schon allein, das richtigzustellen, war zu riskant.

»Rick?« Sein Vater sah ihn fragend an.

Mr Hyde hatte sich vorgelehnt. »Was ist dann passiert?«

»Passiert?«

»Ja, passiert!« Mr Hyde ließ ihn nicht aus den Augen. »Das Letzte, was wir von dir wissen, bevor man dich bewusstlos am Flussufer gefunden hat, war, dass du das *Barry's* gegen sechs verlassen hast. Ein paar Stunden liegen zwischen diesen beiden Ereignissen. Und ich will wissen, was in dieser Zeit geschehen ist und wo Jim sich jetzt befindet.«

Die Bilder vor Ricks geistigem Auge flackerten an ihm vorüber. Wie er am Wasserfall ankam, die drei Gestalten, wie sie seine Zeichenmappe durchwühlten. Und fanden, was sie suchten. Chase zog die Waffe. Die endlosen Minuten, bis plötzlich alles ganz schnell ging. Jim tauchte aus dem Wald auf. Der Kampf. Der blutige Schnitt auf Sams Wange. Der Schuss. Das Blut. Jims Blick, die Entschuldigung darin. Der Hass. Das Blut. Sams Lächeln, als er den Abzug drückte. Noch mehr Blut.

Rick wurde schlecht. »Ich … ich hab ihn nicht gesehen.«

»Jim meinst du?«

Unfähig zu antworten, schüttelte er den Kopf. Die Übelkeit wollte ihn überwältigen.

»Rick?« Besorgt legte sein Vater ihm die Hand auf die Stirn. »Was ist los? Ist dir schlecht?«

Er musste hier raus. Rick hievte sich hoch, taumelte aus dem Zimmer und ins Bad. Er übergab sich so oft, bis nichts mehr kam.

Irgendwann spürte er die Hände seiner Mutter, die ihn sanft und stark stützten.

»Alles wird gut, Schätzchen.« Sie strich ihm über den Rücken.

Erschöpft brach Rick auf dem kühlen Badezimmerfußboden zusammen. Die Welt um ihn drehte sich. Die Stimmen verschwammen. Dann wurde es still.

Jim rannte durch den Wald, zwischen den Bäumen auf die Lichtung zu. Er wusste genau, was ihn erwartete. Doch dieses Mal würde er es anders machen. Da, Chase tauchte zwischen den Büschen auf! Jim ließ sein Messer aufschnappen und rammte es, ohne zu zögern, in dessen Rücken. Mit einem Schmerzensschrei ging Chase zu Boden, seine Jacke verfärbte sich über der Wunde dunkelrot.

Weiter, raus aus dem Schatten. Da war Ray mit Rick. Jim rannte auf sie zu, da tauchte Sam von rechts auf. Noch ehe er reagieren konnte, hatte Sam ihn umgeworfen und drückte ihn auf den Boden. Er sagte etwas, das Jim nicht verstand. Jim wollte sein Messer zücken, doch Sam packte sein Handgelenk und entwand ihm die Klinge. Chase tauchte mit schmerzverzerrtem Gesicht auf, mit der Waffe in der Hand. Jim versuchte, von Sam loszukommen. Zwecklos. Er sah Ricks Angst, als Chase ihm die Pistole aufs Herz drückte. Er spürte die Kälte des Metalls und hörte Sams flüsternde Stimme: »Sieh ihn sterben!«

Sam packte das Messer und ging auf Rick zu, holte aus. Jim wehrte sich gegen den Druck auf seiner Brust.

Jemand packte ihn an den Handgelenken und der Schmerz schoss durch seinen Brustkorb, als er sich dagegenstemmte.

»Haltet ihn fest!« Die Stimme, die das rief, war ihm fremd.

Er spürte Hände, viele Hände. Sie drückten ihn nach unten. Und er hörte jemanden schreien.

Licht durchflutete den Raum und Jim blinzelte. Er schnappte nach Luft und der Schrei brach ab. Umrisse um ihn herum verschwammen und wurden wieder scharf. Er sah Gestalten in Kitteln, die darum bemüht waren, ihn ruhigzustellen.

»Ganz ruhig, alles ist gut.« Eine der Schwestern wiederholte die Worte immer wieder.

Sein Herz schlug hart gegen seine Rippen, der Schmerz zeichnete dunkle Punkte vor seine Augen, dann wurde die Sicht wieder klar. Zwei Ärzte und drei Schwestern standen um sein Bett herum; eine hatte einen blutigen Kratzer am Hals. Jim versuchte, flach zu atmen, um dem Schmerz in seinen Rippen entgegenzuwirken, während die Ärzte und Schwestern um ihn herum wuselten, Fragen stellten, ihn untersuchten.

Er wünschte, sie würden alle gehen. Er wünschte, er hätte Rick niemals kennengelernt. Dann wäre er jetzt nicht tot. Jim spürte die Schuld auf sich lasten, schwer wie Blei. Er wünschte, sie würde ihn endlich erdrücken, endlich beenden, was ihn schon seit Jahren quälte.

Alec hatte nach wie vor dieses nagende Gefühl im Bauch. Irgendetwas an der ganzen Geschichte passte nicht zusammen. Es hatte ihn nicht überrascht, den Kontakt zu Jay verloren zu haben. Es wäre nicht das erste Mal, dass er weglief. Doch diesmal hatte er angeblich jemanden verletzt, jemanden, der ihm nahestand. Das passte nicht in sein Profil. Auch hatte er noch nie einen Abschiedsbrief hinterlassen.

Die Bremsen quietschten, als er das Auto am Ende des Waldweges anhielt. Die Scheinwerfer verloren sich im werdenden Dunkel; der Regen der letzten Tage war von Schnee abgelöst worden. Alec schnappte sich die Stablampe vom Beifahrersitz, stieg aus und zündete sich eine Zigarette an. Mr Anderson hatte ihm genau beschreiben können, wo sie Rick gefunden hatten. Ein pragmatisch denkender Mann.

Alec war froh, dass Mr Dunlap ihm einen Regenmantel gegeben hatte, aber seine Schuhe waren hierfür definitiv nicht geeignet. Binnen weniger Sekunden hatten sie sich voll Wasser gesogen, als er über den aufgeweichten, matschigen Boden Richtung Fluss stapfte. Schnell hatte er die Stelle gefunden, die mittlerweile von einer dünnen Schneeschicht überzogen war. Suchend ließ er den grellen Kegel der Lampe über die weiße Fläche gleiten. Rick hatte sich doch bestimmt gewehrt? Doch die Spuren des Kampfes waren längst fortgewaschen.

Etwas Unregelmäßiges fiel ihm ins Auge und er ging näher. An der kleinen Felsengruppierung blieb er stehen. Die Zeichenmappe. Alec zog ein paar Plastikhandschuhe an, hob die Mappe vorsichtig aus dem nassen Gras und entfernte die dünne Schneeschicht. Sie war völlig aufgeweicht und die Farben der Bilder verlaufen. Um keine eventuellen Spuren zu zerstören, ließ er den nassen Papierstapel in eine Plastiktüte gleiten. Nachdem er sich ein wenig weiter umgesehen hatte, sah er ein, dass er nichts mehr finden würde. Die einzige Möglichkeit, Licht ins Dunkel zu bringen, war herauszufinden, was der Anderson-Junge verschwieg.

18

Rick zwang sich, sich auf seine Biologieaufgaben zu konzentrieren. Es war eigentlich absurd, auch nur an Schule zu denken, aber er war froh, etwas zu haben, das ihn ablenkte. Wenn er nicht aufpasste, wurden seine Gedanken sofort weggezogen. Zum Wasserfall, zum Kampf, zur Dunkelheit. Zum Tod. Verbissen kratzte er mit dem Kugelschreiber Worte aufs Papier.

Bloß nicht die Bilder in seinen Kopf lassen.

Er drehte die Lautstärke seiner Musik auf.

Doch es half nicht, er konnte nichts dagegen tun.

Er sah es, wieder und wieder.

Und er sah die Anzeichen, die so deutlich da gewesen waren. Niemand machte ein Interview, nur damit man nicht wiederholt einen Ort aufsuchen musste. Nur ein Idiot konnte auf so etwas hereinfallen. Außerdem war die Anmeldefrist gerade erst verstrichen, die Auswahl hatte also noch gar nicht beendet werden können.

Er vergrub den Kopf in seinen Händen. Warum nur? Warum war das alles passiert?

Rick versuchte zu beten. Doch er wusste nicht, was er sagen sollte. Was er wusste, war, dass er jetzt Vergebung brauchte.

Er hatte Jim in den Tod gelockt.

Es war ganz allein seine Schuld. Jim hatte die Gefahr scheinbar frühzeitig erkannt und war geflohen, aber er hatte sich mit der Aussicht auf Erfolg von den Schlangen hypnotisieren lassen und alles andere ausgeblendet.

Hätte er nur nicht dieses dumme Bild gemalt! Hätte er doch irgendjemandem Bescheid gegeben, dass er sich mit den »Kunstleuten« treffen wollte! Irgendjemand mit Verstand hätte ihn gewarnt, hätte die Falschheit gesehen.

Und jetzt, jetzt hatte sein bester Freund für seine Dummheit mit dem Leben bezahlt.

Ein lautes, durchdringendes Klopfen ertönte. Rick fuhr erschrocken zusammen. Sein erster Gedanke war, dass Sam vor der Tür stand. Doch zu seiner Überraschung war es Nathan, der jetzt eintrat und ihm entgegenlächelte.

»Hey!« Rick riss sich die Kopfhörer herunter.

»Hi, Rick. Hab dich gestern in der Kirche vermisst. Deine Mutter hat erzählt, dass du krank bist.«

Unsicher sah er zu Nathan, der sich aufs Bett fallen ließ. »Was machst du denn da? Zeichnest du?«

»Nein. Hausaufgaben.«

Nathan lehnte sich zurück. »Wow, ganz schön fleißig dafür, dass du nicht in der Schule hockst. Nicht schlecht. Aber was hältst du davon, wenn wir zu *Barry's* fahren und uns danach den neuen Marvel-Film anschauen?« Er hielt eine DVD in die Höhe.

Rick hob die Schultern. »Ich weiß nicht. Es ist schon spät …«

»Du musst doch morgen eh nicht in die Schule, hat dein Vater gesagt. Und die Erlaubnis deiner Eltern hast du schon, sonst hätte ich nicht gefragt. Also?«

Rick lächelte zögernd. Eigentlich hatte er keine Lust, überhaupt etwas zu machen. Er wollte sich am liebsten einfach nur irgendwo verkriechen und nie wieder herauskommen.

Andererseits war Nathan nun einmal da und würde ihm vielleicht besser beim Vergessen helfen als der Biokram. Also stimmte er zu. »Aber ich hab keinen Bock auf das *Barry's*.«

»Okay, dann fahren wir zu mir und holen uns unterwegs 'ne Pizza.«

Sie fuhren an der Schule vorbei, an der Gemeinde, am *Barry's*. Alles Orte, die Rick mit Jim verband. Mit dem lebendigen Jim.

Da waren sie wieder, die Bilder. Rick schüttelte den Kopf, um seine Gedanken davon frei zu machen.

Nachdem sie die Pizza geholt hatten, machten sie es sich vor dem Fernseher in Nathans Apartment bequem. Rick bekam jedoch kaum etwas herunter. Mechanisch antwortete er auf die Fragen über die Schule, die Nathan ihm stellte.

Nathan schaute auf die verbliebenen zwei Drittel in Ricks Pizzakarton. Nach geraumer Zeit, in der er nach Worten gesucht hatte, fragte er geradeheraus: »Rick, was ist passiert?«

Er hob ruckartig den Kopf.

Nathan sah ihn ein wenig ratlos an und hob abwehrend die Hände. »Deine Eltern haben mir gesagt, du willst nicht darüber sprechen. Sie machen sich Sorgen um dich und ehrlich gesagt tue ich das auch, wenn ich dich so sehe.«

Enttäuscht sah Rick seinen Teenyleiter an. »*Deswegen* bin ich hier und du tust so, als ob wir die besten Freunde der Welt wären, als ob du der coole Kumpel bist? Du wolltest mich doch nur aushorchen, oder? Ich glaub es einfach nicht! Warum lasst ihr mich alle nicht einfach in Ruhe?!«

Nathan beugte sich vor, stützte die Unterarme auf seine Knie und sah Rick sorgenvoll an.

Rick merkte, dass ihm Tränen das Gesicht hinabliefen. Wütend wischte er sie weg. »Den Film kannst du vergessen! Darauf hab ich jetzt echt keine Lust mehr.« Er sprang auf, lief aus dem Zimmer und stieß die Haustür auf.

»Rick, warte!«

Rick hörte die Fliegengittertür zuschlagen und wusste, dass Nathan ihm nachlief. Trotzig marschierte er weiter, doch mit wenigen Schritten hatte Nathan ihn eingeholt.

»Rick, das ist nicht normal, was bei dir abgeht!«

»Ach nein, wirklich nicht?« Rick wollte sarkastisch klingen, doch seine Stimme brach und klang einfach nur erbärmlich kläglich.

»Warum erzählst du es nicht einfach? Hat Jim dich zusammengeschlagen, ja oder nein?«

»Ihr habt doch alle gar keine Ahnung!« Er war lauter geworden.

»Dann klär mich auf«, sagte Nathan ruhig.

Rick erwiderte nichts, sondern ging mit zusammengebissenen Zähnen weiter. Er hatte doch selbst schon darüber nachgedacht, seinen Eltern alles zu erzählen. Aber Sam war deutlich gewesen. Dem traute er zu, seine Drohung wahr zu machen. Er schreckte ja noch nicht mal vor Mord zurück! Nein, er musste seine Familie um jeden Preis beschützen!

»Rick«, versuchte Nathan es noch einmal, »manche Geheimnisse sind schlechte Geheimnisse und es ist besser, wenn du sie jemandem anvertraust. Und ich sehe, dass dich *dieses* Geheimnis fertigmacht; dass es dich auffrisst. Deine Mom meinte, dass du seit diesem Abend nicht mehr vernünftig isst und schlecht schläfst. Manchmal hilft es wirklich, einfach nur zu reden.«

Rick warf ihm einen verzweifelten Blick zu. »Reden wird hier gar nichts mehr bringen. Glaub mir.«

Nathan stieß frustriert die Luft aus. Er schaute Rick noch ein paar Sekunden schweigend an, und als Rick nichts mehr sagte, nickte er. »Also gut. Komm, ich fahr dich nach Hause. Ich verspreche dir, dass ich auch nichts mehr fragen werde.«

Im Auto herrschte eisernes Schweigen; zu Hause angekommen, verschwand Rick in seinem Zimmer und schloss die Tür hinter sich. Gedämpft vernahm er die Stimmen seiner Eltern, die mit Nathan redeten. Rick kroch ins Bett und zog die Decke über den Kopf.

Dieser Albtraum würde niemals enden.

Irgendwann waren sie weg, irgendwann war es endlich ruhig.

Jim hatte keine Ahnung, wie viel Zeit vergangen war, welcher Tag heute war, wie spät es war. Der Dunkelheit vor dem Fenster nach zu urteilen, musste es Nacht sein.

Er hatte Alec immer noch nicht anrufen können. Jemanden um ein Handy zu bitten, traute er sich nicht. Wenn die Polizisten morgen wiederkommen würden, würden sie ihn fragen, mit wem er telefoniert hatte. Und es war nur noch eine Frage der Zeit, bis die Journalisten auftauchten. Wenn er das richtig verstanden hatte, hatte Sam Rick erstochen und Jim als Sündenbock hingestellt. Aber wer hatte ausgesagt? Sowohl Sam als auch Ray waren als Zeugen nicht gerade glaubwürdig. Sie mussten der Polizei wohl einen anonymen Tipp gegeben haben.

Wenn herauskam, wer er war, würde Sam ihn hier besuchen und beenden, was er vor so langer Zeit begonnen hatte.

Er spähte zur Tür hin. Irgendwo waren ein paar Nachtschwestern. Der junge Polizist saß vor der Tür; Jim sah, dass sein Kopf ständig nach vorn kippte.

Irgendwo musste doch ein Telefon sein. Im Wartebereich, oder das Gerät hinter der Rezeption. Jim richtete sich auf und ignorierte das Pochen in seiner Schulter. Vorsichtig schwang er die Beine über die Kante und stemmte sich hoch. Er griff nach dem Bettpfosten und hielt sich fest, bis die schwarzen Punkte verschwunden waren. Ihm war heiß und das Schwindelgefühl ließ ihn nicht los. Er holte tief Luft, zuckte aber zusammen, als seine Rippen sich meldeten. Eine Ewigkeit schien vergangen zu sein, als Jim endlich am Türrahmen angekommen war. Murphy saß zusammengesunken auf seinem Stuhl und ein gelegentliches Schnarchen war zu hören. Jim sah sich auf dem Flur um. Er hörte Stimmen, die aus dem Raum neben der Rezeption zu kommen schienen. Wahrscheinlich der Pausenraum. Zum Glück musste er in die andere Richtung.

Er tastete sich an der Wand entlang. An seinen Beinen schienen Gewichte zu hängen, er konnte kaum die Füße heben. Die Tür zum Warteraum schien immer weiter wegzurücken. Der Schwindel verstärkte sich und Jim blieb stehen.

Kurze Pause. Nur ganz kurz. Er musste aufpassen, dass er nicht entdeckt wurde.

Weiter. Die dunklen Punkte vor seinen Augen vermehrten sich, ihm wurde schlecht. Atmen. Nein, nicht so tief. Der Schmerz schlug über ihm zusammen wie eine Welle und ertränkte ihn. Dann, auf einmal, war alles weg. Er fühlte sich so leicht, als würde er schweben. Dunkel nahm er durch den Schleier Geräusche wahr, eine Tür knallte und Rufe wurden laut. Die schwarzen Punkte verwoben sich zu einer schweren Decke, die ihn einhüllte und alles andere ausblendete.

Nach einer heißen Dusche und einem kleinen Snack breitete Alec sich im Gästezimmer der Dunlaps aus. Wieso ging ihm die Möglichkeit, dass die Kamney-Kids doch involviert waren, nicht aus dem Kopf? Buckley hatte ihm doch bestätigt, dass keinerlei Aktivitäten von Sam ausgegangen waren.

Das Zögern.

Ja, das musste es sein. Buckley hatte gezögert, bevor er geantwortet hatte. Warum? Alec zog sein Handy hervor und überlegte, ihn noch einmal anzurufen. Doch dann fiel ihm jemand anderes ein und er wählte ihre Nummer.

»Marlene?«

»Alec, bist du das?« Die Stimme am anderen Ende der Leitung klang freudig überrascht. Sie lachte. »Mensch, du hast ja ewig nichts von dir hören lassen! Wie geht es dir?«

Er musste lächeln, als er im Hintergrund eine Tüte Chips rascheln hörte. Sie hatte ihre Essgewohnheiten offenbar nicht geändert. »Alles gut bei mir. Hör mal, ich rufe nicht einfach so an. Es geht um Jay.«

Er hörte, wie sie scharf die Luft einzog. »Ist etwas passiert? Bitte sag, dass nichts passiert ist!«

»Ich bin mir nicht sicher. Kannst du mir etwas über Sam sagen? Ich habe Buckley kontaktiert und der meinte, es sei alles in Ordnung. Aber ich bin mir nicht sicher …«

»Dein Bauchgefühl, hm? Alec, ich weiß ja nicht, wie Buckleys Definition von Ordnung lautet, aber eigentlich ist hier so einiges vorgefallen.«

Der Knoten in Alecs Magen vergrößerte sich. »Was meinst du damit? Was ist geschehen?«

Sie seufzte. »Wir können ihm nichts nachweisen, aber … Seit Sam aus dem Gefängnis entlassen wurde, gibt es wieder Tote. Ich habe das Gefühl, er hat wirklich einen Rachefeldzug gestartet. Drei der korrupten Polizisten sind tot. Zwei haben vermeintlich Selbstmord begangen, einer wurde im Gefängnis bei einer Messerstecherei tödlich verwundet. Und Darryl Brown, der Tätowierer, weißt du noch? Der ist auch als vermisst gemeldet. Würde mich nicht wundern, wenn seine Leiche auftaucht. Der rote Drache ist ebenfalls tot aufgefunden worden. Überdosis.«

»Sam hinterlässt eine Spur aus Leichen und kommt damit durch?« Alec sprang auf und begann, ruhelos im Raum auf und ab zu wandern. »Das kann doch nicht sein! Wieso ist er dann noch auf freiem Fuß?!«

»Ich befürchte, er ist sehr viel mächtiger, als wir geahnt haben. Er muss über Kamneys Geldvorrat verfügen, den wir nie gefunden haben. Außerdem hat er für die meisten Todeszeitpunkte ein Alibi.«

»Was ist mit Chase und Ray?«

»Ray ist sofort von der Bildfläche verschwunden, sobald er seinen Fuß auf freies Land gesetzt hat. Seine Hackerfähigkeiten haben sich anscheinend noch einmal verbessert. Chase ist hier und da, aber angeblich niemals in Kontakt mit Sam gekommen.«

Alecs Gedanken überschlugen sich. Waren sie am Ende doch hier gewesen?

»Alec, dein Schweigen macht mir Angst. Was ist mit Jay?«

»Er ist verschwunden. Wäre ja nicht das erste Mal, aber die Umstände gefallen mir nicht …«

»Warte kurz.« Er hörte, wie sie ihre Tastatur bearbeitete. »Hör mal, laut meinen Aufzeichnungen ist Chase gerade in Texas unterwegs. Er kann gar nicht bei euch da oben sein. Wo Ray ist, weiß ich natürlich nicht, aber von ihm ging ja auch die geringste

Gefahr aus. Solange Chase und Sam sich nicht treffen … Aber Sam ist laut meiner Quellen auch nicht in Wisconsin.«

»Gut, das beruhigt mich ein wenig. Aber Marlene, könntest du mir einen Gefallen tun und Buckley überprüfen? Und halte mich auf dem Laufenden, was die Jungs betrifft, okay?«

»Mach ich. Und du ruf mich bitte an, sobald du Jay gefunden hast.«

Jim wusste sofort, dass etwas nicht stimmte, als er aufwachte. Er lag wieder im Krankenhausbett und helles Licht schien zum Fenster herein. Hatte er es nicht bis ins Wartezimmer geschafft? Bestimmt nicht. Daran würde er sich doch erinnern, oder nicht? Und wieso tat sein Kopf so weh? Jim wollte seine linke Hand heben, um seine pochende Stirn zu betasten, doch das ging nicht. Verwirrt sah er auf die Bettdecke hinunter und erstarrte. Er war mit Handschellen ans Bettgestell gefesselt worden. Nein, das durfte doch nicht wahr sein! Wie sollte er jetzt Alec erreichen?

Vor der Tür saß immer noch Murphy, diesmal vollkommen wach und aufmerksam. Ihre Blicke trafen sich und ein Grinsen ging über das Gesicht des jungen Polizisten. Er zog sein Handy aus der Tasche und wählte eine Nummer, während er ins Zimmer kam.

»Ja, Raniero, er ist wieder wach geworden. Nein, nein. Ich werd ihn ganz bestimmt nicht aus den Augen lassen!« Er beendete den Anruf und setzte sich auf den Besucherstuhl. »Na, Jungchen, das hätte ich dir nun wirklich nicht zugetraut. Die Schwestern haben gesagt, du seist halb tot, und dann spazierst du nachts einfach aus dem Zimmer? Die hast du ja ganz schön zum Narren gehalten!« Er beugte sich vor. »Anscheinend bist du gerissener, als du ohnehin schon aussiehst. Wahrscheinlich sind die Süßen einfach beim Anblick dieser tiefblauen Augen dahingeschmolzen, was?«

Jim ließ seinen Kopf resigniert zurück ins Kissen sinken. Seine letzte Chance, Alec anzurufen, war dahin. Wie sollte er hier bloß rauskommen?

»Ein Glück, dass du von den Nachtschwestern erwischt wurdest. Sonst wärst du wahrscheinlich schon über alle Berge. Aber ich muss schon sagen, eine Bewusstlosigkeit zu simulieren, darauf wäre ich in dem Moment nicht gekommen. Du bist wirklich ein fabelhafter Schauspieler.«

Jim hatte keine Wahl mehr, er musste es drauf ankommen lassen. »Kann ich vielleicht mal telefonieren?«

Entgeistert starrte der junge Polizist ihn an. »Ist das dein Ernst? Du lügst Gesetzeshüter an, versuchst zu fliehen und dann besitzt du die Frechheit, nach einem Telefonat zu fragen?«

»Ist das nicht mein Recht?«

»Du hast deine Rechte verwirkt, als du nicht kooperiert hast! Außerdem, weißt du, wie schlecht ich jetzt bei meinem Chef dastehe wegen dir? Erwarte keine Gefallen!«

Jim schloss die Augen. Er hatte keine Chance. Er hoffte nur, dass Alec ihn irgendwie anders finden würde.

Alec ließ den Jeep, den Sheriff Dunlap ihm zur Verfügung gestellt hatte, am Steinbruch zum Stehen kommen. Er war froh, dass es aufgehört hatte zu schneien; dafür lag jetzt Nebel auf den Bäumen und eine feuchte Kälte drang durch seine Jacke. Er folgte dem schmalen Pfad und suchte nach den Höhlen, von denen die Dunlaps gesprochen hatten. Er bezweifelte zwar, dass Jay sich hier aufhielt, aber nachzusehen würde nicht schaden.

Jay kannte sich in Wäldern nicht aus. Er war stets in der Großstadt abgehauen. Da war es wesentlich einfacher, einen Unterschlupf zu finden, von wo aus man unbemerkt an Essen kam. Wenn Jay sich jetzt an irgendwelchen Beeren vergiftete … Hoffentlich war er so klug, die Finger von unbekannten Dingen zu lassen.

Eine Stunde später gab Alec seine Suche im Steinbruch frustriert auf. Er wusste nicht, wo er sonst noch suchen sollte. Er hatte bereits am Tag zuvor alle Hütten der Dunlaps kontrolliert, war in allen bekannten leer stehenden Gebäuden gewesen und hatte auch Teile des Waldes durchkämmt. Der Steinbruch und die Minen waren sein letzter Anhaltspunkt, bevor er die Suche auf die nächsten Städte ausweiten wollte. Sheriff Dunlap hatte sich bereit erklärt, die Minen zu durchforsten, und Alec war froh, dass er nicht selbst in die Stollen gehen musste.

Zurück bei den Dunlaps musste er feststellen, dass Grace nicht da war und er somit nicht ins Haus kam. Sollte er hier warten? Oder lieber noch einmal zu den Andersons gehen?

Er hatte sich gerade eine Zigarette angesteckt, da klingelte sein Handy.

»Mr Hyde.« Sheriff Dunlap klang aufgeregt. »Ich habe etwas gefunden.«

Sofort warf Alec die Kippe weg und eilte zurück zum Wagen. »Wo?«

»Nicht weit von der Stelle, wo Rick gelegen hat.«

»Ich bin gleich da.«

Er startete den Motor und fuhr mit quietschenden Reifen los, was ihm ein paar skeptische, neugierige Blicke der Nachbarn einhandelte.

Kleinstädte.

Nur wenige Minuten später parkte er den Wagen neben dem Pick-up der Dunlaps und stieg aus.

»Hier drüben!«

Alec folgte der Stimme den Weg entlang und er erblickte den Sheriff ein paar Meter entfernt im Unterholz, wo der auf ein dunkles Bündel unter ein paar Sträuchern deutete. »Das gehört Jim.«

Alec erkannte die durchweichte Lederjacke sofort, die über dem Rucksack lag. Sofort verstärkte sich sein abgrundtief schlechtes Gefühl. Er öffnete den Rucksack und fand wie erwartet Jays persönliche Dinge vor.

»Jay würde seine Sachen niemals zurücklassen. Nie im Leben.«

»Zumindest wissen wir jetzt, dass er hier war. Rick und Jim müssen sich getroffen haben.« Sheriff Dunlap fuhr sich über seinen Bart. »Aber dass Jim den Rucksack liegen lassen würde, glaube ich auch nicht.«

»Ich muss unbedingt noch einmal mit Rick reden.«

Doch vorher sollte Celine noch etwas für ihn erledigen. Er wählte die Nummer seiner Analystin.

19

Alec betrachtete den Jungen nachdenklich. Vor der Brust verschränkte Arme, die Lippen zusammengepresst, den Blick gesenkt. Reden wollte er ganz offensichtlich nicht.

»Rick, es ist wirklich wichtig, dass du mir sagst, was passiert ist.«

Die Kiefermuskeln des Jungen traten hervor. Definitiv nicht gesprächsfreudig.

»Ich mache es dir ein bisschen einfacher, okay? Ich erzähle dir meine Theorie der Geschichte und du sagst, ob ich richtigliege. Also, hier meine Vermutung.« Er zog seinen Notizblock hervor und blätterte darin, bis er die richtige Seite gefunden hatte. »Kurz nach halb sechs verlässt Jim das *Barry's,* ohne ein Wort zu sagen.« Er suchte den Blickkontakt zu Rick.

»Deine Schwester meinte, er habe sich seltsam benommen. Seltsamer als sonst?«

Überraschung huschte über Ricks Gesicht. »Als sonst?«

Einen Augenblick glaubte Alec, er würde reden, doch dann verschloss Rick sich wieder und schüttelte nur den Kopf.

»Also hat er sich ganz normal verhalten? Deine Schwester meinte –«

»Lassen Sie meine Schwester da raus!« Erschrocken mäßigte Rick seinen Ton und fuhr dann hastig fort: »Nein, er war nicht normal an dem Abend. Er war nervös irgendwie. Abwesend.«

Alec musste sich das merken. Irgendwie hing die kleine Anderson mit alldem zusammen.

»Dann ist Jim gegangen?«

Rick nickte.

»Und du hast das *Barry's* eine halbe Stunde später verlassen. Du hast eine Nachricht bekommen …« Alec sah, wie der Junge zusammenzuckte. *Volltreffer.* »… und dann bist du zum Wasserfall gegangen. Hat Jim dir geschrieben, dass er abhauen will? Hat er sich verabschiedet? Die Dunlaps meinten, dass du für ihn einem Freund am nächsten kommst.«

Rick senkte wieder den Blick.

»Also vermute ich, dass er dich benachrichtigt hat. Wolltest du ihn aufhalten? Ihn zum Bleiben bewegen? Nur, warum ihr euch beim Wasserfall getroffen habt, verstehe ich nicht. Ist Jim dann wütend geworden? Das wäre bei seiner Akte nicht ungewöhnlich. Ist er auf dich losgegangen?«

Die Hände des Jungen verkrampften sich zu Fäusten, die Knöchel wurden weiß. Sein Kinn zitterte und er schien mit den Tränen zu kämpfen.

»Dann hat er dich bewusstlos geprügelt und ist verschwunden.«

Rick wurde noch blasser, als er schon gewesen war, und die Tränen rollten stumm über seine bleichen Wangen.

Alec beugte sich vor. »War es so?«

Rick reagierte nicht, er schien woanders zu sein. Kein Wort kam über seine Lippen.

Angst. Ja, das war es, was Alec an seinen Augen abzulesen glaubte. Angst, aber wovor?

»Okay, versuchen wir es einmal anders. Warum hattest du deine Kunstmappe dabei?«

Rick schwieg verbissen. Alec setzte zu einer neuen Frage an, da vibrierte sein Handy. Die Nummer von Celine erschien auf dem Display. Er räusperte sich. »Entschuldige, da muss ich eben rangehen.« Er verließ das Wohnzimmer und nahm ab.

»Was gibt es, Celine?« Einige Augenblicke hörte er zu. »Tatsächlich? Na, das werde ich mir sofort ansehen. Schick mir doch bitte die Adresse, ich fahre gleich hin.« Er beendete das Gespräch und ging zu Mr Anderson, der wartend in der Küche saß.

»Ich muss dringend weg. Sorgen Sie dafür, dass Ihr Sohn die Stadt nicht verlässt und dass er Hilfe bekommt.«

Ricks Vater begleitete ihn zur Tür, die Stirn sorgenvoll gerunzelt.

Alec gab ihm die Hand und sagte: »Ich tue mein Bestes, um herauszufinden, was geschehen ist, Mr Anderson. Nur, wenn Rick nicht kooperiert, komme ich nicht so schnell voran. Vielleicht reden Sie noch einmal mit ihm.«

»Das werde ich.«

»Gut. Vielleicht braucht er auch einfach noch ein bisschen Zeit.«

Eine Nachricht war angekommen, als Alec im Auto sein Handy hervorzog. Im Anhang war die von Celine versprochene Adresse, die er in sein Navi kopierte. Vielleicht hatten sie endlich eine brauchbare Spur.

Es war bereits Abend und draußen war es stockdunkel. Grace wanderte durch die leeren Zimmer ihres Zuhauses und blieb schließlich vor Jims halb geöffneter Zimmertür stehen. Genau eine Woche war er jetzt schon verschwunden. Bei ihrer letzten Begegnung hatte sie ihm lächelnd zugewunken und gedacht, dass sie am Abend gemeinsam ein paar frische Donuts essen würden. Wo er nur steckte?

Zögernd betrat sie sein Zimmer und schaltete das Licht ein. Der Raum sah eigentlich noch fast genauso aus, wie als er ihn bezogen hatte. Nur die Bettwäsche war eine andere und ein einsamer Pullover hing über dem Schreibtischstuhl. Auf dem Schreibtisch selbst lagen ein paar Schulsachen. Sonst nichts.

Liebevoll nahm sie den Pullover in die Hand, zog den Stuhl heran und setzte sich. Ein Schreibblock lag aufgeschlagen vor ihr und sie erkannte ein paar Matheaufgaben. Jim hatte sie souverän zu lösen gewusst.

Ihre Gedanken wanderten zu dem Freitag, als Mr Benning angerufen und das mit dem Spickzettel erzählt hatte. Sie hatte an

Jims Unschuld gezweifelt, ja. Auch als dann in der Nacht die Hütte abgebrannt war. Doch als sie Jims offensichtliche Resignation gesehen hatte, hatte sie beschlossen, ihm Glauben zu schenken.

Sie hatte auch geglaubt, dass Rick Jim durch seine Freundschaft Halt gegeben hatte. Aber warum war Jim dann ausgerissen? Und vor allem – wo war er jetzt? Sein Rucksack war weg, da war wahrscheinlich alles drin, was er brauchte, um sich für eine Weile allein durchzuschlagen. Hyde hatte gesagt, dass er überall sein konnte, und hatte schon einige von Jims alten Verstecken überprüft, doch bisher gab es keine Spur von ihm.

Grace machte sich ernsthafte Sorgen. Gestern hatte sie noch einmal mit Shakira telefoniert, aber die schien es nicht besonders zu interessieren, dass ihr Adoptivsohn mal wieder abgehauen war.

»Der tobt sich schon noch aus, Gracie. So ist er nun mal. Er lässt ein bisschen Dampf ab und dann kommen alle ein bisschen besser mit ihm zurecht.«

Grace wollte das nicht glauben. Jim versuchte klarzukommen. Er hatte sich nicht über Arbeit beschwert, selbst wenn er mal den ganzen Samstag bei den Hütten verbracht hatte. Jeder andere in seinem Alter hätte wahrscheinlich lautstark protestiert. Der Jim, vor dem Shakira sie gewarnt hatte, und der Jim, der mit Walter vom Bahnhof gekommen war, schienen zwei grundsätzlich unterschiedliche Personen zu sein. Allerdings wusste Grace auch nicht viel darüber, wer Jim gewesen war, bevor er adoptiert wurde. Selbst Will und Shakira hatten nur begrenzt Informationen darüber.

»Herr«, betete sie leise, »ich weiß nicht, wo Jim jetzt gerade ist, wie es ihm geht und was an dem Abend wirklich geschehen ist. Aber ich weiß, dass du alles in deiner Hand trägst und genau jetzt auch bei Jim bist. Schenk ihm Lebensmut. Und bitte lass ihn wissen, dass wir hier zu Hause auf ihn warten und dass er willkommen ist.« Sie seufzte. »Ich weiß nicht, was zwischen ihm und Rick vorgefallen ist, aber es scheint ihn sehr durcheinandergebracht zu haben. Ich kann mir keinen anderen Grund denken, warum er weglaufen sollte. Oder haben wir ihm zu viel Druck gemacht? War das in der Schule zu viel? Teenager können ja so grausam untereinander sein …«

Eine Weile blieb sie so sitzen und starrte auf Jims unregelmäßige Handschrift vor sich. Sanft strich sie darüber und wunderte sich darüber, wie sie Jim innerhalb weniger Wochen so sehr ins Herz hatte schließen können.

Das Klingeln des Telefons schreckte sie auf und sie beeilte sich, in den Flur zu kommen.

»Grace, ich bin es.« Ihr Bruder schien ein wenig aufgewühlt zu sein. »Kannst du bitte schnell auf die Wache kommen?«

»Natürlich, ich bin gleich da. Was gibt es denn?«

»Sag ich dir gleich, wenn du da bist.«

Alec hielt mit seinem Auto an der Schranke vor dem Parkhaus des Krankenhauses. Ricks Zustand machte ihm Sorgen. Der Junge schien traumatisiert zu sein, und wenn sich seine Vermutung durch die Spur, auf die Celine gestoßen war, bestätigte, dann hatte er bereits eine Theorie, warum.

Er betrat die Eingangshalle, ging zur Rezeption und zeigte seine Marke. »Ich habe Informationen erhalten, dass hier vor einer Woche ein Jugendlicher mit Schussverletzungen eingeliefert wurde?«

Die Dame hinter dem Tresen strich sich kokett eine Haarsträhne hinters Ohr. »Das ist richtig.« Sie lächelte breit und Alec unterdrückte das Bedürfnis, die Augen zu verdrehen, und lächelte stattdessen zurück.

»Und in welchem Zimmer finde ich ihn?«

Sie errötete ein wenig und tippte dann auf ihrer Computertastatur herum. Dann beugte sie sich vor und flüsterte verschwörerisch: »Vierte Etage, rechter Flügel, Zimmer 462.«

»Danke.«

Er verließ eilenden Schrittes die flirtende Empfangsdame und fuhr mit dem Fahrstuhl in den vierten Stock. Als er in den rechten Flügel kam, sah er zwei Schwestern, die sich sichtlich aufgebracht unterhielten. Als er sich ihnen näherte, konnte er ein paar Gesprächsfetzen aufschnappen.

»... können die doch nicht machen!«

»... nutzen ihre Position aus. Da kann man nichts tun.«

»Weißt du, was der zu mir gesagt hat? Wenn ich nicht aufhöre, mich einzumischen, verhaftet er mich wegen Behinderung der Justiz!«

»Typisch!«

Alec blieb bei ihnen stehen. »Entschuldigen Sie, die Damen. Ich suche jemanden.«

Das entgegenkommende Lächeln der beiden verschwand, als er seine Marke vorzeigte.

»Oh, noch so einer.« Die brünette Schwester sah ihn sichtlich herablassend an. »Sind Sie auch wegen des angeschossenen Jungen hier?«

»Ihrer Aussage entnehme ich, dass bereits jemand bei ihm ist?«

»Allerdings. Und ich bin mir ziemlich sicher, dass ihre Vorgehensweise in Sachen Verhör nicht legal ist, zumindest nicht human!« Sie trat auf ihn zu. »Ist es nicht so, dass ein Minderjähriger nicht befragt werden darf, wenn seine Eltern nicht dabei sind? Von einem Anwalt ganz zu schweigen!«

Alec hob die Augenbrauen. »Wollen Sie damit andeuten, dass es so vonstattengeht?«

Ihr Blick war jetzt nicht mehr ganz so angriffslustig und sie nickte. »Die zwei Polizisten sind gleich am ersten Tag hier aufgetaucht, nachdem der Junge aus dem OP kam. Er ist aber erst gestern Abend aufgewacht. Sobald er ansprechbar war, haben sie ihn mit Fragen bombardiert. Sie haben es damit verteidigt, dass er ein Hauptverdächtiger sei.«

»Das hat ihn ganz schön eingeschüchtert«, warf die andere

Schwester ein. »Er hat wohl kaum was gesagt, außer, dass er sich an nichts erinnern kann. Heute Morgen hat er sogar versucht zu fliehen.«

Das kam ihm ziemlich bekannt vor.

»Zimmer 462?«, fragte er.

Die Brünette nahm ihn am Arm. »Ich zeig es Ihnen!«

Jim hatte das Gefühl, keine Luft mehr zu bekommen. Das Schmerzmittel reichte kaum aus, das dumpfe Pochen in seinem Brustkorb zu betäuben. Zudem hingen die Fragen der Polizisten schwer im Raum. Und die Männer gingen einfach nicht. Sie saßen da und starrten ihn an und wiederholten sich immer und immer wieder.

Und Jim hatte nur eine Antwort: Er konnte sich nicht erinnern.

Was nicht ganz stimmte. Er konnte sich sogar ziemlich gut erinnern. An die Benachrichtigung seines Sicherheitsprogramms. Wie er nach Hause gerannt war und seine Sachen gepackt hatte. Wie der Anruf von Sam gekommen war und wie Rick dagestanden hatte, hilflos in Rays eisernem Griff.

Und der Schuss. Der Schuss, der alles hätte beenden sollen. Der Schuss, der Jim in den Fluss gestoßen hatte. Nur, was war dann passiert? In seinem Gedächtnis waren nur flackernde Bilder, Fetzen von Geräuschen und Stimmen.

»Junge, es wäre wirklich besser, wenn du einfach gestehst.«

Gestehen. Richtig. Irgendwie waren sie der Meinung, dass er in einen Drogenfall verwickelt war. Das konnte auch nur ihm passieren. Er versuchte, sich weiter aufzurichten, doch die Handschellen, mit denen seine linke Hand immer noch ans Bettgestell gefesselt war, hinderten ihn daran.

Raniero lehnte sich zurück. »Gehen wir noch einmal die Fakten durch.« Er blätterte in seinem abgegriffenen Notizblock und wiederholte seine Theorie. Anschließend blickte der Polizist auf und fixierte Jim mit einem stechenden Blick. »Kannst du dich immer noch nicht erinnern?«

»Ich habe nichts mit Drogen zu tun.«

»Wie kannst du das wissen, wenn du dich nicht erinnern kannst?«

Jim presste die Lippen aufeinander. Er redete zu viel. Weil er sich kaum konzentrieren konnte. Er sah auf seinen Arm, wo durch eine Nadel und einen dünnen Schlauch eine durchsichtige Flüssigkeit beständig in seine Venen tropfte. Das Zeug betäubte seine Sinne. Er wünschte, er könnte die Nadel herausziehen.

»Also wenn du dich doch erinnern kannst, können wir ja mal mit deinem Namen anfangen.«

Jim Dunlap. Jonah West. Jay-Dee. K17. Jay. Er hatte viele Namen. Er würde ihnen keinen geben.

Raniero rückte näher und beugte sich vor. Sein Atem stank nach kaltem Kaffee. »Du glaubst vielleicht, dass es für dich nicht schlimmer werden kann, als es jetzt schon ist. Aber glaub mir, *noch* hab ich gute Laune.«

Jim spürte, wie ihm übel wurde. Sein Hals war trocken. Er wollte mit der freien Hand nach dem Wasserglas auf dem Schränkchen greifen, doch Murphy zog es mit einem Grinsen außer Reichweite.

»Name?«, fragte er.

»Special Agent Alec Hyde, FBI«, kam es dröhnend von der Tür.

Die beiden Polizisten brachten sofort mehr Abstand zwischen sich und Jim, Murphy sprang auf und Raniero blickte Hyde finster an.

»Was wollen Sie hier? Das ist unser Fall!«

»Irrtum. Der da«, er zeigte auf Jim, »ist mein Fall.«

»Der Junge ist in *unseren* Fall verwickelt!«

»Nehmen Sie ihm die Handschellen ab.« Hydes Blick ließ keinen Widerspruch zu, Raniero schnaufte trotzdem.

»Wir lassen unseren Hauptverdächtigen nicht noch einmal entkommen!«

»Das überlassen Sie mir. Machen Sie ihn jetzt gefälligst los und wir reden über Ihren vermeintlichen Fall.«

Nicht gerade sanft zerrte Raniero das Metall von Jims Handgelenk und folgte seinem Kollegen in den Flur, wo die beiden lauernd auf Alec warteten. Die Anspannung wich von Jim und machte sofort einer erschöpfenden Müdigkeit Platz.

Alec trat näher. »Du hast echt ein unfassbares Glück, Jay. Entweder das oder da oben hat jemand ein Auge auf dich.« Alec reichte ihm das Wasserglas und Jim leerte es in einem Zug.

Alec betrachtete ihn kopfschüttelnd. »Ruh dich jetzt aus, das wirst du brauchen. Ich regle das mit denen da draußen.« Er verschwand vor die Tür und Jim driftete in den erlösenden Schlaf.

Grace stieß die schwere Tür der Wache auf und stürmte ins Innere. Walter kam ihr bereits entgegen, führte sie in sein Büro und schloss die Tür hinter ihr.

»Alec hat angerufen. Er hat ihn gefunden.«

Die Art und Weise, wie Walter das sagte, jagte eine Gänsehaut über ihre Arme.

»Geht es ihm gut?«, flüsterte sie, obwohl sie sich vor der Antwort fürchtete.

Ihr Bruder seufzte. »Den Umständen entsprechend. Fakt ist, dass er mit zwei Kugeln ins Krankenhaus geflogen wurde. Von unserem Camp aus.«

Grace sank auf einen Stuhl. »Kugeln? Du meine Güte! Wie … Wer … Ist er schwer verletzt?«

»Ich bin mir nicht sicher. Jedenfalls ist er am Leben. Du kannst gleich hinfahren, Alec ist vor Ort und regelt das mit Raniero, dem Sheriff aus dem Dorf flussaufwärts.«

»Wieso um alles in der Welt haben die Camper es denn nicht *hier* gemeldet?«

»Nun ja. Fakt ist, dass sie hier angerufen haben.« Walter schoss einen bitterbösen Blick auf den Hilfssheriff im vorderen Bereich des Gebäudes, der mit eingezogenem Kopf angestrengt auf seinen Computerbildschirm starrte. »Doch Raniero hat seinen Anspruch auf Jim ziemlich deutlich gemacht, da er glaubt, der Junge sei in einem Fall in seinem Bezirk verwickelt.« Walter musste sich sichtlich beherrschen, nicht irgendetwas an die Wand zu werfen. »Mein werter Herr Hilfssheriff hat es dann natürlich nicht für nötig gehalten, das an mich weiterzuleiten. Offenbar ist an ihm vorbeigegangen, dass Jim verschwunden war, oder er hatte ein Riesenbrett vorm Kopf.«

Grace fuhr sich übers Gesicht. »Wer … wer würde Jim denn etwas antun wollen?«

»Ich weiß es nicht. Wir haben seinen Rucksack in der Nähe vom Wasserfall gefunden. Da hat Alec seine Kollegin noch einmal gebeten, ungewöhnliche Vorkommnisse in der Gegend zu überprüfen. Und dann hat sie Jim gefunden.«

»Ich fahre sofort los.«

»Grace.« Walter hielt sie zurück. »Kein Wort zu niemandem. Wir wissen nicht, was passiert ist. Wenn Jim in Gefahr ist …«

»Ich weiß. Ich bin vorsichtig.«

Alec war heilfroh, dass er Jay gefunden hatte, wenn auch die Umstände leider deutlich komplizierter waren, als er angenommen hatte. Doch langsam setzten sich die Puzzleteilchen zusammen. Nur die Kunstmappe von Rick passte nicht ins Bild. Hoffentlich würde er die beiden Jungs nun zum Reden kriegen … Nachdem er Jay in das für ihn sicherere Krankenhaus hatte verlegen lassen, war er noch nicht dazu gekommen, ihn ausführlich zu befragen. Jetzt hielt er es für sinnvoller, Rick direkt miteinzubeziehen, um die Sache ein für alle Mal zu klären.

Alec lief es kalt den Rücken herunter, als er sich bewusst machte, wer für Ricks Schweigen verantwortlich sein könnte. Nein, das hatte er doch bereits überprüft! Sam saß in seiner Stammkneipe in Florida, jeden Abend. Er konnte nicht da gewesen sein. Doch wieso hatte er diese ungute Ahnung? Sein Bauchgefühl war meist korrekt gewesen.

Er zog sein Handy hervor und ließ sich erneut mit Buckley verbinden.

Es klingelte ziemlich lange, bevor jemand abhob.

»Ja?«

»Buckley, Hyde hier. Statusbericht.«

»Schon wieder? Glauben Sie mir etwa nicht mehr? Wenn Sie wollen, schicke ich Ihnen gleich ein Foto. Ich sehe Sam, er sitzt an der Theke.«

»Machen Sie das.«

»Gut, wenn Sie unbedingt wollen. Es ist also doch etwas passiert, oder?«

»Tun Sie einfach, was ich Ihnen gesagt habe.« Alec legte auf und wählte Marlenes Nummer.

»Hast du Buckley überprüft?«

»Bin gerade dabei. Das wird dir nicht gefallen. Er hat in den letzten Monaten Ausgaben getätigt, die er mittels seines Gehalts gar nicht decken könnte.«

»Er wurde geschmiert?«

»Beweise habe ich keine, ich bin mir aber zu neunzig Prozent sicher.«

»Das heißt, Sam könnte sonst wo sein.«

»Ja. Tut mir leid, Alec. Ich suche weiter.«

»Danke.«

20

Elena konnte kaum mit ansehen, wie Rick in seiner Cornflakesschüssel herumrührte, in der die Cerealien schon vollkommen durchgeweicht waren. »Du musst das essen, nicht vermatschen!«

Er sah auf und starrte sie mit leerem Blick an. Genau wie in den letzten Tagen. Keine Gefühle. Nur Leere. Das hielt sie nicht aus!

»Mach doch ein bisschen Fluff rein!« Elena holte den Marshmallow-Aufstrich und stellte ihn herausfordernd vor Rick auf den Tisch.

Er reagierte nicht und rührte weiter in der Cornflakesmasse herum, was Elena beinahe irre werden ließ. Zum Glück klingelte es und sie nutzte die Gelegenheit, der drückenden Stille zu entkommen.

Mit Elan öffnete sie die Tür, doch ihr begrüßendes Lächeln erstarb, als sie Mr Hyde erkannte.

»Oh, Sie sind es.« Der fremde Typ, der nicht aufhörte, Rick mit seinen bohrenden Fragen zu quälen.

Mr Hyde schnippte seine Zigarette weg. »Sind deine Eltern da?«

Elena hörte ein leises Klirren aus der Küche, als ob Rick vor Schreck etwas umgestoßen hätte.

»Nein, sind sie nicht.« Sie versuchte nicht einmal, ihre Abneigung zu verbergen.

Mr Hyde lächelte dünn. »Ist es okay, wenn ich hier warte, bis sie kommen?«

Elena setzte ein ebenso falsches Lächeln auf. »Ich darf keine Fremden ins Haus lassen«, antwortete sie mit zuckersüßer Stimme.

So etwas wie Belustigung funkelte in seinen Augen auf. »Gut, dann komme ich später noch mal wieder.«

Elena nickte und ließ die Tür mit mehr Schwung ins Schloss fallen als notwendig. Verärgert marschierte sie zurück in die Küche, wo Rick mit erleichtertem Blick auf sie wartete.

»Ich mag den Kerl nicht!«, schimpfte Elena. »Kann der uns nicht einfach in Ruhe lassen? Was können wir dafür, dass Jim abgehauen ist? Er verhört dich, als wärst du schuld daran.« Elena öffnete das Fluff-Glas und löffelte etwas davon in ihre eigenen Cornflakes.

Rick wurde noch stiller, wenn das denn überhaupt möglich war. Was hätte sie jetzt dafür gegeben, seine Gedanken lesen zu können!

»Ich verstehe nicht, warum du ihm nicht einfach sagst, was geschehen ist. Wir wissen doch alle, dass Jim hart zuschlagen kann. Du kannst ihn nicht schützen, nur weil du verschweigst, dass er sogar seinen besten Freund zusammengeschlagen hat.« Elena wollte es immer noch nicht glauben. Rick war Jim wichtig, da war sie sich ganz sicher, und er würde ihm nie schaden wollen. Aber es war die einzig logische Erklärung. Vielleicht mochte sie Jim einfach ein bisschen mehr, als gut für sie war, und machte sich nur selbst etwas vor, wenn sie hoffte, es wäre anders gewesen.

Ricks Gesicht verfinsterte sich, er schüttelte den Kopf, dann stand er abrupt auf und ließ sie mit den unberührten Cornflakes in der Küche zurück.

Elena versuchte, nicht verletzt zu sein, und löffelte ihre eigene Schüssel leer. Immer noch hatte sie das Bild im Kopf, wie Rick einfach so dagelegen hatte im nassen, hohen Gras. Zerschlagen und bewusstlos. Und dann, wie er völlig verängstigt aufgewacht war.

Elena hatte gesehen, wie Jim ausrasten konnte. Vielleicht war sein Angriff auf Rick eine Kurzschlussreaktion gewesen. Natürlich hatte er sich dann aus dem Staub gemacht, das hätte sie an seiner Stelle auch getan. Trotzdem. Wieso war er überhaupt ausgerissen? Waren sie ihm alle komplett egal? Blöder Kerl.

Elena räumte ihre Schüssel weg und ging die Treppe hoch. Als sie fast oben angekommen war, hörte sie, wie die Haustür aufgeschlossen wurde. Sie duckte sich und lugte um die Ecke. Ihre Eltern kamen herein, gefolgt von diesem Typen.

»... tut mir leid, aber es geht nicht anders. Ich werde Ihren Sohn aber bald wieder nach Hause bringen, keine Sorge. Hier ist der Beschluss.« Er reichte ihnen ein Papier.

Elena riss die Augen auf. Der Freak wollte ihren Bruder entführen!

Sie sprang auf und lief, so leise es ging, zu Ricks Tür. Nach einem kurzen Klopfen schlüpfte sie schnell hinein.

»Rick, Mom und Dad sind wieder da. Und dieser Kerl, Mr Hyde, auch! Er will dich mitnehmen!«

Erschrocken warf er seinen Zeichenblock von sich. »Was? Wieso? Wohin?«

Nervös sah Elena zur Tür. »Ich habe keine Ahnung! Er ist mit so einem wichtig aussehenden Papier aufgetaucht und hat gesagt, er hat die Berechtigung, dich in Gewahrsam zu nehmen!«

Seine Augen weiteten sich vor Schreck. »Er will mich verhaften?!«

Elena schritt ruhelos im Raum auf und ab. »Rick, du musst abhauen! Wer weiß, wo er dich hinbringt! Was, wenn er dich ins Gefängnis steckt?«

Rick setzte sich aufs Bett. »Warum sollte er das tun?«

»Keine Ahnung! Dem trau ich alles zu!«

Schritte und Stimmen wurden auf der Treppe laut.

»Oh nein! Da ist er schon!«

Die Tür öffnete sich erneut und herein kamen ihr Vater, Sheriff Dunlap und Mr Hyde.

»Rick, Mr Hyde ist hier, um dich mitzunehmen.«

»Wohin, Dad?«

Sheriff Dunlap und Hyde wechselten einen Blick.

Mr Hyde wandte sich mit unbeweglicher Miene an Rick. »Wir beide sollten uns an einem neutralen Ort noch mal ganz in Ruhe unterhalten.«

Ricks Knie wurden weich. Hatten sie … hatten sie Jims Leiche gefunden? Wie gelähmt starrte er den Mann an, dessen Augen absolut nichts verrieten.

Wie betäubt ließ Rick sich aus dem Raum schieben.

Unten reichte seine Mutter ihm seine Jacke. »Alles wird wieder gut, Schatz.« Sie küsste ihn auf die Stirn, doch die Besorgnis in ihren Augen sprach Bände.

Sein Unbehagen wuchs, als er in den Wagen von Mr Hyde stieg und der den Motor startete. Beim Wegfahren sah Rick zurück zum Haus, wo seine Eltern ihm nachschauten. Plötzlich fühlte er sich völlig allein und hilflos. »Wohin fahren wir?«, fragte Rick mit dünner Stimme.

»Nicht sehr weit weg«, war die kurze Antwort Mr Hydes.

Die Angst schnürte ihm die Kehle zu, doch dann erinnerte Rick sich daran, dass Gott ja mit ihm war. Rick wollte alles an ihn abgeben. Wo er selbst keinen Weg sah, hatte der Allmächtige bestimmt schon einen. Er versuchte zu beten.

Nach fast einer Dreiviertelstunde Fahrtzeit erreichten sie eine größere Stadt und Mr Hyde parkte den Wagen vor einem mehrstöckigen Gebäude. Sie stiegen aus und gingen durch die großen Glastüren ins Innere des Hauses. Es sah aus wie ein Bürokomplex; mehrere Gänge mit teilweise geschlossenen Türen zweigten von einem langen Korridor ab.

Sie folgten dem Flur bis ans Ende, wo sie auf den Aufzug warteten. Rick setzte zu einer weiteren Frage an, aber dieser Mr Hyde schien nicht besonders gesprächig zu sein, wenn es nicht gerade ein Verhör gab. Die Aufzugstüren öffneten sich leise und Mr Hyde schob Rick hinein.

Im sechsten Stock stiegen sie aus und Rick fragte sich unwillkürlich, ob sie sich überhaupt noch im selben Gebäude befanden. Ein mittelgroßer Raum mit einigen Monitoren öffnete sich vor ihm. Dahinter war eine Glaswand mit Tür, die auf einen weiteren Flur mit mehreren verschlossenen Türen führte. Ein Sicherheitsmann stand davor. Eine Frau in weißem Kittel saß an einem Schreibtisch. Als Mr Hyde sie begrüßte und sie sich lächelnd umdrehte, entdeckte Rick ein Stethoskop um ihren Hals. Befand er sich in einer psychiatrischen Einrichtung? Unsicher sah er sich um.

Mr Hyde unterhielt sich kurz leise mit der Frau, deren Lächeln langsam erstarb und sich in ein Stirnrunzeln verwandelte. »Das ist keine gute Idee«, hörte Rick sie sagen.

Mr Hyde hob eine Augenbraue und sie senkte wieder die Stimme und flüsterte nachdrücklich auf ihn ein. Er schien die Diskussion zu gewinnen, denn die Kittelfrau hob resignierend die Hände und sagte: »Wenn er kollabiert, darfst du ihn eigenhändig reanimieren!«

»Das wird nicht geschehen.«

»Wenn du meinst.«

»Das ist vielleicht der einzige Weg, ihn zum Reden zu bewegen.«

Rick spürte Panik in sich aufsteigen, als Mr Hyde auf ihn zukam. Was würden sie mit ihm machen?

»Hier entlang.« Er schob Rick zur Glastür an dem Sicherheitsmann vorbei. An der ersten Tür auf der linken Seite blieb er stehen. »Zeit für ein kleines Aufklärungsgespräch.«

Mr Hyde öffnete die Tür und ging voran. Rick folgte ihm langsam. Das, was sich in dem Raum befand, hatte er nicht erwartet. Ein Krankenhausbett? Und wer –?

Nein. Das konnte nicht sein.

Ricks Knie gaben endgültig nach und er musste sich an der Wand abstützen.

Das war er nicht. Oder etwa doch?

Mr Hyde beobachtete ihn aufmerksam, dann ging er zum Bett und rüttelte die schlafende Gestalt vorsichtig an der Schulter. »Jay. Jay, wach auf!«

Der Junge regte sich, blinzelte und sah sich ein wenig verwirrt um.

»Jay, hier ist jemand, der dich sehen muss.«

Es war Jim. Es war wirklich Jim!

Ihre Blicke trafen sich und für Momente starrten sie einander nur an. Rick konnte sehen, dass Jim eine ganze Weile brauchte, bis er realisierte, dass er nicht seiner Einbildung entsprungen war. Seine Augen wurden groß und sein Atem beschleunigte sich.

Rick konnte es nicht fassen. Jim lebte! Ein Schluchzer entwich ihm und er rutschte langsam an der Wand herunter. Er wollte es nicht, aber die Tränen kamen.

Jim war nicht tot! Er lebte! Er lebte wirklich! Die Erleichterung überwältigte ihn vollkommen. Jim jedoch reagierte kaum. Er starrte ihn einfach nur weiter an.

»Also, Jungs.« Mr Hyde zog einen Stuhl heran. »Die Tatsache, dass Jay hier mit zwei Kugeln aus dem Wasser gezogen wurde und Rick an der vermutlichen Kampfstelle bewusstlos aufgefunden wurde, führt, ohne weitere Details zu kennen, zu einem Tathergang, dem zufolge ich dich, Jay, wegen schwerer Körperverletzung, und dich, Rick, wegen versuchten Mordes ins Gefängnis stecken lassen müsste. Es sei denn, ihr sagt mir endlich, was verdammt noch mal wirklich vorgefallen ist!«

Jim hörte kaum, was Alec erzählte. In seinem Kopf war nur Platz für eines: Rick war nicht tot. Sie hatten ihn am Leben gelassen. Aber warum? Das ergab keinen Sinn! Sie ließen niemals Zeugen zurück. Das hatten sie ein einziges Mal getan und da war es keine Absicht gewesen. Wie konnten Rick und er beide überlebt haben? Vielleicht, weil Rick an Gott glaubte? Doch das schützte einen nicht vor dem Tod. Das hatte er schon sehr früh lernen müssen.

»Jay.«

Er zuckte zusammen. Alec stand neben ihm. »Hast du gehört, was ich gesagt habe?«

Sein Blick schien ihm als Antwort zu genügen.

Alec seufzte. »Ich will endlich von euch beiden hören, was los war. Entweder seid ihr aufeinander losgegangen oder …?«

Rick saß auf dem Fußboden wie ein Häufchen Elend, aber ein glückliches. Er hörte nicht auf zu weinen. Jim schnürte es den Hals zu. Was hatten sie mit ihm gemacht? Sein Gesicht sah übel zugerichtet aus.

Alec setzte sich wieder auf seinen Stuhl. »Erzähl.«

Jim schluckte. »Sie waren da.«

Alec zog scharf die Luft ein. »Das habe ich vermutet, hatte aber gehofft, dass ich mich irre.«

»Diese Typen haben mir eine Mail geschickt.« Rick wischte sich das Gesicht trocken. »Irgendwie haben sie erfahren, dass ich bei einem Kunstwettbewerb mitgemacht habe. Da haben sie geschrieben, sie wollen mich beim Wasserfall für ein Interview treffen.«

Alec schnippte mit den Fingern. »Deswegen die Kunstmappe! Die hatte mich die ganze Zeit schon gestört, sie hat einfach nicht ins Bild gepasst!«

»Ja, und ich bin direkt in ihre Falle getappt.« Rick schüttelte fassungslos den Kopf. »Aber ich verstehe immer noch nicht, wie sie die Verbindung zwischen mir und Jim hergestellt haben. Woher wussten sie, dass wir befreundet sind?«

Jim holte mühsam Luft. »Ray kennt meine virtuelle Handschrift. Ich vermute, dass sie uns über die Website gefunden haben. Ray wird sich wahrscheinlich in der Gegend umgesehen haben. Vom Internet aus, meine ich.«

»Stimmt, du hast für Elena Brians Handy gehackt!«, fiel Rick ein.

»Genau. Und du warst wegen des Kunstwettbewerbs leicht zu ködern.«

»Und dann haben sie dich kontaktiert, Jay?« Alec beugte sich vor.

Er nickte. »Von Ricks Handy aus. Sam hat angerufen.«

»Den Rest kann ich mir fürs Erste erschließen. Danke, Jungs. Wieso habt ihr mir das nicht gleich erzählt?«

»Sie haben gedroht, meiner Schwester was anzutun und meiner Familie. Sie sagten, wenn ich rede, kommen sie wieder …«

Alec nickte verständnisvoll. »Ich werde jetzt ein paar Anrufe tätigen müssen. Ich lass euch beide mal allein; ich denke, ihr habt euch einiges zu erzählen. Ich bin bald wieder zurück.«

Als Mr Hyde den Raum verlassen hatte, wurde es ruhig im Zimmer. Rick sah zu Jim hinüber, aber der wich seinem Blick jetzt aus. War das Angst auf seinem Gesicht?

Rick stand langsam auf und nahm auf dem Stuhl Platz, auf dem eben noch Mr Hyde gesessen hatte. »Wie … wie geht es dir?«, wagte er schließlich zu fragen.

Jim hob die Schultern und zuckte vor Schmerzen zusammen. »Die eine Kugel hat sich in die Rippe gebohrt, die ist jetzt gebrochen. Die andere hat mein Herz nur um einige Zentimeter verfehlt.« Jim sah ihn immer noch nicht an.

»Und wie bist du aus dem Fluss gekommen?«

»Erinnern kann ich mich nicht genau. Die haben aber erzählt, dass die Familie unten am Camp mich entdeckt und aus dem Wasser gezogen hat. Zum Glück hatte der eine medizinische Ahnung, sonst hätte ich es nicht ins Krankenhaus geschafft.«

»Wie haben sie dich denn hierhergebracht?«

Jim richtete sich ein wenig auf. »Als Alec mich im Krankenhaus gefunden hat, hatte ich das Schlimmste überstanden und er hat mich hierhin umquartiert.«

»Das verstehe ich nicht. Warum hat er dich aus dem Krankenhaus geholt?«

»Wegen der Reporter. Es war nicht sicher. Es passiert hier in der Gegend ja nicht gerade häufig, dass jemand mit Schussverletzungen eingeliefert wird, und dann waren da noch diese dämlichen Polizisten, die geglaubt haben, dass ich ihr Täter in einem anderen Fall flussaufwärts wäre.«

»Hätte es da nicht gereicht, dich in ein anderes Krankenhaus zu bringen?«

Jim schüttelte den Kopf. »Weil sie höchstwahrscheinlich schon nach mir gesucht haben. Sie werden sichergehen wollen, dass ich es wirklich nicht geschafft habe.«

»Sie? Du meinst, dieser Sam und seine Kumpels?«

Jetzt sah Jim ihn an. »Was haben sie dir erzählt?«

»Gar nichts. Außer, dass sie von der Kunstschule sind, aber das war ja eine Lüge.«

»Also haben sie nichts darüber gesagt, woher sie mich kennen oder so?«

»Nein.«

Jim schien erleichtert.

»Woher … woher kennst du die denn?«

Jim verzog das Gesicht. »Das würde ich dir lieber nicht so gerne sagen. Nur so viel: Ich hab Sam an die Polizei verraten und ihn auffliegen lassen. Seitdem ist er hinter mir her und will mich umbringen. Nur einer der vielen Gründe, warum ich zur Psychologin gehe.«

Hinter Jims mysteriösen Terminen steckte also eine Therapie … Rick schüttelte ungläubig den Kopf. »Das heißt, du hast das letztens nicht nur so gesagt, von wegen, dass die dich tot sehen wollen.«

»Nee, nee. Das wollen die tatsächlich.« Jim schloss kurz die Augen, dann fragte er leise: »Wieso haben sie dich nicht getötet?«

»Das fragst du noch? Jim, ist dir nicht klar, was da alles abgelaufen ist?« Rick fuhr sich aufgeregt durch die Haare. »Das war Gott! Wer sonst? Ich habe mich die letzten Tage schon tausendmal gefragt, warum sie mich nicht einfach hinter dir her geworfen haben. Und jetzt, wo ich weiß, dass du auch lebst … Ganz ehrlich – wie wahrscheinlich war es, dass du überlebst? Zwei Kugeln, Jim! Zwei Kugeln! Und eine davon hat nur knapp dein Herz verfehlt! Und dann der Wasserfall? Allein der hätte dich töten können. Oder du hättest ertrinken können. Aber das ist alles nicht geschehen! Womit willst du das erklären, wenn nicht damit, dass Gott seine Hand über dich gehalten hat und dich beschützt hat? Genau wie mich. Sie haben mich verprügelt, aber mich dann einfach liegen lassen.«

Jim sah ihn lange an. »Das verstehe ich nicht. Warum sollte Gott mich beschützen wollen? Ich dachte, er kennt jeden einzelnen Menschen in- und auswendig.«

»Er kennt dich nicht nur, er liebt dich auch!«

»Rick, du weißt nicht, was ich getan habe. Deswegen verstehst du das vielleicht nicht, aber ich glaube nicht, dass Gott mich auch liebt!«

»Es ist vollkommen egal, was du getan hast, Jim. Er liebt dich trotzdem.« Rick sah, dass Jim das nicht akzeptierte. Wie sollte er ihm das erklären?

Mr Hyde betrat das Zimmer mit einem besorgten Ausdruck und unterbrach damit ihr Gespräch. »Mein Agent, der Sam überwacht, meldet sich nicht. Ich vermute, sie haben ihn ausgeschaltet.« Er zog einen weiteren Stuhl heran und setzte sich rittlings darauf. »Ich hatte ihn bereits kontaktiert, als ich zum ersten Mal die Vermutung hatte, dass Sam hier war. Doch da sagte Buckley, alles wäre in Ordnung. Entweder sie haben ihn bedroht oder bestochen. Und jetzt haben sie ihn wahrscheinlich beseitigt. Leider wissen wir nicht, wo Sam, Chase und Ray zurzeit sind. Das heißt, fürs Erste bleibst du hier, Jay. Ich werde Sheriff Dunlap anrufen und ihn bitten, dass er deine Sachen zusammenpackt, dann kannst du dich verabschieden. Ich bin schon dabei, deinen nächsten Aufenthaltsort vorzubereiten.«

»Nächsten Aufenthaltsort?« Rick sah sie beide fragend an.

»Tja«, begann Mr Hyde, »das ist jetzt eine heikle Situation. Rick, du hast die letzten Tage gezeigt, dass du ein Geheimnis für dich behalten kannst. Dass ich die Genehmigung für diese Aktion hier bekommen habe, ist für sich schon ein Wunder.« Er seufzte, als er Jim ansah. »Dein Freund hier ist im Zeugenschutzprogramm. Nur leider haben die, vor denen er geschützt werden sollte, ihn gefunden.«

Rick starrte Jim mit offenem Mund an. »Das heißt, die haben dich die ganze Zeit gejagt?«

Jim nickte nur.

»Oh Mann.« Rick wusste nicht, was er denken sollte. Zeugenschutz … Also war Jay vermutlich mehr als nur ein Spitzname.

»Rick, du musst versprechen, dass du das für dich behältst.« Mr Hyde sah ihn ernst an. »Du musst auch gleich beim Rausgehen was unterschreiben; wir nehmen dich unter Schweigepflicht.«

Rick nickte. »Klar, das verstehe ich. Aber Moment mal. Heißt das, du verschwindest, Jim? Diesmal für immer?«

»Das ist das Sicherste«, antwortete Mr Hyde für ihn. »Obwohl es schwierig ist, eine passende Familie zu finden. Jay ist ja noch nicht volljährig.«

Jim sah müde aus, als Mr Hyde schließlich aufstand. »So, Rick Anderson. Zeit für dich zu gehen. Verabschiedet euch, ich fahre dich gleich nach Hause.«

Rick trat ans Bett. »Jim, ich wollte dir Danke sagen.«

Jim runzelte die Stirn. »Wofür?«

»Du hast mir gezeigt, was ein wahrer Freund ist. Weißt du, das ist irgendwie lustig. Ich dachte, du bist derjenige, der einen Freund braucht, und am Ende hast du mich gelehrt, was es heißt, ein echter Freund zu sein.«

Jim sah ihn erstaunt an. Dann lächelte er ein wenig. »Glaub mir, umgekehrt war es auch so. Du warst der Einzige, der zu mir gehalten hat, als alle anderen geglaubt haben, ich wäre schuld am Brand.«

Rick nestelte an der Kette mit dem Kreuzanhänger, den er um den Hals trug, und gab sich einen Ruck. »Jim, weißt du, von wem ich zuerst gelernt habe, was in einer Freundschaft zählt?

Von Jesus. Weißt du, er möchte auch für dich da sein. Tut mir leid, dass ich dir das nie so klar gesagt habe. Irgendwie war ich zu feige dazu. Und wenn das jetzt unser letztes Treffen ist, dann sollst du es von mir hören. Versuch es mal mit ihm! Ich glaube nämlich, dass er mit dir was Großes vorhat.«

Rick wandte sich zum Gehen, da packte Jim ihn mit erstaunlicher Kraft am Arm. »Rick? Vergibst du mir?«

»Was soll ich dir denn vergeben?«

»Dass du wegen mir in Lebensgefahr warst. Nur wegen mir! Sie mussten dich als Köder benutzen, sonst wäre ich ja schon längst weg gewesen. Dass ich dich da mit reingezogen habe. Dass …«

»Jetzt hör schon auf. Das war doch nicht deine Schuld! Hörst du?« Rick zog sich seine Kreuzkette über den Kopf. »Hier, für dich. Sieh es als Freundschaftsgeschenk. Die Kette ist von mir, doch das viel größere Geschenk, das Geschenk des Kreuzes, das ist von Gott!« Er drückte es Jim in die Hand. »Ich hoffe, wir sehen uns irgendwann wieder.«

Jim lächelte wehmütig. »Glaub mir, das passiert nicht so schnell im Zeugenschutzprogramm.«

»Das letzte Wochenende hat mich was anderes gelehrt.« Rick grinste.

An der Tür drehte er sich noch einmal um. »Jim, ich werde dich nicht vergessen. Und ich werde niemals aufhören, für dich zu beten.«

Elena stand ungeduldig am Fenster. Es war bereits dunkel und Rick war immer noch nicht zurück. Sie ging runter, um sich etwas zu trinken zu holen. Ihre Mutter stand in der Küche und backte Schokoladenkekse.

»Mom, sie sind immer noch nicht zurück!«

Ihre Mutter seufzte. »Ich weiß, Schatz.«

»Sie sind schon seit fast drei Stunden weg!«

»Zweieinhalb.«

»Was, wenn er ihn irgendwo in einem dunklen Kellerloch verhört?«

Mutter lächelte. »Schätzchen, er ist ein Bundesangestellter. So etwas dürfte er nicht tun. Außerdem weiß Sheriff Dunlap, wo er deinen Bruder hingebracht hat.«

»Aber wieso dauert das so lange?«

Ihre Mutter verteilte den restlichen Teig mit zwei Löffeln auf ein Blech. »Ich weiß es nicht. Ich hoffe nur wirklich, dass sie herausfinden, was passiert ist. Ich kann das keinen Tag länger mit ansehen.« Sie fuhr sich mit dem Handrücken über die Augen.

Elena warf einen verstohlenen Blick auf ihre Mutter. Sie hatte gar nicht gemerkt, wie sehr das Ganze ihre Eltern mitnahm.

»Mom?«

»Ja, Süße?«

»Habt ihr dafür gebetet?«

»Jede Minute. Es ist schrecklich, nichts tun zu können. Da ist es gut zu wissen, dass jemand, der viel größer ist, alles im Griff hat.«

Elena setzte sich auf die freie Arbeitsplatte und schaute ihrer Mutter zu, wie sie die Bleche in den Ofen schob. Gerade setzte sie an, etwas zu erwidern, da klingelte es. Sie rannte in den Flur, doch ihr Vater war schneller gewesen und öffnete die Tür. Es waren Rick und Mr Hyde.

»Rick!« Überglücklich schloss Elena ihren Bruder in die Arme. »Ich dachte schon, du kommst nie wieder!«

Er erwiderte ihre Umarmung. »Alles ist gut«, sagte er leise.

Sie sah ihm in die Augen und wusste, dass es stimmte. Ihr Bruder war wieder in Ordnung.

Ihre Eltern waren ebenso sprachlos wie sie.

»Die Sache ist die«, begann Mr Hyde, »Rick hat mir endlich alles erzählt und der Fall ist geklärt. Für ihn gilt jetzt aber eine Schweigepflicht, sodass er nichts wird erzählen dürfen. Ich bitte

Sie als Familie, das zu berücksichtigen und ihn nicht über Einzelheiten auszufragen. Tatsache ist, dass die Schuldigen identifiziert wurden und ich mich persönlich darum kümmern werde, die Dinge zu regeln. Rick ist nach seiner Aussage raus und ich werde Sie nicht mehr diesbezüglich belangen. Falls Sie sonst noch dringende Fragen haben sollten, wenden Sie sich an Sheriff Dunlap, der wird wissen, wie er mich kontaktieren kann.« Er gab den Andersons reihum die Hand und verabschiedete sich.

Wenige Minuten später saßen sie im Wohnzimmer bei frischen Keksen und heißem Kakao beisammen.

»Also«, fing Elena an, die vor Ungeduld fast platzte, »haben sie Jim jetzt gefunden?«

Rick zog eine Augenbraue hoch. »Elena, ich darf kein Wort sagen. Kein einziges.«

»Aber … aber wie sollen wir dann damit umgehen? Jim könnte doch wieder auftauchen und –«

»Mr Hyde hat gesagt, wir sollen Jim einfach vergessen.«

Verwirrt riss sie die Augen auf. »Was soll das heißen?«

»Wir sollen vergessen, dass er jemals hier war, und uns keine Sorgen darum machen, wo er jetzt sein könnte.«

Elena schwieg betroffen. Jim vergessen? Das könnte sie niemals. Die Vorstellung, ihn nicht wiederzusehen, stimmte sie traurig.

Rick atmete tief durch. »Elena, du kannst mir glauben, dass alles so kommt, wie es sein muss. Ich kann dir wirklich nicht mehr sagen …«

»Gut, belassen wir es dabei.« Mutter reichte noch einmal den Keksteller herum. »Wir sind froh, dass du wieder zu Hause bist und dass es dir gut geht. Und wir wissen, du würdest uns nie etwas ohne guten Grund verheimlichen.«

Rick lächelte sie dankbar an. »Ich möchte mich bei euch allen entschuldigen. Ich hatte Angst und habe niemandem vertraut, vor allem Gott nicht. Aber er trägt mich und ist bei mir, das hat er mir wieder ganz neu deutlich gemacht. Und ich bin so dankbar, euch als Familie zu haben! Ich weiß, dass ihr hinter mir steht und alles für mich tun würdet.«

Seine Mutter lächelte und drückte ihren Sohn an sich.

»Lasst uns zusammen Gott danken, dass er so wunderbar und groß ist«, sagte ihr Vater.

Glücklich lehnte Elena sich an ihren Zwillingsbruder. Hauptsache, er war wieder da. Auch wenn sie wünschte, Jim wäre ebenfalls zurückgekommen. Sie würde nie vergessen, wie er sie an jenem Abend gerettet hatte. Sie hätte ihn gern näher kennengelernt und herausgefunden, ob er sie vielleicht, ganz vielleicht, mehr als nur mögen könnte.

21

Grace wurde von einem Laut wach, den sie zuerst nicht einordnen konnte. Ihr schläfriger Blick fiel auf Jim, der sich unruhig hin und her bewegte. Grace ignorierte ihren steifen Nacken und den schmerzenden Rücken, beides Folgen einer Nacht auf einem unbequemen Stuhl, und setzte sich vorsichtig auf die Bettkante. Sanft nahm sie seine rechte Hand und sprach ein leises Gebet für ihn. Dann begann sie, eines ihrer Lieblingslieder zu summen. Es dauerte ein paar Minuten, aber er beruhigte sich tatsächlich.

»Unglaublich.« Alec Hyde war geräuschlos ins Zimmer getreten. »Wie machen Sie das?«

Grace lächelte leise. »Ich summe. Da ist nicht viel zu können.«

»Aber wie haben Sie sein Vertrauen gewonnen? Er hat seit Jahren niemanden an sich herangelassen.« Alec nahm auf dem eben frei gewordenen Stuhl Platz.

Grace dachte nach. »Liebe? Akzeptanz? Ich weiß nicht. Ich habe ihm einfach zuerst Vertrauen geschenkt.«

»Meinen Respekt haben Sie auf jeden Fall. Es war schon damals schwierig genug, sein Vertrauen zu gewinnen, bevor …« Er brach ab. »Ich bin jedenfalls froh, dass Sie hier sind. Die ersten Nächte war er kaum ruhig zu bekommen.« Er schüttelte den Kopf. »Wer hätte gedacht, dass ein paar Lieder und Gebete helfen? Ich hatte schon befürchtet, dass wir ihn anbinden müssen.« Er stand auf. »Machen Sie weiter mit … was auch immer Sie da tun.« Alec verließ den Raum und Grace sah auf Jim hinab, der auf den weißen Kissen schrecklich bleich aussah.

»Bitte heile ihn, oh Herr. Heile sein verwundetes Herz.«

Es musste einen Weg geben. Jim kauerte sich hinter das Gebüsch und beobachtete die dunklen Schatten seiner Vergangenheit, die die Lichtung durchstreiften. Er durfte nicht zögern. Drei gegen einen sah immer schlecht aus. Sam war der Gefährlichste von ihnen, also sollte er ihn vielleicht lieber auch als Erstes ausschalten. Aber Chase war dem Waldrand am nächsten …

Von seinem Platz aus konnte er Sam nicht sehen. Doch, er musste der Erste sein. Oder sollte er zuerst Rick befreien?

Chase verschwand auf der Lichtung und er nutzte die Gelegenheit, näher an Ray und Rick zu kommen. Schritt für Schritt schlich er näher, bis die beiden nur noch wenige Meter entfernt standen. Er zog sein Messer hervor. Rays Rücken bot eine gute Zielscheibe.

Jetzt! Er sprang auf, warf das Messer und rannte auf sie zu. Er wollte rufen: Rick! Lauf!

Doch es kam kein Ton aus seiner Kehle.

Ray sackte zusammen. Rick sah sich verwirrt und ängstlich nach ihm um. Dann rannte er – genau in Sams Arme. Erschrocken blieb Jim stehen und zog sein zweites Messer. Wo war der so schnell hergekommen?

»Lass ihn los! Lass ihn gehen!«

Sam lächelte sein grausames Lächeln. Etwas stimmte nicht. Was –

Ricks Augen weiteten sich. Jim spürte es wieder. Das kalte Metall. Es bohrte sich in seinen Hals. Chase packte ihn am Pullover und zwang ihn in die Knie. »Lass das Messer fallen.«

Es fiel dumpf ins hohe Gras. Er hörte, wie Chase die Waffe entsicherte.

»Warte.« Sam starrte ihn hasserfüllt an. »Das ist meine Aufgabe.«

Weg. Er musste hier weg! Doch er konnte sich nicht bewegen.

Chase warf Sam die Waffe zu und packte Jims Arme. Sam zielte auf ihn.

Und drückte ab.

Jim fiel ins Gras. Die Schatten verschwanden und Rick mit ihnen. Es war still, kein Geschrei mehr, kein Flüstern des nahenden

Todes. Doch da war noch jemand. Er spürte es ganz deutlich. Verwirrt richtete er sich wieder auf. Müsste er nicht tot sein? Er erblickte die Gestalt, die nur wenige Meter von ihm entfernt im Gras saß. Es durchzuckte ihn wie ein Blitz. Er war definitiv tot. Anders konnte es einfach nicht sein.

Rico. Er lächelte.

»Hallo, Jonah.«

Der Klang seines alten Namens, des ersten, den er je getragen hatte, war fremd und vertraut zugleich. Er starrte Rico an, nicht wissend, was er jetzt tun sollte. »Du … ich … bin ich tot?«

»Nein.«

Jim fuhr sich durch die Haare und blickte an sich hinab. Da war keine Einschusswunde, kein Blut.

Rico sah ihn an. »Jonah, was hast du getan?«

Die Schuld, sie drückte ihn zurück auf den Boden. Er verbarg das Gesicht in den Händen. »Ich wollte das nicht … Ich wollte das alles nicht! Es tut mir so leid! Ich habe versucht, es zu verhindern!«

Rico blickte ihn mit seinem sanften Ausdruck in den Augen an, so anders als Sam. »Es war nicht deine Schuld.«

»Ich hätte es wissen müssen!«

»Jonah. Es liegt nicht in deiner Verantwortung. Weder das mit Rick noch das, was mit mir passiert ist.«

»Aber wenn ich nicht gewesen wäre …«

»Das Einzige, was zählt, ist, dass es nicht in deiner Macht gestanden hat.«

»Und wenn ich Alysha und dich ins Vertrauen gezogen hätte … Wenn ich jetzt Rick gewarnt hätte …«

»Jonah. Hör auf, dir die Schuld dafür zu geben.«

»Es ist nicht zu leugnen, dass das alles passiert ist, weil ich Fehler gemacht habe!«

»Du hast niemanden umgebracht.« Rico stand auf und kam langsam auf ihn zu. »Und du hast weder Rick noch Mike noch deine Schwester oder mich wissentlich in Gefahr gebracht.«

»Warum liegt die Schuld dann so schwer auf mir?«

»Weil du sie geschultert hast und sie nicht loslassen willst.«

»Ich kann sie nicht einfach so loslassen!«

»Gib sie ab, Jonah.« Rico reichte ihm die Hand.

»Wem?«

»Dem Einzigen, der sie tragen kann. Dem Einzigen, der dich tragen kann. Dem Einzigen, der jede Schuld dieser Welt bezahlen kann. Lass los oder du gehst unter. Lass los und leb!«

Jim ergriff Ricos ausgestreckte Hand, der ihn mit Kraft auf die Beine zog.

Rick ließ sich müde in den Sessel vor der Playstation fallen. Es waren zwei echt harte Wochen gewesen. In der Schule, in der Gemeinde, ja sogar mitten auf der Straße hatten die Leute ihn gefragt, was geschehen war.

Na ja. Sein Veilchen war ja auch nicht zu übersehen gewesen. Glücklicherweise war es mit der Zeit verblasst. Auch das Pflaster unter seinem linken Auge war verschwunden. Dr. Garden hatte gemeint, dass es dort wahrscheinlich eine Narbe geben würde.

Zum bestimmt tausendsten Mal fragte Rick sich, wo Jim jetzt war. Immer noch in diesem seltsamen Bürogebäude? Oder hatte Mr Hyde ihn schon irgendwo, in irgendeiner fremden Stadt, versteckt? War er allein? Oder hatte er Leute, die sich um ihn kümmerten? Wieder musste Rick an die geliebten Krimis seiner Mutter denken. Ging es da nicht auch ständig um irgendwelche vergessenen Kleinstädte, die niemand kannte? Er musste lächeln. Wobei Jim ja vorher woanders gewesen war … Oder war das nur Teil seiner falschen Identität? Nein, bestimmt nicht. Will und Shakira Dunlap gab es wirklich, das wusste er.

Immer noch plagten ihn Albträume, aber jetzt war es nicht mehr so schlimm. Jetzt hatte er die Gewissheit, dass Jim in Sicherheit war. Und auch er und seine Familie, das hatte Mr Hyde ihm versichert. Rick hatte zuvor noch nie in seinem Leben so eine Erleichterung verspürt.

Die Tür wurde aufgerissen und Elena platzte mit einer Schüssel frischem Popcorn herein.

»Mann, bin ich froh, dass wir heute keine Hausaufgaben aufhaben! Jetzt haben wir wenigstens mal wieder Zeit, ein bisschen zu zocken!« Sie grinste ihn breit an und schob *Need For Speed: Most Wanted* ins Laufwerk. »Bereit zu verlieren?«

Rick musste lachen. »Du bist doch total aus der Form! Mich schlägst du nicht!«

Elenas Grinsen wurde noch breiter und sie griff in die Popcornschüssel. »Endlich Wochenende! Diese ewige Fragerei von allen Seiten geht mir so auf die Nerven! Was meinst du, wann die aufhören?«

»Na ja, selbst du hörst ja nicht auf!« Rick lächelte seine Schwester schief an. »Ist ja auch ganz natürlich, dass alle wissen wollen, was passiert ist. Die Leute verstehen nur nicht, warum ich nichts dazu sagen kann. Aber ich denke, bald wird Gras über die Sache wachsen.«

Elena blickte ihn nachdenklich von der Seite an. »Wirst du es mir wirklich niemals sagen?«

Rick seufzte. »Es tut mir echt leid, Elena. Ich würde gern. Es brennt mir ständig auf der Zunge, es zu erzählen. Aber ich kann einfach nicht. Ich darf nicht.«

Der Startschuss im Spiel ertönte und sie konzentrierten sich auf die Lenkung ihrer Rennwagen.

»Heute kommst du aber zur Teeny, oder?«, fragte Elena auf dem letzten Streckendrittel – ganz klar ein Ablenkungsmanöver. »Letztes Mal haben schon alle nach dir gefragt. Ich wusste gar nicht, was ich denen sagen soll.« Sie schnitt eine Grimasse und verstellte ihre Stimme. »Ja, ach, da war nur so ein fremder Kerl, der meinen Bruder ins Auto verfrachtet hat und mit ihm auf und davon ist. Voll normal.« Ihre Augen blitzten. »Dieser Hyde hätte wenigstens Papa mitfahren lassen sollen!«

Rick musste lachen. In der letzten Woche hatte sich Elena schon hundertmal über Mr Hyde und seine Methoden beschwert.

»Es ist doch alles gut, Elena. Er hat mich ja zurückgebracht!«

»Jaja. Aber was, wenn er es nicht getan hätte? Wir hätten gar nicht gewusst, wo wir dich hätten suchen sollen! Kidnappt der Kerl einfach direkt vor unserer Nase meinen Bruder!« Elena fuhr ihr virtuelles Auto gegen die Wand, sodass Rick als Erster ins Ziel kam. »Weißt du, ich hab mich ja schon fast damit abgefunden, dass du mir nichts verraten wirst. Aber die anderen in der Teeny sind meganeugierig. Denen musst du das bestimmt irgendwie erklären.«

»Mal sehen.«

»Übrigens …« Elena startete die neue Runde mit einem guten Vorsprung. »Irgendein Dummkopf hat unseren Eltern da was erzählt. Von einem gewissen kleinen Überfall nach einer Party, der eigentlich geheim bleiben sollte.« Sie rammte Ricks Rennwagen.

Rick zog den Kopf ein. »Ich hatte Fieber.«

»Ha!« Elena stieß ihm scheinbar aus Versehen in die Seite, sodass er einen Schlenker fuhr. »Was meinst du, was für ein nettes Eltern-Tochter-Gespräch ich danach hatte.«

Rick grinste entschuldigend.

»Zumindest war die Sorge um dich in dem Moment größer, also haben sie es schnell wieder auf sich beruhen lassen. In dem Sinne ist es sogar gut, was mit dir passiert ist.«

Empört boxte Rick sie zurück. »Entschuldigung?! Ich wäre fast gestorben!«

»War doch nur Spaß, Mann!« Sie schlang die Arme um seinen Hals und erdrosselte ihn beinahe, schaffte es aber trotzdem, diesmal ihren Rennwagen als Erste über die Ziellinie sausen zu lassen.

Rick brummte nur zur Antwort und versuchte, seinen Wagen halbwegs in der Spur zu halten.

Ein paar Runden später verschwand Elena zusammen mit ihrer Mutter in der Küche, um das Abendessen vorzubereiten.

Rick ging auf sein Zimmer und kritzelte ein paar Skizzen auf seinen Block. Elena hatte in Bezug auf die Teeny recht. Irgendetwas sollte er schon sagen. Aber was? Er seufzte, als er wenig später dem Ruf seiner Schwester zum Essen folgte. Ihm würde schon etwas einfallen.

Als sie sich auf den Weg machten und an der Bank vorbeikamen, erwartete er schon fast, dass Jim dort auf sie wartete. Doch dieser würde nie wieder in dieses Leben zurückkehren, das hatte Mr Hyde ziemlich klargemacht. Rick hatte sein Versprechen bis jetzt gehalten und jeden einzelnen Tag für Jim gebetet. Noch nie war ihm ein Mensch begegnet, der Gottes Frieden so dringend nötig hatte wie er. Er hoffte von ganzem Herzen, dass Jim verstehen würde, dass Gott ihm alles geben konnte, was er brauchte.

In der Teeny wurde er freudig von allen Seiten begrüßt.

»Da bist du ja wieder!«

»Wie geht's dir?«

»Oha, wo hast du die Narbe her?«

»War das Jim?«

»Wo ist der Kerl überhaupt?«

»Jetzt ist aber gut.« Nathan scheuchte die Meute auseinander. »Rick bekommt ja kaum Luft. Kommt, wir setzen uns erst mal. Rick, willst du uns etwas erzählen oder lieber nicht?«

»Jetzt?«, fragte er ein wenig überrascht.

»Na ja, mir wird ja keiner zuhören, wenn sich alle fragen, was da los war. Es sei denn, du willst nicht.«

»Hm, ehrlich gesagt … Also ich weiß nicht, was ihr alles gehört habt …« Sein Blick blieb an Elena hängen. »Vielleicht wisst ihr schon, dass die Ermittler in dem Brandfall inzwischen neue Spuren gefunden haben, die darauf hindeuten, dass es mehrere Beteiligte gab. Das Feuer scheint bei einer kleinen nächtlichen Party ausgebrochen zu sein, die illegalerweise in der Hütte stattgefunden hat. Es ist also relativ unwahrscheinlich, dass Jim der Schuldige ist. In dem Sinne möchte ich euch einfach auch bei den neuen Vorfällen rund um Jim bitten, nicht alles zu glauben, was so rumerzählt wird. Fakt ist, dass ich kein Wort darüber verlieren werde. Und ich möchte euch bitten, mich nicht zu Antworten zu drängen und vor allem keine Gerüchte in die Welt zu setzen.«

»Meinst du das ernst?«, fragte Ben überrascht. »Keine Erklärungen? Nicht einmal, wo Jim jetzt ist?«

»Hat er dich jetzt verprügelt oder nicht?«

»Ist er abgehauen?«

»Ist der im Knast?«

»Leute, ich glaube, Rick hat seinen Standpunkt klargemacht. Wenn er nichts sagen will, solltet ihr das respektieren, auch wenn ihr es nicht versteht. Ich bin natürlich auch neugierig, aber … Rick wird schon seine Gründe haben.«

Rick nickte zustimmend und erntete ein paar enttäuschte und verwirrte Blicke. Das würde er jetzt wohl wegstecken müssen.

Nathan fuhr fort: »In vier Wochen ist bereits der erste Advent. Wir als Teeny dürfen den Gottesdienst mitgestalten. Ab nächster Woche treffen wir uns freitags zwei Stunden früher, um ein paar Lieder einzuüben. Chelsea, du kannst doch Geige spielen, würdest du mitmachen? Deine Schwester hat schon für Querflöte zugesagt. Ach, und ein kleines Anspiel wird es auch geben.«

Rick genoss es unglaublich, wieder in den Alltag zurückzufinden. Natürlich würde er noch einige Schwierigkeiten bezüglich der Fragen nach Jim haben, doch das würde er hinkriegen. Es war erstaunlich, wie sehr er Jim vermisste, weil sie sich ja noch gar nicht so lange gekannt hatten. Ihre Freundschaft war schon etwas ganz Besonderes gewesen. Er schloss die Augen und sprach ein stilles Dankgebet. Lobpreis füllte sein Herz und ließ es überfließen. Für seine Familie – seine Eltern, seine Zwillingsschwester, für seine Freunde in der Teeny, für die Gemeinde … Er war reich beschenkt. Natürlich war das Leben nicht immer einfach, aber Gott ging mit ihm und half ihm durch.

Er musste an die Teenystunde vor drei Wochen denken, wo sie über Elisa und Naeman gesprochen hatten. Gott hatte einen eigenen Plan. Natürlich hätte Rick niemals erwartet, dass Jim durch eine Nahtoderfahrung offener gegenüber dem Glauben werden würde, doch Gott wusste schon, was er tat.

Nach einem Lied legte Nathan die Gitarre zur Seite. »Ich habe ja schon letztes Mal angekündigt, dass wir heute einen Austausch machen können. Ist jemandem von euch in letzter Zeit etwas in eurem Glaubensleben wichtig geworden, das ihr weitergeben möchtet? Oder habt ihr was mit Gott erlebt?«

Stille breitete sich aus. Einige blätterten in ihrer Bibel, andere scharrten mit ihren Füßen auf dem Boden herum.

Elena atmete tief durch. Jetzt oder nie.

»Ähm …«, meldete sie sich zu Wort und sofort richteten sich alle Blicke auf sie. Sie spürte, wie sie rot wurde, und beeilte sich weiterzureden: »Ich … ich wollte euch erzählen, warum ich in den letzten Monaten nicht in der Kirche gewesen bin.« Elena sah zu Rick, der sie mit einer Mischung aus Überraschung und Neugierde betrachtete. Sie räusperte sich, weil sich ihr Hals plötzlich wie zugeschnürt anfühlte. »Ihr habt doch mitbekommen, dass Mari, meine Schwester, letzten Sommer von zu Hause weggegangen ist … also, dass sie mit ihrem Freund abgehauen ist.« Elena senkte den Blick, da sie befürchtete, in Tränen auszubrechen. »Ich, hm, ich hab dann irgendwie genau das Gleiche gemacht. Ich bin auch weggelaufen, aber nicht so …« Sie fuchtelte mit den Händen herum. »Sondern innerlich, vor Gott. Ich hab angefangen, mich mit anderen Dingen zu beschäftigen, um die Leere in mir zu füllen, aber ihr könnt euch ja vorstellen, dass das nicht besonders gut funktioniert hat.« Sie lachte freudlos. »Partys versprechen einem echt mehr, als sie einem dann geben: nämlich Kopfschmerzen und peinliche Fotos.« Sie schloss kurz die Augen. »Dann ist einiges bei mir passiert, womit Gott meine Aufmerksamkeit auf sich gezogen hat. Wirklich ein paar aufrüttelnde Dinge. Ich will jetzt nicht so gern sagen, was das alles war, aber ich glaub, als Nächstes hätte Gott einen Walfisch geschickt, um mich zu verschlucken, wenn ich nicht reagiert hätte.« Ein Teil der Anspannung fiel von ihr ab, als einige leise lachten, und sie lächelte. »Ich schäme mich zu sagen, dass ich nicht gleich reagiert habe, aber ich glaube, ich habe jetzt verstanden, dass ich meine Blickrichtung ändern muss. Gott ist größer als alles, was hier um mich geschieht, und es hat alles einen Sinn, auch wenn ich ihn nicht sehe.« Sie verknotete ihre Finger. »Ja, also, ich bin auf jeden Fall noch nicht am Ziel meiner Reise, aber ich dachte, ihr könnt vielleicht dafür beten, dass ich weiterlaufe und nicht aufgebe.«

Nathan nickte. »Das machen wir auf jeden Fall, Elena!«

»Ich weiß, dass ich da echt schwierig sein kann und dass ich meiner Familie und meinen Freunden gegenüber nicht fair war. Da könntet ihr auch beten. Ich will nicht so ein Fiesling sein.«

»Na, da bete ich doch auf Knien für!«, rief Ben rein und sofort lockerte sich die Stimmung.

Elena war froh, nicht mehr so direkt im Mittelpunkt zu stehen, und sah kurz zu Rick, der sich verstohlen über die Augen wischte. Sie lächelte ihm zu und er erwiderte es.

Alec schlich mit gezogener Waffe das Treppenhaus eines verlassenen Mietwohnblocks hinauf; hinter ihm sein Einsatzteam. Die letzte Spur von Sam, die sie hatten, führte sie zu einer leer stehenden Wohnung im fünften Stock. Der Funksender in seinem Ohr knisterte, als sie die Tür erreichten.

»Sir, über die Wärmebildkameras können wir keinerlei Aktivitäten feststellen.«

»Verstanden«, wisperte er.

Sein Partner gab ihm ein Zeichen und sie brachen die Tür auf.

»Bundesagenten!«, brüllte Alec und rückte in den Raum vor.

»Gesichert!«

»Gesichert!«

»Hyde, die Räume sind leer. Sie sind weg.«

Alec ließ seinen Blick über die Matratzen, Berge von Plastikmüll und Glasflaschen schweifen. Er fluchte laut. »Das kann doch nicht wahr sein! Holt die Spurensicherung her! Sie sollen die Wohnung zentimeterweise absuchen! Sie müssen doch irgendeinen Hinweis hinterlassen haben!« Er wandte sich an Celine, die ihn abwartend von der Tür aus ansah. »Breite das Suchgebiet auf vierzig Meilen aus. Ich will Autokontrollen und Zugriff auf alle verfügbaren Kameras! Findet sie!«

Celine machte sich sofort auf, doch Alec wusste, dass es schon zu spät war. Sam, Chase und Ray waren längst weg.

Alec setzte sich in seinen schwarzen SUV und starrte frustriert auf das Armaturenbrett. Der Fall schien ihm wie verflucht. Von Anfang an war alles schiefgelaufen, was nur hätte schieflaufen können. Und jetzt beging Sam quasi vor ihrer Nase einen Mord nach dem anderen und sie konnten ihn noch nicht einmal aufspüren!

Er checkte sein Handy und sah eine ungelesene Nachricht von Marlene: *Alec, wie läuft's?*

Die hatte er ja ganz vergessen! Er wählte ihre Nummer und sie nahm bereits nach dem zweiten Klingeln ab.

»Ich habe mir Sorgen gemacht!«, kam es vorwurfsvoll statt einer Begrüßung.

»Berechtigt«, antwortete Alec frustriert und seufzte.

»Was ist passiert?«

»Die Kamney-Kids sind aufgetaucht und haben abgerechnet. Haben Jay zwei Kugeln verpasst. Er lebt und ist in Sicherheit, aber Sam, Chase und Ray sind entwischt.«

»Das darf doch nicht wahr sein! Wie konnte das passieren? Findet der Kleine denn nie seinen Frieden?«

»Genau genommen ist er gar nicht mehr so klein.«

Er hörte Marlene am anderen Ende tief durchatmen. »Ich würde ihn gerne mal wiedersehen. Weiß er …« Sie zögerte. »Weiß er, wie es um seine Schwester steht?«

»Nein. Es ist besser so. Vorerst.«

»Was wirst du jetzt tun, Alec?«

Diese Frage ließ Alec seit Tagen nicht richtig schlafen.

»Eigentlich sollte er jetzt wieder verschwinden. Neues Zuhause, neue Identität, neues Leben. Aber … eigentlich will ich ihm das nicht antun. In diesem Kaff hat er endlich das gefunden, was er am meisten braucht. Einen festen Halt, Liebe, Freunde … Zum ersten Mal scheint er sich wirklich wohlzufühlen. Und das will ich ihm nicht wegnehmen.«

»Vielleicht … vielleicht musst du das auch gar nicht!« Marlene klang aufgeregt. »Die Kamney-Kids halten ihn für tot, richtig? Sie haben keinen Grund mehr, ihn zu suchen. Und wenn wir vielleicht eine Todesanzeige in die Zeitung setzen oder wenigstens in seiner Akte vermerken, dann müsste doch alles gut sein!«

»Ich weiß nicht, Marlene. Das ist riskant.«

»Wieso? Einen Toten kann man nicht jagen. Du kannst mir die Fahndung nach Sam überlassen, sodass er keinen Verdacht schöpft. Und Jay kann nach Hause. Ich meine, er wohnt bei einem Sheriff …«

»Eine Zusammenarbeit mit dir wäre tatsächlich von Vorteil. Ich komme vorbei und bringe dich auf den neuesten Stand. Aber was Jay betrifft … Das werde ich mir überlegen müssen.«

Epilog

Wie ein Déjà-vu zog die Landschaft am Zugfenster vorbei. Ein gutes Déjà-vu. Jim lächelte, als er die verschneiten Felder, Wiesen und Bäume betrachtete. Alles sah so neu und weiß aus. Das letzte Mal, als er diese Strecke gefahren war, hatte er nicht wirklich an Neuanfänge geglaubt. An zweite Chancen. Er war immer derselbe gewesen, nur der Ort hatte sich geändert. Doch jetzt …

Er hatte ein neues Leben geschenkt bekommen. Die Schuld, die ihn seit Jahren niedergedrückt und gefangen gehalten hatte, war verschwunden. Zum ersten Mal seit Langem hatte Jim das Gefühl, frei atmen zu können.

Er dachte an das, was vor ihm lag. Eigentlich wusste er das gar nicht so genau. Eine Kleinstadt war nachtragend; das hatte er am eigenen Leib erfahren. Wie würden sie reagieren, wenn er einfach auftauchen würde, ganz normal zur Schule gehen würde …

Aber jetzt war er nicht mehr allein. Er hatte Jesus auf seiner Seite.

Was Rick zu ihm gesagt hatte, war ihm unter die Haut gegangen. Doch er hatte Angst gehabt, sich darauf einzulassen. Vergebung? Neues Leben? Als Geschenk? So etwas kannte er nicht. Man bekam nichts im Leben geschenkt, niemals. Vor allem nicht von Fremden. Die Einzige in seinem Leben, die ihn bedingungslos geliebt hatte, war seine Schwester Alysha gewesen.

Aber dann war er hierhergekommen. Grace hatte ihn lieb, trotz seiner Fehler. Und Rick … Er hatte ihm dieses wertvolle Geschenk der Freundschaft angeboten, obwohl Jim schon in der zweiten Woche von fast allen anderen abgestempelt worden war.

Jims Hand glitt zu seinem Hals und umfasste das silberne Kreuz. Nachdem Rick sich im Krankenzimmer verabschiedet hatte, war Grace gekommen und er hatte sie über Gott ausgefragt.

Sie hatte ihm noch einmal alles von Grund auf erklärt, bis spät in die Nacht. Warum Jesus überhaupt auf die Welt gekommen war, warum er am Kreuz hatte sterben müssen und dann wiederauferstanden war.

Liebe.

So simpel und doch so unermesslich. Um ein Uhr morgens herum hatte er alles losgelassen. Er hatte sein Leben Jesus übergeben und war frei geworden.

Frei.

Die Durchsage im Zug kündigte seinen Zielbahnhof an. Vor der Abfahrt hatte er Grace über ein Münztelefon angerufen und gesagt, dass er vom Bahnhof aus zu Fuß gehen würde. Er brauchte ein wenig Zeit, um innerlich anzukommen.

Der Zug hielt mit quietschenden Bremsen und Jim schulterte vorsichtig seinen Rucksack; seine Verletzungen waren noch nicht ganz verheilt.

Der schneebedeckte Bahnsteig war menschenleer; Jims Fußabdrücke waren die einzigen auf dem Weg. Ein paar vereinzelte Schneeflocken tanzten im leichten Wind und segelten lautlos zu Boden. Jim ließ die Stille und den Frieden einen Moment lang auf sich wirken, dann ging er los und folgte dem Pfad durch den Wald.

Er konnte es immer noch nicht fassen, dass er jetzt alle seine Sorgen und Probleme abgeben konnte. Sam, den Brand, Rick, seine Eltern, Walter und Grace, die Schule … Alysha. Das alles hatte ihm die Luft zum Atmen geraubt, hatte ihn nicht schlafen lassen. Jetzt war der Druck einfach weg. Fast hatte er das Gefühl, abheben zu können. Ein wenig Angst hatte er trotzdem. Ein wirklich neues Leben, ein neuer Anfang, aber in einer alten, unveränderten Welt. Grace hatte gesagt, dass das möglich war, dass mit Jesus nichts *un*möglich war. Aber wie sah das in der Praxis aus? Jim musste wieder lächeln, als er an Grace' Antwort auf diese Frage dachte: Vertrauen. Entweder er glaubte an das, was Gott in der Bibel sagte, und zwar an alles, oder nicht. Und da er sich entschieden hatte, daran zu glauben, würde er auch vertrauen lernen müssen.

Der Wald lichtete sich und Jim ging durch die Siedlung. Auch hier war kein Mensch zu sehen, nur die vielen erleuchteten Fenster und die Lichtdekorationen zeigten, dass heute Weihnachten war und alle in ihren Familien zusammensaßen, feierten und Geschenke auspackten.

Als das Dunlap'sche Haus in Sicht kam, blieb Jim stehen. Ein Gefühl von Vorfreude, vermischt mit Angst und Nervosität, erfüllte ihn. Durchs Küchenfenster konnte er Grace sehen, die geschäftig mit Töpfen und Schüsseln hantierte. Walter hatte mit der Weihnachtsbeleuchtung im Vorgarten ganze Arbeit geleistet. Ein riesiger leuchtender Schneemann stand mitten auf dem Rasen, umgeben von hübsch verpackten Geschenken. Überall waren Lichterketten, Tannenzweige und Kerzen.

Auf Jims Klopfen hin öffnete Grace die Tür. Ein strahlendes Lächeln empfing ihn.

»Jimmy-Schätzchen!« Sie zog ihn mit einem unterdrückten Schluchzen an sich und umarmte ihn lange. »Du bist nach Hause gekommen.«

Ein längst vergessenes Gefühl regte sich in Jim. *Nach Hause.* Konnte es wirklich sein, dass er endlich einen Platz gefunden hatte, den er so nennen konnte?

Grace' Umarmung flüsterte ihm die Antwort zu. Sie zog ihn ins Haus, in dem es nach Zimt, Kaminfeuer und Tanne roch.

Eine Sache fehlte noch. Er würde seinem Freund jetzt ein Weihnachtsgeschenk machen. Jim grinste bei der Vorstellung, wie Rick auf ihn reagieren würde.

Vorsichtig näherte er sich dem Haus der Andersons. Es war hell erleuchtet, wahrscheinlich war Ricks Bruder zu Besuch. Durchs Wohnzimmerfenster erhaschte Jim einen Blick auf Elena, die einen dieser albernen Weihnachtspullis trug und mit dem Rentierhaarreifen auf dem Kopf einfach nur süß aussah. Er blieb kurz stehen und ließ das Bild auf sich wirken. Unwillkürlich musste er lächeln. Seit ihrer ersten Begegnung hatte sie sich sehr verändert und er musste sich eingestehen, dass ihn noch nie ein Mädchen so neugierig gemacht hatte wie sie.

Ein leichtes Lächeln noch auf den Lippen, ging Jim um das Haus herum. Er war überrascht, in Ricks Zimmerfenster ebenfalls Licht zu sehen. Er hätte gedacht, dass sie alle zusammen im Wohnzimmer saßen. Nun, umso besser für ihn. Das machte es einfacher, seinen Plan auszuführen.

Er bückte sich und schob mit den Händen etwas Schnee zusammen, wobei er die Zähne zusammenbiss, als der Schmerz durch seine Schulter fuhr. Als er einen beachtlichen Schneeball geformt hatte, blickte er auf das Fenster und erinnerte sich an die Nacht, in der er Rick aus dem Bett geklingelt hatte.

Zeit für noch so eine Aktion.

Er zielte und warf den Schneeball mit aller Kraft, die er aufbringen konnte, ans Fenster.

Volltreffer! Jetzt schnell einen zweiten Schneeball.

Das Fenster öffnete sich und Rick steckte den Kopf heraus. »Hallo?«

Platsch! Der zweite Schneeball traf ebenso sein Ziel.

»Fröhliche Weihnachten, Rick!«

Fortsetzung folgt ...

Für News folge uns auf Instagram:

@vanessasiemens

@dorothea.balzer

@franckebuch

Buchempfehlungen für dich

Anne E. Lindner
Die Wahrheit schmeckt nach Marzipan
ISBN 978-3-96362-212-0
368 Seiten, Paperback
auch als E-Book erhältlich

Als ob ein Tagebuch ihren Scherbenhaufen von Leben besser machen könnte! Die 16-jährige Tally hat unerwartet ihren Vater verloren und das Letzte, was sie jetzt braucht, sind die Ratschläge ihrer selbst überforderten Mutter. Oder der merkwürdigen Therapeutin, die ihr empfiehlt, ihre Gefühle aufzuschreiben!

Erst als Tally zufällig Frau Möller kennenlernt, eine alte Dame mit einem Papagei sowie einer Vorliebe für Marzipan, und ihr das Foto von deren jung in den Krieg gezogenen Onkel in die Hände fällt, findet sie doch noch etwas, was sie zum Schreiben inspiriert. Außerdem sind da ja auch noch ihre beste Freundin Sanna und nicht zu vergessen Mr Wow, der eigentlich Timo heißt und Tally einfach nicht mehr aus dem Kopf geht. Dummerweise ist er Christ und mit diesem religiösen Quatsch kann sie so gar nichts anfangen …

Manuel Suhre
Die Himmelsstürmer
Im Käfig
ISBN 978-3-96362-271-7
176 Seiten, gebunden
auch als E-Book erhältlich

Toni, der 14-jährige Linksaußen des örtlichen Fußballvereins, ist hin- und hergerissen. Sein ehrgeiziger Vater erwartet, dass er eine Profikarriere einschlägt. Das Zeug dazu hätte er, doch der wachsende Druck verdirbt ihm zunehmend die Freude am Spiel. Durch einen merkwürdigen Zufall lernt er die Himmelsstürmer kennen und stellt fest, dass es auch noch andere spannende Themen gibt. Gemeinsam mit der sympathischen Lina und ihren Freunden taucht er ein in eine Welt, in der der Glaube an Jesus eine wichtige Rolle spielt. Doch es dauert nicht lange, bis er vor einer schwierigen Entscheidung steht. Wird ihm sein neu gewonnener Glaube dabei helfen?

Power für dein Leben

Gary Chapman, Paige Haley Drygas
Die 5 Sprachen der Liebe Teen Edition
So werden deine Beziehungen stressfrei
ISBN 978-3-86827-685-5
167 Seiten, Paperback
auch als E-Book erhältlich

Egal ob Eltern, Geschwister oder Freunde … zu jedem dieser Menschen hast du eine Beziehung. Jeder ist dir wichtig, aber jeder ist anders. Hast du dich jemals gefragt warum? Und wie die Beziehung zu den anderen stressfreier werden könnte?

Das Konzept der 5 Sprachen der Liebe hilft dir dabei. Denn jeder Mensch hat eine andere Art, Liebe auszudrücken und zu empfangen. Wenn du lernst, wie das bei den Menschen um dich herum funktioniert und welches deine eigene Liebessprache ist, hast du eine echte Chance auf tiefe, stabile Beziehungen. Und davon profitieren alle – am meisten du selbst!

Max Lucado
You made my day
Ein Überlebensguide für Teens
ISBN 978-3-86827-418-9
144 Seiten, gebunden

Wäre es nicht toll, gut gelaunt durch den Tag zu gehen? Und zu spüren, dass Gott da ist? Zu oft ziehen 24 Stunden einfach so an einem vorbei … und geben dem nächsten öden Tag die Klinke in die Hand. Wäre es nicht super, wenn du selbst beeinflussen könntest, wie dein Tag läuft? Wenn du die Zeit mit Bedeutung und Sinn füllen könntest? Wenn du die Möglichkeit hättest, aus den Zitronen des Lebens Limonade zu machen? Aber hat man da überhaupt eine Wahl?

Max Lucado antwortet darauf mit einem ganz klaren Ja. Mit lustigen und lebendigen Geschichten aus dem Alltag und der Bibel zeigt er, wie du deinen Tag in Gottes Nähe so gestalten kannst, dass er gelingt. Selbst dann, wenn er ätzend angefangen hat …

Anna-Maria Friedrich
Gesegnet und behütet
ISBN 978-3-96362-257-1
64 Seiten, gebunden
durchgehend farbig illustriert

Weißt du eigentlich, dass du gesegnet bist – und was das für dein Leben bedeutet?

Dieses Buch möchte dir die alten Worte des Aaronitischen Segenswunsches ganz neu ins Herz sprechen lassen. Persönliche Fragen mit Platz zum Eintragen deiner Antworten laden dich dazu ein, zur Ruhe zu kommen und in dich hineinzuhorchen.

Der Herr segne dich und behüte dich;
der Herr lasse sein Angesicht leuchten über dir
und sei dir gnädig;
der Herr erhebe sein Angesicht über dich
und gebe dir Frieden.